영웅시대 3부

영웅시대 3부 ❷ 회장편

초판1쇄 인쇄 | 2018년 7월 20일
초판1쇄 발행 | 2018년 7월 28일

지은이 | 이원호
펴낸이 | 박연
펴낸곳 | 한결미디어

등록일자 | 2006년 7월 24일
등록번호 | 제25100-2006-152호
주소 | 서울시 마포구 모래내로 83 한올빌딩 6층
전화번호 | 02·704·3331
팩스번호 | 02·704·3360

ISBN 979-11-5916-099-8 979-11-5916-097-4(set) 04810 04810

이원호의 명품 기업소설

영웅시대

3부 ② 회장편

한결미디어
HANGYEOL
MEDIA

목차

제1장
배은망덕한 자의 종말

멕시코로 보낸 박동찬은 일주일 만에 돌아왔다. 박동찬은 CIA 현지 요원의 도움을 받아 조사를 빨리, 정확하게 마칠 수가 있었다고 했다. 이광이 린드버그에게 연락해서 협조를 부탁했던 것이다. 리스타상사 사장실 안, 이광은 윤방철과 백갑상, 안학태와 오상만까지 배석시키고 박동찬의 보고를 듣는다. 멕시코 진출의 핵심 간부들만 모은 것이다. 이광은 이른바 조폭 계열의 건설회사를 중심으로 멕시코에 진출시킬 계획이다. 박동찬이 입을 열었다.

"아카풀코 지역에 있는 삼원건설 부지는 외관상 훌륭했습니다. 1백만 평 정도 되는 데다 바다 옆이었고 근처에 인구가 밀집된 도시가 있는 데다 교통은 편리했습니다."

어깨를 편 박동찬이 이광을 보았다.

"기조실 담당부장 권기수가 삼원건설 법인장 유근호로부터 받은 자료를 보면 평당 10불로 계산해서 1천만 불 정도로 그 부지를 인수할 수 있다고 했습니다."

한숨을 쉰 박동찬이 말을 이었다.

"그래서 권 부장은 인수 예정서를 작성해 놓고 있었는데 이번에 제가 CIA의 도움을 받아 조사를 했더니……."

숨을 고른 박동찬이 이광 앞에 서류를 내밀었다.

"그 부지는 바로 옆쪽의 페르난도상사의 부지와 붙어 있어서 지금까지 3년 동안 버려두고 있었습니다. 그것은 페르난도 측에서 온갖 방해를 했기 때문입니다."

"페르난도가 마피아인가?"

"멕시코에서는 패밀리라고 부르지요. 페르난도 패밀리는 아카풀코 지역의 3대 패밀리 중 하나입니다."

"마약 조직인가?"

"주종 사업이 마약이고 유흥업에도 진출했는데 이곳의 특징은."

박동찬이 일그러진 얼굴로 이광을 보았다.

"정부기관과 결탁하고 있다는 것입니다. 경찰까지 매수해서 이 패밀리들의 적이 되면 죽거나 망하거나 둘 중 하나가 된다는 것입니다."

"그래서 삼원건설은 그 공사도 못 하는 부지를 우리한테 넘기려고 했단 말이지?"

"그렇습니다. 페르난도 패밀리 이야기는 일절 하지 않았지요, 그리고."

박동찬이 굳어진 얼굴로 말을 이었다.

"삼원건설은 3년 전에 그 부지를 평당 5불씩 구입했습니다, 그리고는 저희들에게 구입 단가의 2배를 받으려고 하는데 현지에서는 페르난도 패밀리 부지가 옆에 있어서 평당 1불에도 팔리지 않을 것이라고 합니다."

"……."

"페르난도 패밀리가 삼원 측에 평당 20센트로 쳐서 20만 불로 그 부지를 구입하겠다고 작년에 압력을 넣었다는군요."

그때 이광의 얼굴에 웃음이 떠올랐다. 그러나 방 안의 분위기가 살벌하다.

오후 6시 반이 되었을 때 이광은 소공동의 안기부 안가에서 오금봉과 마주 앉았다. 이광의 리스타상사 건물에서 2백 미터 거리밖에 안 된다. 오늘은 안학태와 박동찬까지 동행했기 때문에 넷이 둘러앉았다. 오금봉이 쓴웃음을 짓고 말했다.

"유태원 회장이 지시했을 것 같지는 않습니다. 내가 물어보았더니 유 회장은 리스타하고 삼원 법인이 아카풀코 부지 매입 협상을 하고 있는지도 모르고 있더군요."

이광은 잠자코 듣기만 했다. 오금봉에게 박동찬의 조사 결과를 말해주었던 것이다. 오금봉이 말을 이었다.

"만일 알고도 그랬다면 가만둘 수는 없지요. 이건 배은망덕한 경우이고 기업가로 대우해줄 수 없는 일입니다."

그때 박동찬이 헛기침을 했다.

"저, 국장님."

오금봉이 지그시 박동찬을 보았다. 박동찬은 안기부 요원 출신이다. 파견으로 보냈는지 사직서를 내고 왔는지 이광은 묻지도 않았지만 박동찬에게 오금봉은 새까맣게 높은 상관이다. 그러나 박동찬이 어깨를 펴고 말했다.

"제가 기조실 직원한테서 들었습니다. 법인장이 삼원 회장과 직접 통화를 해서 지시를 받았다고 합니다."

오금봉이 시선만 주었고 박동찬이 말을 이었다.

"그것도 여러 번이었다고 합니다. 어떤 때는 회장이 먼저 전화를 해 왔다고 합니다."

"이런……."

오금봉이 길게 숨을 뱉고 나서 이광을 보았다.

"상황이 아주 나쁘게 돌아가는데요."

"제 관점에서 봐도 1백만 평이나 되는 부지를 매매하는데 기업 사주가 모르고 있을 수는 없지요."

이광이 웃음 띤 얼굴로 말했다.

"저도 처음에는 믿기지 않았는데 멕시코 상황을 알게 되니까 이해가 되는군요."

"나쁜 자식이군."

마침내 오금봉이 이 사이로 말했다.

"그 자식, 세금 포탈로 3년 전에 로비를 해서 겨우 살아남더니 이젠 막 나가는구만."

이광이 숨을 들이켰다. 모르고 있었던 일이었던 것이다. 이제는 숨겨진 비리가 쏟아져 나온다. 그때 오금봉이 이광을 보았다.

"각하께 보고를 하면 삼원은 그 다음 날 끝장이 날 겁니다. 그놈, 죽입시다."

오금봉의 시선을 받은 이광이 정색했다.

"다른 방법이 있습니다."

"페르난도 패밀리는 상관할 것 없어."

유태원이 소파에 등을 붙이고 앉으면서 말했다. 오후 9시 반, 이곳은 유태원이 안가로 사용하는 삼원호텔 특실이다. 유태원의 얼굴에 웃음이 떠올랐다.

"마침 잘되었어, 아카풀코는 지긋지긋한 참이었는데 매수자가 나타나서."

"회장님."

건설사장 이윤성이 조심스러운 표정으로 유태원을 보았다.

"이광이 안기부하고 관계가 좋은 데다 대통령도 이광한테 상당히 호감을 보인다고 들었습니다, 만나기도 하구요."

"난 대통령 안 만나냐?"

되물은 유태원이 탁자 위에 놓인 위스키 잔을 들었다.

"난 지금까지 대통령을 20번도 더 만났다."

유태원과 대통령은 각별한 인연이 있다. 같은 고향 출신인 데다 유태원의 형과 대통령이 친구 사이였던 것이다. 그래서 어렸을 적에도 집에 대통령이 자주 놀러 왔었다. 한 모금 위스키를 삼킨 유태원이 말을 이었다.

"이광이 우리 애들을 이라크로 빼준 건 고맙지, 다 이광이 손을 써준 덕분이긴 해. 그래서 우리가 아카풀코 대지 1백만 평을 헐값에 내주는 거야."

이윤성이 숨을 죽였고 옆에 앉은 비서실장 박주석은 아까부터 외면하고 있다. 유태원의 목소리가 방을 울렸다.

"지금 아카풀코 바닷가 땅값은 평당 1백 불이라고. 그것을 우리가 10불로 넘기는 거야. 우리가 왜 페르난도 패밀리까지 신경을 써줘야 하나? 그건 이광이 땅을 사고 나서 해결할 문제야."

맞는 말이다. 페르난도 패밀리 때문에 그 땅에 3년째 삽질 한 번 못

했고 지금 평당 20센트로 내놓으라고 협박을 당하는 중이라는 사연은 말할 필요가 없다. 물론 유태원의 관점에서다. 유태원이 다시 잔에 술을 채웠다. 55세, 부친으로부터 가업인 삼원상사를 이어받은 지 15년, 그동안 회사를 성장시켜 계열사 32개를 소유한 재계 12위의 재벌 그룹 사주가 되었다. 그러나 성격이 차갑고 계산적이며 뒤통수를 잘 때린다는 소문이 났다. 또한 권력에 줄을 잘 대고 로비에 귀신이라는 소문이다. 회사를 이어받자마자 형 친구인 대통령이 집권을 했으니 유태원에게는 천운이 열린 셈이다. 대통령이 집권한 지 10여 년 동안 삼원상사는 삼원그룹이 된 것이다.

"유 회장에 대해서 모르고 있었어?"

안기부장 최도광이 묻자 오금봉이 숨부터 들이켰다.

"저는 유 회장에 대해서는 아직⋯⋯."

"허, 이 사람, 답답하군."

최도광이 혀를 찼다. 오전 9시, 안기부장실 안이다. 아침에 출근하자마자 부장 면담을 신청한 오금봉이 삼원 회장 유태원의 배은망덕한 소행을 방금 보고하고 난 참이다. 그랬더니 최도광이 대뜸 유 회장에 대해서 모르고 있었느냐 하니 황당할밖에. 그때 최도광이 한심하다는 표정을 지으면서 말했다.

"이 사람아, 당신도 이젠 상대를 만날 때 그 배후부터 조사하도록 해. 이젠 당신도 그럴 때가 되었어."

"예, 부장님, 명심하겠습니다."

"삼원 유태원이가 겉으로는 공손하고 겸손한 것 같지만 아주 약삭빠른 인간이야."

"아, 예."

"각하께서 집권하신 10여 년 동안 삼원이 20배 성장을 했어."

"예."

"그 원인이 뭔지 아나?"

"글쎄요, 저는."

유태원과 대통령이 동향인 것은 안다. 그때 최도광이 말했다.

"이건 청와대에서도 쉬쉬하고 있는데 유태원 씨 형하고 각하는 절친한 친구 사이였어. 유태원 씨 형이 일찍 죽었다는데 각하께선 죽은 친구 대신 유태원 씨를 챙긴다는구먼."

"아, 예."

"유태원 씨하고 죽은 형의 얼굴이 비슷하다는 거야."

오금봉이 어깨를 늘어뜨렸다. 이광한테 각하께 보고하면 유태원은 그 다음 날 끝장이 난다고 했던 것이 떠올랐기 때문이다.

"진행시켜."

이광이 안학태에게 지시했다.

"기조실, 건설팀이 계속 삼원 법인 측을 만나 가격 흥정을 하도록 해."

"알겠습니다."

안학태가 머리를 끄덕였다.

"기조실의 윤중호 전무가 협상팀의 대표를 맡도록 하는 것이 좋겠습니다."

"상담을 끌면서 페르난도 패밀리는 물론 아카풀코의 3대 패밀리를 철저히 조사하도록."

이광의 시선이 옆쪽에 앉은 박동찬에게로 옮겨졌다.

"박 과장, 그것은 네가 책임자다."

"예, 회장님."

박동찬이 대답했을 때 이광이 미간을 좁혔다.

"왜 회장이라고 한 거냐?"

"예, 법인 사장들이 많아서 저희들끼리 그렇게 불렀다가……."

뒷머리를 손으로 쓴 박동찬이 이광을 보았다.

"저도 모르게 그렇게 나왔습니다."

"알았다."

머리를 끄덕인 이광이 말을 맺었다.

"그렇다고 시간이 많은 것도 아니다. 이대로 질질 끌고 갈 수만은 없으니까 조사부터 서둘러라, 그것이 우선이다."

이광이 따지지 않는 바람에 회장 호칭이 자연스럽게 붙여지게 되었다.

"잠깐 보십시다."

뒤에서 부르는 소리에 박종대는 몸을 돌렸다. 아랍인 셋이 다가오고 있다. 말끔한 쑵을 입고 터번을 쓴 사내들이다. 앞장선 사내가 박종대 앞에 멈춰 서더니 웃음 띤 얼굴로 물었다.

"당신이 리스타백화점 사장 미스터 박인가?"

"그런데, 왜?"

박종대가 조금 배를 내민 자세로 물었다. 낮 12시 반, 백화점 지하 주차장에서 막 차를 타려는 참이었다. 문을 열고 기다리던 운전사 하심이 눈만 껌벅이고 있다. 그때 사내가 다가오더니 박종대의 어깨를 한 손으로 움켜쥐었다.

"너를 체포한다."

"뭐야?"

눈을 치켜뜬 박종대가 소리쳤을 때 옆쪽으로 다가온 사내가 손에 쥔 가죽표식을 보였다. 검정색 가죽에 '경찰'이라고 금속 마크가 붙어 있다. 두바이 경찰의 표시다.

"왜 그러는 거야?"

그때 다른 사내가 다가와 박종대의 팔목을 움켜쥐더니 수갑을 채웠다. 박종대가 이제는 서두르듯 말했다.

"자, 잠깐, 연락할 데가 있어, 잠깐만 기다려!"

"경찰서에 가서 연락해."

박종대의 어깨를 밀면서 사내가 말했다.

"시간 많이 줄 테니까."

"하심!"

박종대가 하심에게 소리쳤다.

"윤 사장, 윤 사장한테 연락해! 내가 경찰에 간다고!"

그때 다가온 밴의 문이 열리더니 사내들이 박종대를 안으로 밀어 넣었다.

윤지혜의 전화가 왔을 때는 사건 발생 2시간 후, 한국 시간으로 오후 7시 반쯤이었다. 윤지혜는 두 시간 동안 손을 써본 것이다. 안학태를 통해 전화를 받은 이광이 의자에 등을 붙였다. 이제는 유스타상사가 된 유성상사의 사장실 안이다. 인사를 마친 윤지혜가 대뜸 본론을 꺼냈다.

"백화점 사장 박종대 씨가 납치되었습니다, 사장님."

"납치?"

이광의 시선이 앞에 선 안학태에게 옮겨졌다. 시선을 받은 안학태가 눈도 끔벅이지 않는다. 그때 윤지혜가 말을 이었다.

"백화점 지하 주차장에서 경찰이라고 한 세 사내에게 끌려갔습니다. 운전사 하심이 목격했습니다. 흰색 밴을 타고 갔는데 경찰이 아니었습니다."

"무슨 말이야?"

"하심의 보고를 받고 경찰에 알아봤더니 그런 사실이 없었습니다."

"……"

"그래서 고문 변호사 아고르 씨가 지금 경찰서에 가 있습니다."

"납치되었다고?"

"경찰에서는 그렇게 말합니다."

"누가 그런 것 같나?"

"조사 중입니다."

"내가 도와줄 일은?"

"두바이 정부에 압력을 넣어 주셨으면 합니다. 아고르 씨도 거물이지만 사장님께서……"

"알았어."

심호흡을 한 이광이 다시 물었다.

"법인장은 추측 가는 일은 없나? 가능성이 있는 일 말이야."

"전혀 없습니다. 박 사장은 백화점 사장이니만치 테러단체나 인질범들의 소행일 가능성도 있습니다만……"

"알았어, 나도 알아보지."

"부탁합니다. 그리고 신경 쓰게 해드려서 죄송합니다, 사장님."

전화기의 전원을 끈 이광이 안학태에게 내밀면서 말했다.

"지금 어디 있지?"

"배로 옮겨졌습니다, 그곳이 안전하거든요."

안학태의 입술이 조금 비틀렸다.

"박종대는 벌써 자백을 시작했다는데 윤지혜가 혼자 애쓰는군요. 두 시간 동안 정신없이 찾으려고 노력한 것 같습니다."

밤 11시 반, 유태원이 전화기를 귀에 붙이고는 소파에 앉았다.

"그래, 어떻게 된 거야?"

"예, 회장님. 어제 가격을 다시 제시해왔습니다."

수화구에서 소리치듯 사내가 말했다. 아카풀코의 삼원 법인장 유근호다. 윤근호가 말을 이었다.

"평당 9불까지는 받아들일 수 있다고 합니다, 회장님."

"그럼 1백만 불이 깎이는 거 아냐?"

"예, 회장님."

"더 밀어붙여 봐, 그쪽은 급한 상황이야. 어떻게든 빨리 공장을 지어야 한다고."

"예, 회장님."

"그 자식들, 처음에는 10불을 받아들일 것 같더니 무슨 눈치를 챈 것 아니야?"

"그럴 리는 없습니다, 회장님."

"최종가로 9불 50까지 해봐."

"예, 회장님."

"내일 다시 이 시간에 연락하자."

"예, 회장님."

전화기를 내려놓은 유태원이 벽시계를 보았다. 11시 35분, 카지노는 이 시간이 황금 시간이다. 이곳은 마카오의 임페리얼호텔 특실이다. 카지노의 VIP 고객에게만 배정되는 특실에 유태원이 묵고 있는 것이다. 기분 전환으로 한 달에 한 번 정도는 마카오에 와서 이박 삼일간 카지노에서 놀다 가는 것이 유태원의 취미다. 그때 문에서 벨 소리가 났다. 술을 시켰더니 룸서비스가 온 것 같다.

문을 연 유태원이 이맛살을 찌푸렸다. 사내 둘이 서 있었기 때문이다. 룸서비스가 아니다.

"누구요?"

유태원이 묻자 사내 하나가 주머니에서 신분증을 꺼내 내밀었다.

"홍콩 경찰."

사내가 영어로 말하면서 웃었다.

"당신을 마약 거래 혐의로 체포한다."

"나를?"

유태원이 얼굴을 일그러뜨리며 웃었다.

"당신, 내가 누군지 알아? 호텔 지배인한테 물어봐……."

그 순간이다. 사내가 내지른 주먹이 유태원의 턱에 작렬했다. 기습적인 펀치였고 정통으로 턱을 맞은 유태원이 뒤로 벌떡 자빠졌을 때 사내가 유태원의 몸을 끌고 방 안으로 들어서며 말했다.

"애들 불러, 이놈을 싣고 나가야겠어."

"여보세요?"

전화기를 귀에 붙인 배선희가 벽시계를 보았다. 오후 8시, 막 아파트로 퇴근한 참이다.

"응, 퇴근했구나."

배선희는 영어로 응답했는데 이쪽은 한국어다. 굵은 사내 목소리, 그러나 귀에 익기는 하지만 누군지는 모르겠다. 전화기를 바꿔 쥔 배선희가 물었다.

"누구세요?"

"나, 사장이야. 벌써 잊어먹었냐?"

"어머나!"

깜짝 놀란 배선희의 목소리가 높아졌다.

"사장님, 웬일이세요?"

서울 시간은 지금 새벽 1시쯤 되었을 것이라는 생각이 들자 배선희의 얼굴이 굳어졌다. 쿠웨이트에 온 지 8개월, 그동안 리스타상사의 원조이며 해외 법인의 중심인 쿠웨이트 리스타에서 총무부 과장을 거쳐 지금은 영업2부장이 되어 있는 배선희. 서울 유성상사에서 이광의 비서로 대리급이었으니 빠른 승진이긴 해도 능력을 인정받았기 때문이다. 그때 이광이 말했다.

"배 부장, 내일 오전에 너를 두바이 리스타 기조실 이사로 발령을 낼 거다. 너는 두바이 리스타의 기조실을 총괄하게 되는 거야."

"네?"

놀란 배선희가 숨을 들이켰다. 두바이 리스타의 조직 체계는 배선희도 잘 알고 있는 것이다. 현재 두바이 리스타 법인의 기조실은 하근수 부장이 맡고 있다. 32세, 한일상사 총무과장 출신으로 법인 사장 윤지혜의 심복으로 알려졌다.

"저, 윤 법인장은 알고 있는가요?"

조심스럽게 배선희가 물었다. 두바이 리스타 직원 인사는 법인장 권한이다. 그때 이광이 짧게 웃었다.

"법인의 중역 인사는 본사에서 직접 한다. 넌 중역이야."

"아!"

"잘 들어, 배 이사."

"네, 사장님."

"지금 두바이 리스타백화점의 사장 박종대가 괴한에게 납치되었다고 한다."

놀란 배선희가 숨을 들이켰을 때 이광의 말이 이어졌다.

"이건 극비야, 두바이는 다 알고 있지만 본부에서는 간부급 몇 명만 알아."

"아, 네."

"그런데 박종대가 공금을 횡령했다는 증거가 있어. 교묘히 숨겼지만 외부에서 실시한 감사에 발각되었어. 이것은 아직 법인장도 모르는 것 같다."

숨을 죽인 배선희는 이광의 말을 듣는다.

"그리고 또 하나, 박종대와 윤지혜가 은밀한 사이야. 내연의 관계란 말이지."

"……."

"물론 너는 모른 척하고 부임하도록. 두바이 리스타 기조실 부장 하근수는 제다 기조실 부장으로 발령을 낼 테니까 인계인수를 하도록."

"예, 사장님."

이제 윤곽을 파악한 배선희가 긴 숨을 뱉었다. 다시 새로운 세상이 눈앞에 열린 것이다. 이번에는 더 큰 세상이다. 그런데 윤지혜가 그런 짓을 벌이다니.

전화기를 내려놓은 이광이 옆에 선 안학태를 보았다.

"비서실에서 두바이로 누구를 보내는 것이 낫겠나?"

"고명규가 낫습니다."

안학태가 바로 대답했다.

"박동찬은 멕시코 업무를 맡아서요."

"그럼 고명규를 보내. 두바이에서 배선희하고 협조해서 정리하도록."

"직원 하나 딸려서 즉시 보내겠습니다."

머리를 끄덕인 이광이 손목시계를 보고 나서 다시 물었다.

"유태원은?"

"지금 홍콩에 있습니다."

목소리를 낮춘 안학태가 말을 이었다.

"중국 정부의 안가를 이용하고 있어서 안전합니다."

입맛을 다신 이광에게 안학태가 말을 이었다.

"곧 저쪽에서 연락이 올 것입니다."

"이렇게까지는 안 하려고 했는데 할 수 없어."

"당연히 해야지요."

어깨를 부풀린 안학태가 말을 이었다.

"권력만 믿고 안하무인인 놈들은 혼이 나야 됩니다. 이놈은 배은망덕한 놈이기도 합니다."

안학태로서는 드문 표현이다. 유태원도 이광이 납치시킨 것이다.

"다 반납하겠습니다."

박종대가 가쁜 숨을 몰아쉬며 말했다.

"제가 계좌 이체를 하지요, 그럼 만 하루면 끝납니다."

"끝날 때까지 넌 여기 있어야 돼."

사내의 목소리다. 둘 다 영어로 이야기를 하고 있다. 박종대가 겁에 질린 목소리로 묻는다.

"반납하면 살려주시는 거죠?"

"봐서."

"약속을 해 주십시오."

"봐서."

"살려주십시오."

박종대가 울먹였다.

"저를 죽여서 득 될 것이 없지 않습니까?"

"너, 윤지혜하고 공모했지?"

불쑥 사내가 묻자 박종대는 바로 대답했다.

"그렇습니다, 윤지혜가 결재를 안 하면 돈을 빼낼 수가 없으니까요."

"윤지혜는 얼마나 먹은 거냐?"

"절 살려 주신다면 다 말하지요."

"네가 흥정을 할 입장이 아닐 텐데."

"살려주시면 다 불지요."

"우선 불어, 그럼 네 자세를 보고 나서 결정할 테니까."

그때 박종대가 소리 내어 울었다. 울음소리가 거슬린 이광이 이맛살을 찌푸리자 안학태가 녹음기의 음량을 줄였다. 리스타상사의 사장실 안이다. 방 안에는 이광과 안학태 그리고 녹음테이프를 가져온 린드버그의 부하 제퍼슨까지 셋이 앉아 있다. 다시 안학태가 볼륨을 높였다.

"말하지요, 살려 주시리라 믿겠습니다."

"네가 정직하게 다 털어놓는다면 살려준다. 자, 말해."

"윤지혜는 백화점 공사할 때부터 돈을 먹기 시작했습니다."

"말해."

"사장이 윤지혜를 전폭적으로 신뢰하고 토지 구입부터 백화점 등록, 공사, 물품 구입까지 감사 한 번 안 하고 거금을 맡겼으니 다 윤지혜의 돈이었지요."

"언제부터 먹었다고?"

"윤지혜가 말입니까?"

"그래, 윤지혜가."

"토지 구입 전 로비 자금부터 먹은 것 같습니다."

"말해."

"저는 백화점 다 짓고 나서 관리 사장으로 왔을 뿐입니다. 큰돈은 윤지혜가 다 먹었습니다."

"계속해."

"제가 먹은 건 푼돈입니다. 아니 먹었다고 볼 수도 없지요, 그저⋯⋯."

"닥치고 윤지혜가 먹은 액수는 대충 얼마냐?"

"말은 안 했지만 5천만 불은 넘는 것 같습니다."

"너하고 공모해서 먹은 양은?"

"2,500만 불 정도입니다."

"그걸 반으로 나눴나?"

"윤지혜가 2천만 불 가져갔지요, 저는 20퍼센트를 받았습니다."

그러고는 목소리가 끊겼다. 버튼을 눌러 녹음기를 끈 제퍼슨이 이광을 보았다.

"린드버그는 보스의 지시를 기다린다고 했습니다."

보스는 이광을 말한다.

"난 한국 대통령 각하의 동생 같은 사람이야."

유태원이 소리쳤다.

"곧 한국 정부에서 홍콩에 경찰 수백 명을 파견할 것이라고. 안기부 알지? KCIA말이야. 안기부 요원도 수백 명이 올 거야."

유태원의 영어는 유창했다. 상대가 가만히 들어주었기 때문에 이젠 열변이 되었다.

"내 이름을 말하면 대한민국에서 모르는 사람이 없어. 당신들은 지금 실수한 거야, 그러니까 날 풀어주면 돼."

유태원이 헛기침을 했다.

"그렇다고 내가 그냥 가겠다는 건 아냐. 내가 100만 불 내겠어, 아니 150만 불까지는 할 수 있어. 그 이상은 무리야."

"……."

"150만 불이면 거금이야, 그것을 내가 3시간 안에 만들어 주지. 날 호텔로 돌려 보내주면 나하고 같이 호텔방에서 기다리면 돼, 은행에서 가져오라고 하는 거야."

"……."

"그럼 국제적 문제도 안 되고 우리끼리 조용하게 끝내는 거야. 대한민국 대통령을 움직이지 않아도 돼."

"……."

"어때? 조용히 끝내자고."

그때 잠자코 듣기만 하던 앞쪽 사내가 물었다.

"너희 대통령이 누구라고?"

숨을 들이켠 유태원이 입을 반쯤 벌렸을 때 사내가 엄지를 구부려 제 얼굴을 가렸다.

"난 본토인이다."

그 순간 유태원이 석상처럼 굳어졌다. 본토인이란 중화민국 인민을 말한다. 사내가 말을 이었다.

"너 삼합회라고 들어봤어?"

그러자 둘러섰던 사내들이 낄낄 웃었다. 유태원의 얼굴이 시커멓게 되었다.

오상만이 누구인가? 별로 인정을 받지 못한 신분이었는데도 조직을 위해서 이광을 죽이려고 했던 사이코다. 좋은 말로 해서 의리의 화신이라고 불러도 될 것이다. 그 오상만이 지금 삼합회 사이에 끼어서 유태원의 열변을 다 들었다. 삼합회? 아니다. 린린이 데려온 중국의 요원들이다. 그러니 삼합회보다 더 센 종자가 된다. 오상만이 어깨를 부풀렸다가 내렸을 때 지금까지 유태원의 상대가 되었던 사내가 시선을 주었다. 이제는 당신이 맡으라는 신호다. 오상만이 유태원 앞으로 다가가 섰다.

"이 개새꺄."

오상만이 영어로 욕부터 했다. 오상만이 누구인가? 아이 때부터 동두천 미군 부대에서 하우스 보이로 컸다고 했다. 그러니 영어 욕은 그렇게 유창할 수가 없다. 유태원이 머리를 들었을 때 폭포수처럼 오상만의 욕이 쏟아졌다.

"이 암캐한테서 나온 시부랄 놈의 새꺄, 니기미 뺵힐놈의 새끼가 어쩌고저째?"

폭포수처럼 욕을 쏟아내자 중국 인민들은 아연했고 유태원도 입을 떡 벌렸다. 그 순간 오상만의 주먹이 날아갔다.

　　"퍽!"

　　주먹이 유태원의 눈을 쳤다.

　　"아이고!"

　　유태원이 비명을 지른 것은 설맞았기 때문이다. 잘 친 주먹은 유태원이 납치당할 때처럼 단방에 기절을 시키든가 숨통을 쳐서 입에서 소리가 나오지 않도록 하는 것이다. 그런데 오상만의 주먹은 설맞아서 아프고 비명이 절로 나온다.

　　"아이고! 아이고! 아이고!"

　　유태원은 의자에 손을 뒤로 하고 묶여 있는 터라 샌드백이 따로 없다. 계속해서 오상만이 무지막지하게 주먹으로 난타를 하는 바람에 방 안은 비명으로 뒤덮였다. 오상만은 이 배은망덕한 놈을 죽일 기세였지만 주먹질은 별로였다. 오상만의 특기는 칼질과 칼 던지기인 것이다. 이윽고 오상만이 거친 숨을 뱉으면서 잠깐 쉬었을 때 유태원은 피떡이 되어 있었다. 코가 뭉개졌고 눈은 두 개가 다 충혈되어 부어올랐으며 입술은 다 터졌고 앞니 하나가 빠졌다. 사람의 얼굴이 아니다. 오상만이 씨근벌떡거렸을 때 사내 하나가 거울을 들고 와서 유태원의 앞에 놓았다.

　　"으악!"

　　제 얼굴을 본 유태원이 피범벅이 된 입을 딱 벌리며 비명을 질렀다. 공포감이 두 배로 증가되었다.

　　"법인장님, 다녀오세요."

배선희의 인사를 받은 윤지혜가 건성으로 머리를 끄덕였다.

"바로 돌아올 테니까 간부회의 준비를 하고 있어."

"알겠습니다."

오후 9시 10분, 윤지혜는 박종대 납치 사건 때문에 경찰서에 가서 상황을 체크하려는 것이다. 윤지혜가 말을 이었다.

"본사에서 연락이 오면 바로 나한테 알려주고."

"네, 법인장님."

몸을 돌리면서 스쳐 지나는 윤지혜의 눈빛이 차갑게 느껴졌기 때문에 배선희는 어깨를 움츠렸다가 내렸다. 법인장 윤지혜가 자리를 비우면 제2인자는 기조실 이사인 배선희다. 윤지혜가 탄 벤츠가 출발하자 배선희가 둘러선 직원들에게 쏘아붙였다.

"뭣들 해? 자리로 돌아가!"

다른 때 같으면 이러지 않았다. 더욱이 두바이에는 만 하루밖에 되지 않아서 모두 낯설다. 그런데 저절로 그렇게 말이 나와 버렸다. 어쩔 수 없다. 울화통이 터질 지경인데 그만해도 다행이다.

"지금 어디 가는 거야?"

윤지혜가 창밖을 내다보고 물었을 때 운전사 무가피는 차를 세웠다. 벤츠는 일차선 일방통행 도로에 멈춰 서 있다. 잠깐 한눈을 파는 사이에 차가 샛길로 들어선 것이다. 그때 무가피가 운전석 문을 열고 나갔기 때문에 윤지혜는 차가 고장난 줄 알았다. 그런데 갑자기 옆쪽 문이 열리는 바람에 윤지혜는 깜짝 놀랐다. 그때 사내 하나가 들어섰다. 아랍인이다.

"누구야?"

윤지혜가 날카롭게 소리쳤을 때 운전석으로 무가피가 들어왔다. 머리를 든 윤지혜가 무가피에게 도움을 청하려고 입을 벌렸다가 그대로 굳어졌다. 다른 사내였기 때문이다. 다시 반대쪽 문이 열리면서 윤지혜의 오른쪽에도 사내 하나가 들어왔다.

윤지혜가 막 소리를 지르려는 순간 차가 출발했다. 와락 출발하는 바람에 윤지혜는 등을 등받이에 부딪치면서 입을 다물었다. 머릿속이 텅 비어졌고 몸이 무거워져서 손가락 하나 들어 올리지 못하겠다. 공포심과 놀람에 범벅이 되면 이렇게 무기력해지는 모양이다. 벤츠는 빠른 속도로 달렸는데 차 안의 아무도 입을 열지 않는다.

또 깨닫는다. 인간의 욕심은 끝이 없다는 것, 하나를 쥐면 또 다른 것을 원하게 된다. 그것이 발전하는 인간의 참모습이 아니었던가?

또 깨닫는다. 양심은 욕심을 결코 이길 수가 없다. 인간은 살기 위해서 언제나 자신을 '합리화'로 무장시키는 동물이다. 바로 생각하는 동물인 것이다.

또 깨닫는다. 믿는 자가 바보인 것이다. 믿었기 때문에 잘못을 저질렀다고 봐도 된다. 왜 반면교사(反面敎師)를 잊고 있었는가? 이광 식(式)의 반면교사는 자신의 나쁜 점을 기준으로 상대방을 주시한다는 것이었다. 아아, 윤지혜에게 그것을 적용했다면 미리 막을 수가 있었던 것을! 거꾸로 생각해서 윤지혜로부터 막강한 권한을 넘겨받았다면 이광은 당연히, 아니 그 이상으로 해먹었을 것이다. 아예 두바이를 통째로 삼켜버렸을지도 모른다. 이광은 다시 깨닫는다. 인간은 죽을 때까지 배우면서 산다. 배웠다. 고치자.

그 시간의 두바이, 이번에는 윤지혜가 탁자 위에 놓인 녹음기를 응시하고 있다. 녹음기에서 박종대의 목소리가 울린다. 이광이 들었던 테이프다.

"윤지혜는 백화점 공사할 때부터 돈을 먹기 시작했습니다."

"말해."

"사장이 윤지혜를 전폭적으로 신뢰하고 토지 구입부터 백화점 등록, 공사, 물품 구입까지 감사 한 번 안 하고 거금을 맡겼으니 다 윤지혜의 돈이었지요."

　윤지혜는 조각상처럼 움직이지 않는다. 이곳은 두바이의 안가, 앞에는 세 사내가 둘러앉아 있다. 모두 아랍인으로 제각기 담배를 피우거나 차를 마시면서 딴전을 피웠는데 방 안에 박종대의 목소리만 울리고 있다.

"……큰돈은 윤지혜가 다 먹었습니다."

　두바이 법인 기조실 이사 배선희가 앞에 선 간부들에게 말했다.

"박종대 사장하고 법인장 윤지혜 씨는 지금 본사 기조실 팀과 회의 중이라는 연락이 왔어."

　그 순간 간부들이 서로 얼굴을 마주 보며 술렁거렸다. 모두 안도한 표정이다. 그때 간부 하나가 물었다.

"연락을 받으셨습니까?"

"내가 직접 받았어."

"그런데 왜 우리한테는……."

　사내가 어물거렸을 때 배선희가 물었다.

"잠깐, 거기 직책, 이름이 뭐였지?"

"저요?"

40대쯤의 인도인이 엄지를 구부려 제 코를 가리켰다. 그러자 머리를 돌린 배선희가 끝 쪽에 선 아랍인에게 물었다.

"타지크, 저 친구 누구야?"

타지크는 배선희와 동시에 두바이 법인으로 영입된 인사부장이다. 전(前) 인사부장은 대기발령이 났고 두바이 신도시 개발팀 과장이었던 타지크가 옮겨온 것이다. 타지크가 힐끗 인도인을 보더니 대답했다.

"예, 법인 총무부장 가이슈입니다."

머리를 끄덕인 배선희가 가이슈를 보았다. 차가운 시선이다.

"지금 법인장과 사장은 공금 횡령 혐의로 본사 기조실의 감사를 받고 있어. 가이슈, 법인장을 도와준 일이 있나?"

"예? 그, 그것은……."

가이슈의 검은 얼굴이 누렇게 변했다. 그러나 배선희는 멈추지 않았다. 배선희가 타지크에게 말했다.

"곧 연루자도 조사를 할 텐데 일단 의심이 가는 간부들은 인사 조치를 시키도록."

"예, 이사님."

"저기, 총무부장이란 사람도 대기발령을 내는 것이 낫겠지?"

"예, 그래야 될 것 같습니다."

"아, 아니 저는……."

가이슈가 손까지 저었지만 타지크의 말에 막혔다.

"가이슈, 나하고 이야기 좀 하지."

"그럼 오늘 회의는 이만."

배선희가 손을 들어 끝났다는 시늉을 했다. 앞에 선 간부들은 선 채로 지시를 들은 셈이다.

"나야, 법인장인가?"

유태원의 목소리가 수화구를 울렸다.

"예, 회장님."

전화기를 힘주어 쥔 멕시코 법인장 유근호가 소리쳐 대답했다. 국제 전화는 감이 멀다. 멀어서 메아리까지 들린다. 그때 유태원이 말했다.

"거기, 아카풀코 대지 말이야."

"예, 회장님."

유근호가 얼른 덧붙였다.

"평당 9불 50까지 될 것 같습니다, 회장님."

"아, 그것이……."

"950만 불로 계약서 작성이 가능할 것 같습니다, 회장님."

"그것이, 페르난도 때문에 우리가 3년 동안 삽질 한 번 못 했다는 것이 양심에 걸려. 사람이 할 짓이 아닌 것 같아."

갑자기 귀신이 씻나락 까먹는 소리를 하는가? 이 양반이 정신 이상이 되었나? 뜬금없이 웬 지랄이야? 오만 가지 생각이 유근호의 머리를 스쳤을 때 유태원이 말을 이었다.

"평당 3센트로 계산해서 계약을 해, 당장."

"한 번씩은 다 배신했구먼."

쓴웃음을 지은 이광이 앞에 앉은 안학태를 보았다. 방금 이광은 안학태한테서 보고를 받은 것이다. 두바이에서 윤지혜와 박종대로부터 8천만 불 가까운 대금을 회수했고 아카풀코에서는 삼원상사의 대지 1백만 평을 평당 3센트씩 3만 불을 주고 매입했다.

"인생은 배신하면서 사는 거야, 내가 잠깐 잊고 있었어."

이광이 혼잣소리처럼 말했을 때 안학태가 정색했다.

"이제는 배신 대상을 조직으로 옮겨 놓으시지요, 그래야 회장님께서 충격도 덜 받으시고 배신자도 줄어들 것 같습니다."

이광의 시선을 받은 안학태가 말을 이었다.

"조직으로 관리하시면 권한이 한 곳에 집중되지 못합니다. 지금까지 개인에게 권한을 집중시켜 주셨습니다."

"맞아."

마침내 이광도 시인했다. 그것은 자신의 권한이 막강하다는 것에도 기인한다. 그래서 편애했던 심복들에게 권력을 나눠준 것이다.

또 깨닫는다. 권력이 막강할수록 빨리 부패된다, 그리고 부패 규모가 커진다.

이광이 안학태에게 지시했다.

"각 법인별로 견제 장치를 만들도록."

"알겠습니다."

안학태가 똑바로 이광을 보았다.

"이번 사건이 조직 개편의 시발점이 되었습니다."

"나한테도 내 자신을 돌아보게 되는 계기가 된 거야."

"회장님께선 항상 실패에서도 뭔가를 얻어내십니다."

"배신자가 나오는 반면에 자네 같은 조언자를 발견하게 된다, 이것이 내 복이야."

"그것도 회장님께서 뿌리신 씨앗이죠."

"아부하지 마."

마침내 이광의 얼굴에서 웃음이 떠올랐다.

또 깨달았다. 긍정적으로 사고(思考)하면 무언가를 꼭 얻는다.

이번에는 박동찬이 사내 하나와 함께 사장실로 들어섰다. 오후 4시 반, 사장실이지만 모두 회장실로 부르는 리스타상사의 이광 집무실이다. 집무실에는 이미 이광과 비서실장 안학태, 이번에 멕시코 법인에 진출할 백갑상과 오상만까지 앉아 있었기 때문에 둘은 바짝 굳어 있다. 인사를 마친 둘은 보고자 석에 자리 잡고 앉았다. 박동찬이 데려온 사내는 마르코, 멕시코인으로 CIA 정보원이다. 린드버그의 추천을 받아 이번에 박동찬의 일을 거들어준 것이다. 박동찬이 입을 열었다.

"페르난도 패밀리와 로메로 패밀리 그리고 산체스 패밀리가 아카풀코의 3대 조직입니다."

어깨를 부풀렸다가 내린 박동찬이 말을 이었다.

"그중 산체스 조직이 가장 크고 페르난도와 로메로는 비슷한데 각각 구역이 정해져 있습니다."

이제 박동찬이 아카풀코 지도를 탁자 위에 펼치더니 손으로 짚었다. 지도에는 이미 붉은색으로 아카풀코가 3등분 되어 있다. 마치 국경 같다. 시내 중심지역은 산체스, 왼쪽이 페르난도, 오른쪽이 로메로 지역이었고 내륙 쪽 선은 불분명하다. 박동찬이 페르난도 지역을 손끝으로 짚었다. 페르난도 지역 한쪽에 푸른 선으로 그려진 지역이 이번에 평당 3센트로 인수한 1백만 평이다.

"이 땅을 삼원건설에 평당 5불씩 주고 팔았던 아나톨리라는 땅 주인은 땅을 판 지 한 달 후에 실종되었다가 두 달쯤 후에 사막에 묻힌 시체로 발견되었습니다. 땅 판 돈을 다 빼앗기고 보복 살해된 것이지요."

모두 입을 다물고 있다. 당연히 페르난도 측이 죽였을 것이었다. 그때 박동찬의 눈짓을 받은 마르코가 입을 열었다. 물론 영어로 말한다.

"시내에서 총격전이 일어나는 건 보통 일입니다. 그러니까 아카풀코에 진출하려면 상황에 대비한 훈련을 마치는 것이 중요합니다. 총기는 꼭 필요하고요."

이광과 안학태는 듣기만 했는데 오상만은 흥분했는지 어깨가 올라가 있다. 오상만의 주특기는 칼 던지기, 칼 쓰는 것이었으니 성격에 맞을 것이다. 거기에다 미군 부대 하우스보이 하면서 LMG기관포까지 소제하고 쏴 보았다고 하지 않는가? 그때 마르코가 말을 이었다.

"아카풀코에서 이미 소문이 다 났습니다. 페르난도 구역에 대단위 공장이 준공될 것이라는 것과 그 한국계 회사 재력이 엄청나다는 것 그리고……"

말을 멈춘 마르코가 힐끗 이광을 보았다.

"페르난도 패밀리가 이번에 완전히 한국계 회사한테 물을 먹었다는 소문이 퍼졌습니다. 이번 공장용 대지를 페르난도 패밀리가 인수하려고 했거든요."

마르코는 스페인계로 검은 눈동자의 30대 미남이다. 마르코의 얼굴에 쓴웃음이 번졌다.

"이번에 아카풀코에 진출하실 때 각오를 단단히 해야 될 것 같습니다."

린린의 전화가 왔을 때는 이광이 신촌 뉴월드호텔 최상층의 펜트하우스에서 막 샤워를 마치고 나왔을 때다. 최상층이라고 해도 10층짜리 호텔이었으니 10층이다. 10층의 전체인 250평을 저택으로 개조해서 이광의 개인 공간과 경호원, 비서들의 거주지로 구분해놓고 동거하고 있는 것이다. 그동안 한국에서 머물 때는 대개 마포 오피스텔에서 묵었고 출장 전후에 강은서의 아파트로 갔지만 안학태 등의 조언을 받아 이곳으로 옮긴 것이다. 뉴월드호텔은 작년에 이광이 인수한 중급 호텔이지만 신촌역 근처의 요지에 위치해 있다.

"보스, 서기님께서 만나고 싶다는데요."

대뜸 린린이 웃음 띤 목소리로 말했다.

"내일 오실 수 있어요?"

"내일?"

이광이 이맛살을 찌푸렸지만 대답은 했다.

"가야지, 그런데 무슨 일이야?"

"아마 그 일인 것 같아요."

그 일이란 투자 관계다. 지난번 화오방은 중국 자금 50억 불을 리스타투자에 투자했고 두 달 만에 원금은 그대로 두고 투자 이익금 3억 불을 챙겼다. 엄청난 이윤이다. 그래서 처음에 약속한 대로 추가 투자를 할 예정인 것 같다.

"알았어, 내일 오후 비행기로 갈 테니까."

"오후라면 홍콩에서 주무시고 가겠군요."

린린의 목소리가 낮아졌다.

"보스, 우리 만난 지 오래되었어요."

"그런가?"

이광의 눈앞에 린린의 알몸이 떠올랐다. 그러나 곧 옆집에서 산다는 린린의 남편을 떠올리고는 순식간에 열기가 식었다. 해도 해도 너무 심하지, 저는 아이를 보고 있는데 옆집에서 꿈틀거리는 제 아내와 한국인을 떠올리면 고문당하는 느낌이 들지 않을까? 전화기를 내려놓은 이광이 긴 숨을 뱉었다. 이번 아카풀코 작전에서 린린의 도움을 많이 받았다. 푸저우에서 데려온 중국 공안 특수팀을 이용해서 유태원을 잡고 아카풀코 대지를 평당 3센트로 매입한 것이다. 그리고 아직 유태원은 홍콩에서 그들에게 억류되어 있다. 일주일째다. 회사에는 자주 연락하게 만들어서 마카오에서 노는 줄 알지만 유태원 문제도 간 김에 해결해야 한다. 이광은 다시 전화기를 들고 버튼을 눌렀다.

"아, 리, 웬일입니까?"

이광의 목소리를 확인한 해밀턴이 그야말로 반색을 했다.

또 깨닫는다. 인간관계는 서로 주고받는 것이 있음으로써 더욱 돈독해진다. 성년이 되고 나서 순수한 우정은 존재하지 않는다. 왜냐하면 서로 먹고살기 바빠서 우정을 위하여 만나는 횟수는 극히 희박하기 때문이다. 만일 우정을 위하여 먹고사는 일을 젖혀둔다면 그 인간은 미쳤거나 며칠 안 가서 그 우정의 상대로부터 배신을 당할 것이다.

"아, 말씀드릴 것이 있어서."

헛기침을 한 이광이 화오방이 만나자는 제의를 해왔다고 전하자 해밀턴은 기다렸다는 듯이 말했다.

"리, 내가 지금 뉴욕에 있는데 바로 홍콩으로 갈 겁니다, 내일 홍콩에서 만납시다."

"홍콩에서 말이오? 어디서요?"

"내일 밤 린린의 아파트에서 주무실 것 아닙니까?"

이런 제미랄 놈, 이광의 입속에서 터진 말이다. 눈을 치켜뜬 이광이 전화기를 고쳐 쥐었다. 하긴 린린의 남편이 아이하고 옆집에서 살고 있다고 말해준 건 CIA였으니 할 말이 없다. 그때 해밀턴이 말을 이었다.

"린린의 아파트 앞에 목욕탕이 있어요. 중국식 사우나인데 리가 모레 아침에 사우나를 하겠다면서 거기로 들어와요. 내일 저녁에 아파트로 들어가면서 사우나를 눈여겨보는 시늉이라도 해야 자연스럽겠지."

"거기서 만나자는 겁니까?"

"내가 사람을 보낼 겁니다. 그리고 난 홍콩에서 당신이 본토에 들어 갔다가 나오기를 기다리지요."

"……."

"화오방이 홍콩에서 당신을 만날지도 모르니까요. 화오방은 우리 미국 정부의 누구도 아직 만나지 못한 중국 최고위층이오."

"……."

"그런데 당신은 동네 아저씨를 만나는 것처럼 만나고 다니는 거요."

"아, 그거야……."

"그래서 우리에게 당신은 VIP요, 리."

"아카풀코 사업을 좀 부탁드려야겠는데."

갑자기 이광이 화제를 바꿨더니 해밀턴이 소리 내어 웃었다.

"리, 당신하고는 후세인, 카다피에다 중국, 거기에다 멕시코까지 안 걸린 데가 없구먼. 거기도 우리 상부상조하십시다."

해밀턴의 목소리는 밝다.

"그럼 모레 아침에 다시 연락합시다."

또 깨달았다. 배신만 안 하면 상부상조하면서 우정이 쌓인다, 물론 이용 가치가 있는 동안에만.

오상만이 옆자리에 앉았다. 이번에 홍콩으로 날아가서 유태원을 복날에 닭 잡는 것처럼 손을 봐준 오상만은 발군의 실력을 발휘했다. 유태원의 상황을 보고하려고 서울로 돌아왔던 오상만은 다시 이광과 함께 홍콩으로 가는 중이다. 이광이 동행한 비서실장 안학태는 물론이고 서슬이 푸르딩딩한 박동찬 차장(박동찬은 차장으로 진급했다), 수행비서 장복기 차장(역시 진급)까지 제쳐두고 오상만을 옆에 앉도록 한 것이다. 요즘 오상만은 인생에서 가장 황금기를 맞았다. 황금기란 무엇이냐? 자신의 능력을 인정받는 상황에서 일할 수 있는 여건까지 펼쳐진 것을 말한다. 정상적인 남자라면 이런 상황에서 일하다가 죽어도 여한이 없다. 오상만 같은 경우에는 아예 일하다가 죽을 자리를 찾을 수도 있겠다. 비행기가 순항 고도에서 그냥 떠 있는 것처럼 느껴졌을 때 이광이 오상만을 보았다.

"너, 홍콩 일 마치고 나서 바로 아카풀코로 가라, 물론 서울에 들렀다가."

"예, 회장님."

바로 대답한 오상만이 말을 이었다.

"현재 선발해 놓은 인원은 55명입니다. 회장님 한번 보시겠습니까?"

"네가 대장이야, 네가 선발했으면 됐어."

"모두 목숨을 바칠 수 있는 놈들입니다, 비겁한 놈은 없습니다."

지금 둘은 아카풀코에 파견될 결사대를 말하고 있다. 지금까지 오상만이 조폭 생활을 좀 했고 해방 이후로 조폭 역사가 수십 년이 되었지만 이런 대화는 처음이다. 아니, 조폭사(史)에서 이런 대화는 없을 것이다. 심호흡을 한 오상만이 이광을 보았다.

"한강 건너 황무지에서 사격 연습을 좀 했지만 아직 부족합니다. 애들 절반쯤이 전과자라서 군대를 가지 않았거든요."

"내가 군대에서 매일 총을 쐈지만 그런 총질이 아냐."

"예, 알고 있습니다. 영화에서 갱들이 총질하는 것과도 다르다는 것을 애들한테 교육시키고 있습니다."

"그냥 죽이는 거다, 전쟁보다 더 살벌하지."

"예, 하지만 애들이 다 독종입니다. 멕시코 마피아 놈들한테 당하지만은 않을 겁니다."

"기반 굳히는 데 CIA가 도와줄 거다."

이광이 말을 이었다.

"아카풀코 패밀리들이 마약을 미국으로 쏟아붓는다는구먼. 미국 정부는 우리를 아카풀코 패밀리들의 마약 거래를 막는 용병으로 운용하려는 거다."

"무기는 현지에서 받습니까?"

"그래. 먼저 가서 지리부터 익혀야 한다."

"알겠습니다."

"그리고 넌 리스타 아카풀코 법인 소속의 총무부장으로 발령을 내겠다."

"저, 과분합니다."

오상만이 손으로 뒷머리를 쓸었다.

"저는 회장님께서 인정해주시는 것만으로도 목숨을 내놓겠습니다."

"목숨을 아껴."

눈을 치켜뜬 이광이 오상만을 쏘아보았다.

"네가 목숨을 가볍게 생각하면 안 돼. 죽더라도 맨 나중에 죽어라."

"예, 회장님."

"네가 멕시코 가기 전에 1억을 줄 테다."

1억이면 서울에서 30평 아파트 3채를 산다. 숨을 들이켠 오상만을 향해 이광이 말을 이었다.

"그 돈을 네 집사람한테 줘, 만일의 경우에 대비한 보험금이야."

"회장님!"

"그리고 따로 너한테 10억을 줄 테니까 이번에 데려갈 애들 집안 형편을 봐서 보험금 식으로 분배해 줘라."

숨만 들이켠 오상만을 향해 이광이 말을 이었다.

"뒤가 든든해야 충성심도 나오는 거다. 뒷받침도 안 해주고 무조건 회사를 위해서 죽으라고 하는 놈은 그놈이 죽을 놈이다."

"회장님!"

어느덧 눈에 가득 눈물이 고인 오상만이 아랫입술을 물었다가 풀었다.

"지시대로 따르겠습니다."

공항에 마중 나온 린린은 이광을 향해 화사하게 웃었지만 더 이상의 액션은 나오지 않았다. 이광의 수행원이 많았기 때문일 것이다. 옆을 따르면서 조심스럽게 굴었지만 시선이 마주칠 적에는 전기 스파크가 일어나는 것 같았다. 일행은 일단 호텔로 향했다. 리무진을 3대나 가져왔지만 이광의 차에는 안학태와 린린이 같이 타야만 한다. 린린은 물론 서열상 운전석 옆자리에 앉았다. 오후 5시 반, 차가 출발했을 때 몸을 돌린 린린이 이광을 보았다.

"오늘 저녁 약속이 있으십니다, 회장님."

이광은 눈만 가늘게 떴고 린린의 말이 이어졌다.

"8시에 홍콩호텔 중식당에 예약을 해놓았습니다, 회장님."

"누가 나오는 거야?"

이광이 묻자 린린의 얼굴이 굳어졌다.

"화 서기님과 보좌관 양명 씨입니다."

화오방이 기다리고 있었던 것이다. 그럼 중국에 가지 않아도 되는가?

지엔사쥐의 중식당 남경의 밀실 안, 화오방과 보좌관 양명 그리고 이광까지 셋이 원탁에 둘러앉아 있다. 오후 8시 10분, 식탁 위에는 이미 오리 요리와 돼지고기찜, 속살이 보이는 투명한 만두에다 국수, 맵게 요리한 생선찜 등 요리 접시가 가득 놓였다. 원탁에 놓인 요리들은 손으로 원탁 위를 돌려서 요리 접시를 가까운 곳으로 끌어들여 접시에 담아 먹는다. 그러니까 원탁 위의 받침이 회전할 수 있는 것이다. 원탁 위의 회전 식탁이다. 화오방이 오리고기를 한 점 삼키더니 이광에게 말했다.

"내일 이 친구하고 같이 홍콩은행에 가서 50억 불을 분산 예치시키도록 하게. 홍콩은행에서 적극 협조해줄 것이네."

화오방이 눈으로 옆에 앉은 양명을 가리켰다.

"이 친구가 미국에서 경제학 박사 학위를 따고 투자회사에 자문관으로 근무했어. 앞으로 투자사업은 이 친구가 내 심부름을 할 거네."

이광의 시선이 양명에게로 옮겨졌다. 그러나 양명은 생선찜을 포크로 깨작거리면서 이광의 시선을 받지 않는다. 양명은 여자다. 그것도 빼어난 미인이다. 30세 초반쯤 되었을까? 쇼트커트 머리, 맑지만 날카로운 눈매, 곧은 콧날과 흰 피부, 만나서 서로 인사를 하고 20분 가깝게 되었지만 한 번도 웃지 않았다. 웃을 일이 없기도 했다. 그때 이광이 말했다.

“서기님, 미리 말씀드리려고 했는데 이번 추가 50억 불 투자는 중국 정부에서 다른 투자사를 찾아보시는 것이 어떻겠습니까?”

그 순간 놀란 듯 화오방이 젓가락을 내려놓았다. 양명도 눈을 크게 뜨고 똑바로 이광을 응시한다. 지금까지 양명은 인사 외에는 이광과 대화를 섞지 않았다. 화오방이 물었다.

“갑자기 그게 무슨 말인가?”

“리스타투자의 동업자는 후세인 대통령입니다. 화 서기님은 알고 계시지만 극비 사항이지요.”

“그런데 왜?”

“후세인 대통령이 불편하신 것 같습니다. 지난번 저한테 괜찮겠느냐고 물어보시더군요. 비밀이 노출되는 것을 싫어하십니다. 저하고 후세인 대통령, 중국이 각각 대주주가 된 입장이니까요.”

당연한 말이다. 후세인이 50억 불 따위에 환장하겠는가? 중국 정부가 거드름을 피우며 내놓는 1백억 불쯤은 몇 달간의 전쟁비용 정도다. 중국은 아직 경제가 일어나지도 않아서 10억 인구라지만 1인당 국민소득이 1백 불도 안 되는 상황이다. 화오방이 잠자코 이광을 보았다. 눈을 껌벅이면서 시선을 주었는데 눈동자의 초점이 흐려졌다. 뭔가 생각하고 있는 것이다. 그 옆쪽 양명은 분위기가 달라졌다. 조금 전까지만 해도 50억 불을 쥔 부자 투자가 행세를 했었는데 지금은 반대가 되었다. 돈을 쥐고 쌀을 사려는 주부 표정이랄까? 지금 미곡상 주인인 이광은 팔 쌀이 모자란다고 하고 있다. 이윽고 화오방이 눈동자의 초점을 잡았다.

“그럼 동업자인 후세인 대통령의 동의를 얻어야 된단 말인가?”

“제가 사주(社主)여서 후세인 대통령께서도 제 입장을 존중해 주시기는 합니다.”

이광이 똑바로 화오방을 보았다. 이제 양명 따위는 거들떠보지도 않는다. 뭐? 미국 박사? 엿을 줄게 엿이나 먹어라. 난 미국은 말할 것도 없고 영국과 독일 박사 1백 명을 고용해서 합창단을 만들 수 있는 사람이다. 건방지게 나한테 시선도 안 주고 웃지도 않다니, 네가 쥔 50억 불은 나에겐 5달러나 같다. 이것이 이광의 가슴속에 들어 있는 만용이다. 이광은 호흡을 조절했다. 방금 화오방에게 자신의 위상을 피력한 것이다. 리스타투자의 사주인 자신과 후세인 대통령 그리고 중국 정부 3자를 동일 선상에 올려놓았다. 후세인, 중국 정부, 나 자신이 동격인 것이다. 방금 화오방에게 후세인이 불편한 것 같다고 말한 것은 거짓말이다. 후세인은 오히려 자본금이 늘어났다고 좋아했다. 하지만 화오방은 그것을 확인 못 한다. 그것이 이광과 화오방의 다른 점이다. 이광의 순발력과 위치가 화오방의 윗선인 것이다. 뭐? 10억 인구의 10인자 안에 드는 거물? 나한테 어쩔 건데? 이광이 말을 이었다.

“그래서 저분, 양 씨라는 분 말씀인데요.”

이광이 똑바로 시선을 주면서 말했더니 양명의 얼굴이 순식간에 새빨개졌다. 이광이 머리를 기울이며 말을 이었다.

“저한테 별 도움이 되실 것 같지가 않습니다. 홍콩에 있는 린린 씨로 충분히 서기님 심부름을 할 수 있지 않을까요?”

“아, 그런가?”

정신이 든 표정으로 화오방이 양명을 보았다. 양명의 얼굴은 이제 노랗게 굳어 있다.

“난 이 친구가 투자 전문가라고 해서 말이야.”

“내 투자회사에서 뭘 하겠다는 겁니까? 내 직원도 아닌데 말씀입니다.”

이광이 웃음 띤 얼굴로 말했지만 내용은 단호했다.

“잘 끝냈어요?”

한바탕 폭풍이 지나간 것 같은 방 안, 린린이 시트로 하반신을 가리면서 물었다. 아직도 숨결이 가쁘다.

“응, 아주 좋았어, 넌 어때?”

이광이 반듯이 누우면서 묻자 린린이 뺑한 표정으로 시선을 주었다.

“지금 무슨 말을 하는 거죠?”

밤 12시 반, 침실의 불을 환하게 밝혀 놓아서 린린의 콧등에 돋아난 작은 땀방울도 보였다. 이광이 몸을 돌려 린린을 보았다.

“금방 섹스 이야기 물었잖아.”

린린이 뭘 물었는지는 안다. 오늘 화오방하고 만난 일이 잘 끝났느냐고 물은 것이다. 그러나 일부러 시치미를 떼었다. 그때 린린이 눈을 흘겼다.

“아니 그거 말고, 오늘 서기 동지 만난 일 말이에요.”

“그거 비밀인데.”

“그럼 말 안 해도 돼요.”

정색한 린린이 시선까지 돌렸을 때 이광의 얼굴에 쓴웃음이 떠올랐다. 린린이 놀란 것이다. 화오방과의 대담 내용을 말단이 알려고 하다니, 문제를 삼으면 총살도 가능하다. 방음 장치가 잘 안 된 아파트여서 늦은 밤인데도 온갖 소음이 울리고 있다. 방 안에 잠깐 정적이 덮이면서 동시에 소음이 쏟아져 들어왔다. 이광의 귀에는 소음 중에 아이 울음소리만 파고들었다. 웃음소리도 들린다. 옆집에 사는 린린의 아이일까? 이광이 입을 열었다.

"양명이라는 여자를 데려왔어, 보좌역인데 투자 업무를 맡게 될 것이라고 하더군."

린린이 숨을 죽였고 이광이 팔을 뻗어 당겨 안았다. 린린이 순순히 이광의 가슴에 얼굴을 붙였다. 이광이 말을 이었다.

"내 투자회사의 대주주인 후세인 대통령이 불편한 것 같다고 했어, 그래서 당분간 투자를 보류시켜야겠다고."

"……."

"중국 자본이 단숨에 투자 자본의 절반 이상을 차지하면 곤란하거든. 후세인 대통령은 중국 자본의 몇 배를 움직일 수 있는데도 조심하고 있는 상황이야."

이광은 천천히 알아듣기 쉽게 설명한다. 린린이 다시 보고할 때 틀리지 않도록 배려하는 것이다. 이광이 린린의 엉덩이를 손바닥으로 쓸면서 말을 이었다.

"그리고 양명이란 여자하고 같이 일할 수 없다고 했지, 린린 하나면 족하다고 했어."

그 순간 린린이 숨을 죽였다. 몸도 굳혔기 때문에 이광이 린린의 귀를 입술로 물었다.

"린린, 넌 곧 진급할지도 몰라. 그 거만한 미국 박사라는 양 아무개보다 더 높은 직책을 맡게 될 거야."

"보스, 그만."

몸을 비튼 린린이 이광의 가슴에 더운 숨을 뱉으면서 말했다.

"양 보좌관은 베이징 정부에서 온 사람이에요, 화 서기님 직속이라고요."

"넌 내 직속이야."

이광이 린린의 귀에 대고 속삭였다.

"내 정부이기도 하고."

그 순간 이광의 머릿속에 다시 옆집의 달걀귀신 같은 사내가 떠올랐다. 얼굴을 모르니 얼굴이 달걀처럼 되어 있는 린린의 남편이다.

다음 날 아침, 아파트 건너편의 사우나로 들어간 이광이 찜질방에 앉아 있을 때 안으로 40대쯤의 사내가 들어왔다. 찜질방 안에는 그들 둘뿐이다. 이광 옆자리에 앉은 사내가 가쁜 숨을 뱉더니 얼굴의 땀을 손바닥으로 씻었다. 비대한 체격에 수건으로 아랫도리만 가리고 있었는데 이광에게 전혀 관심을 보이지 않는다. 사우나 안에는 손님이 10여 명쯤 되었는데 찜질방은 3개다. 다른 사내가 들어올지 모르는 터라 이광은 땀을 쏟으며 기다렸다. 그때 옆쪽 벽에 기대앉은 사내가 불쑥 말했다.

"오늘 다시 화오방을 만나시지요?"

놀란 이광이 숨을 들이켰을 때 사내가 앞쪽을 응시한 채 말을 이었다.

"해밀턴 씨 부탁입니다."

사내가 손바닥으로 얼굴의 땀을 씻었다.

"양명은 중국 정부가 내세운 연락책입니다. 베이징 정부와 바로 소통할 수 있는 역할이지요. 그러니까 이 회장께서 양명을 받아들여 주시라는 부탁입니다."

이광의 얼굴에 쓴웃음이 번졌다. 어제 지엔사쥐의 대담을 CIA는 도청한 것이다. 이광이 사내에게 말했다.

"해밀턴 씨한테 도대체 나한테 대가로 뭘 주려고 하는지부터 알려 달라고 하시오."

놀란 듯 사내가 머리를 돌려 이광을 보았다. 눈이 충혈되어 있는 것이 어젯밤 과음을 하고 찜질방에 온 사람이 분명했다. 사내가 머리를 끄덕였다.

"예, 그렇게 말씀드리지요."

"화오방 만나기 전에 들어야겠소."

이광이 자르듯 말했다. 열쇠는 내가 쥐고 있다. 화오방은 물론 천하의 CIA도 마찬가지다. 이럴 때 조건을 내밀어야 정상 아닌가? 기회를 놓치면 안 된다.

눈을 뜬 유태원은 숨을 들이켰다. 냄새 때문이다. 비린내, 코를 킁킁거리면서 상반신을 일으켰던 유태원이 눈을 껌벅였다. 그 순간 유태원이 입을 쩍 벌렸다. 바로 옆에 알몸의 여자가 누워 있었기 때문이다. 그런데 여자의 몸은 피투성이다. 눈을 치켜뜨고 누워 있는 것이 시체다.

"으악!"

놀란 유태원이 비명을 지르고는 침대 밑으로 내려가다가 굴러 떨어졌다. 시트가 끌려 내려오면서 여자의 한쪽 팔이 침대 밑으로 떨어졌다.

"으악!"

여자의 찬 손이 어깨에 닿는 바람에 다시 비명을 지른 유태원이 벽에 몸을 붙이고 섰다. 그때서야 유태원은 자신이 벌거벗고 있다는 것을 알았다. 머리를 든 유태원은 이곳이 호텔방 같다고 느껴졌다. 내가 왜 이 방에 와 있는가? 창문도 없는 방에 감금된 것이 일주일인가 열흘이었던가? 그곳에서 어떻게 이곳에 왔는가? 벽에 붙여진 침대에서 잠이 든 기억은 난다. 다시 침대 위의 시체로 시선을 든 유태원의 온몸이 떨리기 시작했다. 함정이다. 놈들이 함정을 만든 것이다. 저 벌거숭이 시체와 나를 엮어서 평생을 괴롭히겠지. 이런 이야기를 들어본 적이 있다. 유태원이 방 안을 둘러보았지만 옷이 없다. 놈들이 다 가져간 모양이다. 그런데 저 시체는? 다시 피비린내가 진동했고 갑자기 구역질이 치밀어 올랐다. 참을 수 없어진 유태원이 옆쪽 화장실로 보이는 방문으로 달려갈 때 문에서 노크 소리가 들렸다. 크다. 놀란 유태원이 방바닥에다 그대로 토했다. 다시 노크 소리가 났다.

"누, 누구요?"

급한 김에 한국어로 물었다가 유태원은 다시 영어로 소리쳤다.

"누구요?"

경황 중에도 문을 두드리는 놈은 이렇게 만든 놈이라는 생각이 든다. 그리고 이것을 증거로 잡아 돈을 뜯어내겠지, 그때 문밖에서 사내 목소리가 울렸다.

"경찰이야! 신고 받고 왔으니까 문 열어!"

제2장
위험한 거래

이광의 공식 숙소는 구룡섬의 킹덤호텔이다. 린린의 아파트에서 나온 이광이 호텔로 돌아왔을 때는 오전 11시경이다. 방으로 들어선 이광에게 안학태가 뒤를 따르며 목소리를 낮추고 말했다.

"회장님, 11시 반에 친구분이 전화를 하겠다고 했습니다."

해밀턴이다. 이광이 머리만 끄덕였다. 소파에 앉은 이광에게 안학태가 다가와 옆쪽에 섰다.

"오 부장이 보고 드릴 것이 있다고 지금 오는 중입니다."

"바쁘구먼."

"정리되는 과정이지요."

안학태가 웃음 띤 얼굴로 말을 이었다.

"회장님 말씀대로 서로 주고받는 관계니까요."

그때 문에서 노크 소리가 들리더니 오상만이 들어섰다. 머리를 숙여 절을 한 오상만이 안학태를 보더니 주춤했으므로 이광이 말했다.

"됐다. 그냥 말해."

"예."

다가선 오상만이 똑바로 이광을 보았다.

"유태원은 지금 살인, 마약 복용 혐의로 체포되어 경찰서에 있습니다."

이광은 시선만 주었고 오상만의 말이 이어졌다.

"지엔사쥐의 천궁이란 중급 호텔방에서 체포되었는데 방 안에 근처 나이트클럽 댄서가 칼로 난자당해 죽어 있었습니다."

"……."

"본인은 납치되었다고 주장하지만 천궁에 5일간 숙박한 기록이 있는 데다 살해된 댄서 루시를 사흘째 데리고 왔다는 종업원들의 증언이 있었습니다."

"……."

"유태원의 마약 복용 검사를 했는데 어젯밤 엄청난 양의 마약을 복용한 것이 드러났습니다."

"……."

"지금 대사관 직원이 면회를 하고 있지만 유태원은 홍콩에서 재판을 받고 최고 사형, 아무리 잘되어도 30년 형은 받을 것 같습니다."

이광이 천천히 머리를 끄덕였다.

"전 한 일이 없습니다."

오상만이 손으로 뒷머리를 만지면서 말했다.

"저쪽에서 완벽하게 처리한 것입니다."

이광은 심호흡을 했다. 저쪽이란 중국 측이다. 이광이 린린을 시켜 중국 측에 유태원의 처리를 맡긴 것이다. 홍콩은 아직 영국 총독이 관리하지만 중국령이다. 중국 정부의 기관원들이 도처에 깔려 있는 상황이다. 그들이 모두 조작한 것이다. 이광이 혼잣소리를 했다.

"자업자득이야. 배은망덕한 소행만 저지르지 않았어도 이런 일은 없었다."

11시 30분 정각에 이광은 전화를 받았다. 친구라고 말한 사내가 대뜸 말했다.

"멕시코 사업을 우리가 전폭적으로 지원해 드리겠습니다."

해밀턴이 아니다. 사내가 말을 이었다.

"제가 보증합니다."

이광은 당신이 누구냐고 묻지는 않았다. 이 목소리를 녹음하지 않아도 CIA의 약속이다. 중국 측이 도청을 하고 있는 마당에 신분 확인까지 할 필요는 없는 것이다.

"알았어요, 믿습니다."

이광이 말했을 때 통화가 끊겼다. 이제 화오방 측에서 연락이 오기를 기다리면 된다.

그날 오후 6시 반, 오늘은 이광이 투숙한 킹덤호텔의 특실로 화오방과 양명이 찾아왔다. 지금까지 화오방 측이 지정한 장소로 이광이 갔었는데 이번은 다르다. 더구나 킹덤호텔은 번화가의 최고급 호텔이다. 사람 눈에 띄지 않으려고 했던 화오방으로서는 파격적 행동이었다. 응접실에는 이번에도 셋이 자리 잡았다. 이광은 비서실장 안학태를 참석시키고 싶었지만 화오방이 셋으로 하자고 미리 잘랐다.

이광으로서는 그것이 비밀을 지키려는 조심성이 아니라 격이 맞지 않기 때문이라는 화오방의 오만함으로 보였다. 양명을 대리인으로 옆에 붙여 놓는다는 것과 같은 맥락이다. 그러나 화오방은 어제보다 분위기가 많이 부드러워졌다. 특히 양명은 조금 위축되어 있었는데 자주 이광의 눈치를 보았다. 먼저 화오방이 입을 열었다.

"내가 숙고를 했지만 다른 투자사를 찾기가 힘들어. 자네도 알다시피 이 사업은 극비로 진행되는 일 아닌가? 자네하고는 푸저우 공장 사업으로 우리가 동업하고 있는 관계여서 부담이 없네."

화오방이 굳어진 얼굴로 이광을 보았다.

"후세인 대통령하고 우리가 동업자가 된다는 것도 감안한 일이었어, 물론 비밀이지만 말이야."

그리고 둘 다 미국에 대해서는 반미(反美)를 표방하고 있다. 색깔이 맞는 처지인 것이다. 그러나 반미(反美) 국가라고 해서 100퍼센트 미국과 절연한다고 믿는 것은 초등학생 사고다. 서로 비공식, 뒷구멍으로 할 것은 다 한다. 그것이 바로 외교다. 화오방이 말을 이었다.

"이 회장, 자네가 후세인 대통령한테 가서 우리가 대주주 행세를 하지 않을 것이라고 설득해 주게. 리스타투자는 셋이 공동 운영하자고 말이야."

"안 되겠는데요."

마침내 이광이 머리를 젓고 나서 쓴웃음을 지었다.

"그렇게 말 못 하겠습니다, 서기님."

"아니, 왜?"

"리스타투자의 사주는 접니다."

이광이 손으로 제 얼굴을 가리켰다.

"제가 주인입니다. 후세인 대통령과 중국 정부는 투자자일 뿐이지요. 투자나 회사의 결정권은 모두 제가 갖고 있습니다."

"알고 있어."

바로 시인한 화오방의 얼굴에 웃음이 떠올랐다.

"공동 운영이란 표현이 거슬렸다면 사과하네. 사주는 자네고 최종 결정권은 자네가 갖고 있지."

"지분 배분은 안 됩니다. 투자금으로만 처리가 되는 것입니다."

"당연하지."

"투자에 대해서 이래라저래라 하실 바에는 투자금은 도로 가져가시는 것이 낫습니다. 당장 원금을 돌려 드릴 테니까요."

"계약서에 명기되었지 않은가?"

이제는 화오방이 완전 열세다. 옆에 앉은 양명은 숨도 죽이고 있다. 이광이 소리 죽여 숨을 뱉었다. 초창기여서 이럴 수가 있는 것이다. 중국이 개방되고 수출입이 자유로워지면 자체 투자회사가 우후죽순처럼 생겨날 것이다. 그러나 지금 중국은 해외 법인 한 곳 없는 상황이다. 일단 리스타투자에 끼어들어 이익을 내면서 기다렸다가 자체 투자사로 독립해 나갈 것이다.

화오방이 이러는 것은 마치 한신이 불량배 바짓가랑이 사이로 지나갔다는 옛 고사(古事) 장면과 비슷하게 느껴졌다. 이른바 과하지욕(袴下之辱), 그렇다면 이광이 잠시 그 불량배 행세를 한 셈이다. 그때 이광이 말했다.

"좋습니다. 그럼 제가 이 길로 바그다드에 들러서 후세인 대통령을 뵙고 오겠습니다."

"오, 그래 주겠는가?"

화오방이 상반신을 펴더니 숨까지 들이마시면서 이광을 보았다. 주름진 얼굴에는 놀랍고 경이로운 표정까지 섞여 있다. 중국의 권력 서열 7위라고 했는가? 그러나 화오방이 10명 있더라도 후세인을 함부로 못 만난다. 이광은 자연스럽게 자신의 위상을 화오방 앞에 드러낸 셈이다.

"그렇다면 우리 중국 정부도 후세인 대통령 각하와 같이 동업하게 되어서 무한한 영광으로 생각한다는 말씀을 전해주게."

화오방이 한마디씩 정성스럽게 말을 내놓는 바람에 이광은 한참이나 주의 깊게 들어야 했다.

"예, 알겠습니다. 그렇게 전해드리겠습니다만."

이광이 정중하게 말을 이었다.

"이번 추가 투자에 대해서는 어떻게 말씀하실지 모르겠습니다."

"자네가 사주 아닌가?"

화오방이 웃음 띤 얼굴로 이광을 보았다. 놀랍게도 조금 아부가 섞인 웃음이다.

"자네가 적극 추천을 하면 대통령 각하께서도 크게 거부감을 느끼지 않으실 거네."

"잘 알겠습니다."

"부탁하네."

그때 머리를 든 화오방이 옆에 앉은 양명을 눈으로 가리켰다.

"양명이 투자에 대해서는 일절 상관하지 않을 거네. 오직 내 대리인으로 연락 역할을 할 거네."

시선을 내린 양명의 얼굴이 굳어졌고 화오방이 말을 이었다.

"린린의 역할은 푸저우 공장 관계로 현재 업무만으로도 벅차고 투자 업무는 문외한이야."

맞는 말이다. 중국 권력 서열 7위의 거물이 이광에게 열심히 말을 잇는다.

"그러니 양명을 내 대리인으로 상대해주게. 양명도 당분간 홍콩에 사무실을 두고 일을 할 테니까 자네가 잘 가르쳐주게."

그때 양명이 머리를 들더니 이광에게 말했다.

"잘 부탁합니다."

어제는 이런 소리 안 했다.

"신문에 대서특필되었어요."

다음 날 오전에 이광에게 오금봉이 말했다. 호텔로 전화를 해온 것이다.

"국민 여론이 굉장히 나쁩니다. 이제 유태원 씨는 홍콩에서 재판받고 끝나게 되었습니다. 삼원그룹도 유태원 씨를 지워야겠지요."

유태원 사건이 한국 언론에 보도가 된 것이다. 재벌 그룹 사주가 마카오에서 도박을 하다가 마약을 먹고 며칠간 동침했던 댄서를 무참하게 살해한 사건이다. 오금봉이 말을 이었다.

"그래서 인과응보라는 말이 있는 겁니다."

"그러게 말입니다."

맞장구를 친 이광이 생각난 것처럼 물었다.

"참, 제 회사 직원들, 멕시코 비자 준비는 다 되겠지요?"

"문제없습니다. 며칠 안에 다 나옵니다."

이번에 파견될 아카풀코 법인 소속의 직원이다. 총 75명이 한꺼번에 파견되는데 그중 55명이 행동대인 것이다. 멕시코 비자가 까다로웠지만 오금봉이 손을 쓰고 있는 중이다.

오금봉이 길게 숨을 뱉고 나서 말했다.

"이 회장님, 난세(亂世)요. 이런 상황에서 열심히 달러를 버는 이 회장님 같은 분이 우리 대한민국을 지탱시켜주고 있는 것입니다."

"아이구, 소름 돋습니다."

옆에 안학태, 오상만, 박동찬 등이 서 있었기 때문에 이광이 쓴웃음을 짓고 말했다.

"다, 제 할 일을 하고 있는 겁니다. 유태원 같은 작자들은 빼고 말입니다."

"그렇지요."

"난 오후에 중동으로 갑니다."

이광이 측근이나 마찬가지인 오금봉에게 일정을 털어놓았다. 오금봉은 이광이 홍콩에서 해밀턴과 접촉하는 것도 알고 있는 것이다. 이광이 말해 주었기 때문이다.

"일 잘 끝났습니까?"

오금봉이 물은 것은 화오방과의 일까지 포함되었다.

"예, 잘 끝났어요."

"다행입니다."

오금봉의 목소리가 쓸쓸하게 느껴졌다. 그것은 한국 국민인 이광이 이라크, 리비아는 물론이고 중국의 최고위층과 긴밀한 관계를 맺고 있는데도 그것을 적극적으로 활용하지 못하는 아쉬움 때문일 것이다. 지금 이광을 적극적으로 활용하는 국가가 바로 미국이다. 국력의 차이가 오금봉의 사기를 떨어뜨리고 있다. 그때 이광이 말했다.

"국장님, 들어가서 자세히 말씀드리지요."

이것이 위로는 되겠지.

점심을 먹고 출발 준비를 하고 있던 안학태가 서둘러 방으로 들어섰다.

"회장님, 화 서기 전화입니다."

이광이 눈을 크게 떴고 안학태가 방의 전화를 들더니 송화구를 막으면서 말했다.

"직접 전화를 했습니다."

이광이 잠자코 안학태가 건네준 전화기를 받아 귀에 붙였다. 화오방이 직접 전화를 해온 것은 처음이다.

"예, 이광입니다."

"이 회장, 내가 부탁드릴 말이 있어서."

화오방이 버릇처럼 또박또박 말했다.

"내 보좌관 양명을 이번 출장에 동행시킬 수 없을까?"

"보좌관을 말입니까?"

"부담이 되겠지만 비서로 취급해도 좋아, 본인도 비서 역할을 감수하겠다고 했네."

"그건 곤란한데요, 서기님."

"리스타투자도 한 번쯤은 가봐야 할 것 같고, 내 대신 말이네."

그건 맞는 말이다. 다시 화오방이 말을 이었다.

"경비는 우리가 다 부담하겠네, 비행기 요금부터 숙박비까지 일절……."

"그것 때문은 아닙니다, 서기님."

"이 회장 회사를 체크하려는 건 아니야, 투자에 대한 현장 감각을 익혀주려는 것이지."

"잠깐만 기다려 주시겠습니까? 제가 상의를 하고 나서 바로 연락드리겠습니다."

"알겠네, 부탁하네."

전화기를 내려놓은 이광이 안학태와 오상만, 박동찬 등 비서진들에게 화오방의 제의를 말했다.

"어떻게 생각하나?"

이광이 묻자 안학태가 먼저 대답했다.

"투자자 입장으로는 당연한 일 같습니다. 하지만 비서처럼 측근에 머물게 하려는 건 부담이 되는데요."

"이번 한 번만 구경시켜주고 끝내시지요."

박동찬이 안학태의 말을 이었다.

"비서로 측근에 머물게 할 수는 없습니다."

이광이 오상만에게 물었다.

"오 부장 생각은 어떠냐?"

"미인계 같습니다."

불쑥 오상만이 말하자 안학태와 박동찬이 뻥한 얼굴로 서로를 보았다. 그 생각은 못 한 것 같다. 그때 오상만이 이광에게 물었다.

"그 여자 미인입니까?"

"미인이다."

"그러면 그렇지."

오상만이 머리를 끄덕였기 때문에 이광이 물었다.

"뭐가 그러면 그렇지냐?"

"미인계가 맞습니다."

정색한 오상만이 말을 이었다.

"뻔한 수작이지만 미인계는 알면서도 받아들이게 되는 것입니다."

"네가 어떻게 그렇게 잘 알아?"

"중국 소설에 그런 이야기가 많습니다."

이광이 한숨을 쉬었고 안학태 등은 외면했다. 그때 오상만이 정색하고 말했다.

"회장님, 받아들이시지요. 화 서기의 부탁을 거절할 수도 없지 않습니까? 그리고 그 미인계를 역으로 이용하면 됩니다."

"그것도 소설에 나왔어?"

이광이 물었을 때 오상만은 대답을 못 했고 대신 안학태가 말했다.

"오 부장 의견이 맞습니다."

"자, 넌 어떻게 할 거야?"

진남철이 말하자 머리를 든 윤지혜가 똑바로 시선을 주었다.

"박종대는 어떻게 되었어?"

"박종대?"

되물은 진남철의 얼굴에 쓴웃음이 번졌다. 이곳은 두바이의 안가(安家), 둘은 응접실의 소파에 앉아 있다. 진남철이 사우디 제다에서 날아온 것은 어제 아침, 두바이 사태를 최종적으로 수습할 책임을 맡은 것이다. 이제 윤지혜와 박종대가 횡령한 자금 대부분이 회수되었고 미회수분은 극히 일부분이다. 진남철이 말을 이었다.

"박종대는 한국으로 보내달라고 하더군. 용서를 빈다는 장문의 편지를 썼고 각서에다 시인서까지 써 놓았어."

"……."

"아주 명문(名文)이야."

"……."

"그래서 한국에 돌아가 뭘 할 거냐고 물었더니 당분간 고향인 강릉으로 돌아가 쉬겠다는군."

"난 미국으로 갈 거야."

불쑥 윤지혜가 말했고 진남철은 입을 다물었다. 윤지혜가 말을 이었다.

"뉴욕에 내 이모가 살아, 거기서 지낼 거야."

"알았어, 그럼 내일 떠나도록 해."

"왜 내일이야? 이제 돈 다 가져갔으니까 오늘 풀어줘도 되잖아?"

"너 참 뻔뻔하다. 돈만 토해냈다고 다 끝난 거냐? 그럼 세상이 사기꾼, 강도가 교도소 가는 일 없겠다."

"나한테 또 뭐가 필요해? 시인서? 각서?"

"네가 내 입장이라면 어떻게 할까? 네 말대로 그냥 돈만 되찾고 보내줄까?"

진남철이 지그시 윤지혜를 보았다. 진남철이 기조실에 영입되어 왔지만 둘은 한때 유성상사에서 같이 일했고 나중에 이광의 팀이 되어 리스타의 공신이 되었다. 그러나 지금은 검사와 죄수 사이가 되었는가? 윤지혜가 입을 열었다.

"리스타를 위해서 가장 좋고 간단한 방법은 나를 제거하는 것이겠지, 귀국하는 도중에 사고가 난다거나 실종으로 처리해 버리는 방법."

"옳지."

진남철의 얼굴에 웃음이 떠올랐다.

"역시 나하고 생각이 비슷하군, 나도 그런 생각을 했어."

"그런데 잘못되면 회사가 망하는 수가 있어, 이 회사는 이광 씨 하나만 잘못되면 끝나거든."

"맞아."

"이광 씨 입장에서 생각해야 돼."

"네가 회장님을 잘 알지."

진남철이 눈을 가늘게 뜨고 말을 이었다.

"한때는 최측근이었으니까, 그래서 이렇게 엄청난 금액을 해먹었지."

"이번 일로 이광 씨가 많이 깨달았을 거야."

"아까부터 계속 '이광 씨'라고 부르는군."

"이제 남이니까."

"참 배은망덕한 여자다, 너는."

"너도 내 경우라면 다를 것 같지가 않아."

"바로 이것이 네 한계야."

진남철이 커다랗게 머리를 끄덕였다.

"어쨌든 너는 오늘 못 간다."

인원이 많았기 때문에 안학태는 20인승 전세기를 빌렸다. 그것이 더 효율적이며 안전하고 경비도 오히려 싸게 먹힌다고 했다. 이광의 수행원은 8명, 거기에다 양명까지 끼어서 9명이 되었다. 이광 포함 10명, 전세기가 기운차게 고공을 날고 있을 때 이광이 웃음 띤 얼굴로 안학태를 보았다.

"우리나라에서 전세기 타고 다니는 사업가가 있나?"

"재벌 그룹 회장 몇 분이 타고 다니신다고 들었습니다."

안학태가 정색하고 말을 이었다.

"대부분 정치나 권력과 결탁해서 치부했다는 비난을 받을까 봐 비밀리에 타고 다니시지요."

"난 소문을 내도록 해."

이광이 입술을 비틀고 말했다.

"비난하는 놈들을 일일이 상대해줄 테니까."

안학태가 숨만 쉬었고 이광이 뱉듯이 말했다.

"귀찮아서 피하니까 그놈들이 달려드는 거야."

그때 이광의 시선이 뒤쪽 창가에 혼자 앉아 있는 양명에게로 옮겨졌다. 양명은 창밖을 내다보고 있었는데 은회색 투피스 정장 차림이다. 옆모습이 그림처럼 고왔지만 표정은 어둡다. 양명은 전세기에 탑승하기 전에 이광에게 인사를 했지만 대화를 나누지는 않았다. 이광이 일부러 그런 것이 아니라 바빴기 때문이다. 이광이 안학태에게 말했다.

"내가 양명의 미인계에 넘어가면 안 되겠지?"

"오상만의 말도 일리가 있습니다, 회장님."

안학태가 웃지도 않고 대답했다.

"모른 척 상대하시지요, 자연스럽게 말씀입니다."

"본인도 제 입장이 묘하다는 것을 의식하고 있을 거야."

"당연하지요."

"CIA가 양명을 주목하고 있어, 미국에서 박사 학위까지 받았으니 친미는 아니더라도 미국 사회에 대해서는 잘 아는 인물일 테니까 말이야."

"그것을 화오방도 알고 있겠지요."

이광이 머리를 끄덕였다. 흑백논리로 판단하기에는 너무 복잡한 세상이다. 이용하고 이용당하며 적의 적은 친구가 된다. 겉으로는 적대국이며 금방이라도 전쟁이 날 것처럼 보이지만 안에서는 서로 흥정하고 뒤를 봐준다. 그것을 이광이 겪고 있는 것이다. 이라크의 후세인, 리비아의 카다피가 그렇지 않은가? 그리고 중국도 마찬가지다. 이광이 안학태에게 지시했다.

"양명을 데려와."

다가온 양명에게 이광이 눈으로 앞쪽 의자를 가리켰다.

"앉아."

영어지만 반말이나 같다. 자리에 앉은 양명이 똑바로 이광을 보았다. 맑은 눈, 굳게 닫힌 입술, 차분한 표정이다. 문득 이광의 얼굴에 웃음이 떠올랐다. 지금 양명은 고분고분하지만 기회만 있으면 뒤통수를 칠 것이다. 자신에 대한 선입견이 하루아침에 변할 수가 없는 것이다. 중국은 대국(大國)이다. 중국이 비록 현재는 경제발전이 한국보다 뒤떨어져 있지만 이제 개방이 시작되었다. 양명의 입장에서 보면 변방이며 수천 년 동안 중국의 속국이나 다름없었던 조선의 일개 사업가가 거들먹거린다고 보였을 것이다. 그래서 오만한 태도를 보였다가 묵사발이 되었다. 이것이 자존심에 엄청난 상처로 남았을 것이다. 양명의 시선을 받은 이광이 물었다.

"양 보좌관, 푸저우 리스타 중국 합병공장을 가 보았나?"

"예, 회장님."

양명이 시선을 준 채 대답했다.

"세계 제1의 공장이었습니다."

"그렇지, 근로자가 이제 2만 명이야. 공장 안을 트럭이 달리고 사람 이동을 벨트로 하지, 이제 작업 능률과 불량률도 세계 최고 수준이 되었어."

이광이 열변을 토하는 동안 전세기의 여승무원이 마실 것을 놓고 돌아갔다. 주스 잔을 든 이광이 말을 이었다.

"중국은 엄청난 잠재력을 가진 나라야. 내 생각이지만 앞으로 30년 후에는 중국이 세계 2대 경제대국이 될 거야. 미국 다음의 경제대국 말이야."

그 순간 양명이 숨을 들이켰고 옆을 지나던 안학태는 소리 죽여 한숨을 쉬었다. 이광이 오버했다고 생각한 것이다. 한 모금 주스를 삼킨 이광이 양명을 보았다.

"내가 존경하는 사람이 지금 중국 지도자인 등소평 부주석이야. 검은 고양이건 흰 고양이건 쥐만 잘 잡으면 된다는 흑묘백묘론을 내놓지 않았나? 위대한 결단이지, 다 받아들이겠다는 것이지."

두 팔을 벌린 이광의 열변이 이어졌다.

"나는 30년 후의 내 조국이 걱정이 돼, 잘못되면 중국의 영향력 안에 들어가 경제 속국이 될지도 몰라."

"……."

"기분 나쁘다고 한국 상품 구매를 끊고 수입 관세를 엄청나게 물리면 한국 경제는 타격을 받겠지."

"……."

"30년쯤 후의 일이야."

의자에 등을 붙인 이광이 얼굴을 펴고 웃었다.

"어떻게 살아야 할지, 우리는 대비를 해야 돼. 보좌관, 당신이나 나나 말이야."

그러고는 이광이 머리를 끄덕이며 말이 끝났다는 시늉을 했다.

"자리로 돌아가 쉬지, 양 보좌관."

소파에 기대어 잠이 들었던 윤지혜가 문이 열리는 기척에 눈을 떴다. 그 순간 윤지혜는 벌떡 일어섰다. 이광이 들어섰기 때문이다. 이광의 뒤를 진남철과 안학태가 따르고 있다. 이광이 윤지혜와 시선이 마주쳤을 때 머리를 끄덕이며 말했다. 담담한 표정이다.

"앉아서 이야기하자."

자리에 앉은 윤지혜가 심호흡을 하고 나서 어금니를 물었다. 시선을 이광에게 향하고 있었지만 눈동자는 흔들렸다. 눈싸움을 할 상황이 아닌데도 약한 꼴은 보이기 싫다는 자존심 때문이다. 이광이 잠자코 윤지혜를 보았다. 이광 좌우에 떨어져 앉은 진남철과 안학태는 둘 다 외면하고 있다. 그러나 긴장한 듯 몸이 굳어진 채 숨소리도 내지 않는다. 이윽고 이광이 입을 열었다.

"너 보내기 전에 만나는 것이 나을 것 같아서 왔는데."

건조한 목소리다. 그래서 진남철이 하루 더 이곳에 잡아놓은 것이구나, 그 와중에도 윤지혜는 생각한다, 이광이 이곳으로 오고 있었어. 그때 윤지혜의 시선을 받은 이광이 물었다.

"뉴욕으로 가겠다고?"

윤지혜는 입을 다물었고 이광이 말을 이었다.

"거기 이모가 있다면서?"

힐끗 윤지혜에게 시선을 준 이광이 쓴웃음을 지었다.

"뉴욕 시티뱅크에 350만 불을 입금시켜 놓았더구나, 그건 네가 직접 가서 찾아야 되지?"

숨을 들이켠 윤지혜의 얼굴이 누렇게 굳어졌고 이광이 의자에 등을 붙였다.

"너는 최후의 순간까지 배신할 성품이지, 그런 너를 돌려보내야 될까?"

윤지혜는 숨을 죽였고 이광의 말이 방을 울렸다.

"내가 네 덕분에 인간 공부를 많이 했어, 그런 면에서는 고맙게 생각한다."

이광의 시선에 초점이 흐려졌다. 생각에 잠긴 것 같은 표정이다.

두바이 매장은 3층 건물이었는데 연건평이 1만 평 가깝게 되었다. 손님으로 가득 찬 매장을 둘러보던 양명이 안내역인 고명규에게 물었다.

"여기 매출액이 얼마나 되죠?"

"글쎄, 잘 모르겠는데."

안기부 출신으로 이광의 비서가 된 지 얼마 안 된 고명규가 건성으로 대답했다.

"몇억 불 되겠지."

"몇억 불?"

"글쎄, 한 10억 불 될까? 두바이 법인 매출이 20억 불쯤 된다고 했으니까."

양명이 숨을 들이켰다. 당시 중국의 수출량이 1백억 불 정도였기 때문이다. 이광의 리스타상사 해외 법인 중 하나가 20억 불을 한다는 것이다. 중국 수출량의 5분의 1이다.

"자, 구경했으면 갑시다."

고명규가 앞장서서 에스컬레이터로 다가가며 말했다. 오후 6시에 다시 쿠웨이트로 출발해야만 한다. 뒤를 따르던 양명이 다시 물었다.

"두바이 신시가지에 호텔과 백화점, 오피스 빌딩이 있다고 했지요?"

"아, 아파트도 2동 건설 중이오."

"신시가지 매출까지 합쳐서 20억 불인가요?"

"아니, 두바이 법인의 수출량이 20억 불이라는 거요, 신시가지 부동산은 자산에 들어가니까 매출에 포함하면 안 되지."

"그렇군요."

양명이 머리를 끄덕였다.

"그럼 부동산 자산 가치는 얼마나 될까요?"

"한 15억 불쯤 된다고 들었어요."

"그렇군요."

"리스타상사의 해외 부동산은 70억 불쯤 됩니다."

기가 질린 양명이 고명규의 뒤를 따르면서 입을 다물었다. 매장 앞에 대기시킨 차에 올랐을 때 고명규가 말을 이었다.

"쿠웨이트 자산이 가장 크지요. 그다음이 두바이, 제다, 카이로, 암만 순입니다."

그러더니 고명규가 정색하고 묻는다.

"기록 안 합니까?"

"아뇨."

쓴웃음을 지은 양명이 머리를 젓자 고명규가 다시 물었다.

"그럼 녹음합니까?"

"전 정보원이 아녜요, 투자 보좌관입니다."

"군인은 정보부도 있고 수송부, 취사병도 군인이죠. 전쟁 나면 다 총 들고 싸웁니다."

"난 투자에 도움이 될 정보만 모읍니다, 그리고 우린 동업자예요."

"그래서 내가 이렇게 안내를 하는 것 아닙니까?"

양명은 심호흡을 했다. 본인은 아직 의식하지 못했지만 한국인 그리고 이광에 대한 선입견은 홍수를 만난 쓰레기처럼 싹 쓸려갔다.

두바이 법인 사장실 안, 소파에는 이광을 중심으로 안학태, 진남철,

배선희가 둘러앉았다. 뒤쪽에 박동찬과 법인 인사부장 타지크가 서 있다. 주위를 둘러본 이광이 입을 열었다.

"진남철이 두바이 법인장을 맡아줘야겠어, 제다 법인은 다른 사람한테 맡기기로 하지."

이광의 시선이 배선희에게로 옮겨졌다.

"배 이사는 백화점 사장을 맡아."

배선희가 숨을 들이켜고는 입을 벌렸다가 닫았다. 말문이 막힌 것이다. 모두의 시선이 모여졌기 때문에 배선희의 얼굴이 빨개졌다. 뭐라고 말을 해야겠다는 생각이 들면서 마음이 다급해졌다. 그때 이광이 도와주는 것처럼 말을 이었다.

"잘할 수 있을 거야, 난 배 사장을 믿어."

"감사합니다."

마침내 배선희가 입을 열었다.

"열심히 하겠습니다."

"진 법인장이 많이 도와줄 거야."

"예, 회장님."

이번에는 진남철이 이광을 향해 머리를 숙여 보였다.

"책임지고 일하겠습니다."

"부탁하네."

자리에서 일어선 이광이 진남철과 배선희와 차례로 악수를 했다. 이것으로 두바이 법인과 사업장 관리자가 바뀌었다.

오후 4시 반, 호텔방에 들어와 있던 양명이 노크 소리에 서둘러 문으로 다가갔다. 문을 연 양명이 앞에 서 있는 고명규를 보았다.

"가십시다."

고명규가 말하자 양명이 곧 짐 가방을 들고 나왔다. 쿠웨이트로 가려는 것이다. 앞장선 고명규가 엘리베이터 앞에 섰을 때 양명에게 말했다.

"쿠웨이트에 도착해서 바로 시장으로 가십시다, 리스타투자도 밤에 일을 하니까요."

엘리베이터에 탄 고명규가 말을 이었다.

"회장님은 조금 전에 바그다드로 떠났습니다, 후세인 대통령과 약속이 되어 있어서요."

양명은 숨만 쉬었다. 후세인이 화오방보다 열일곱 배쯤은 더 비중 있는 인물이라는 것을 알고 있기 때문이다.

오늘은 강인숙을 거치지도 않고 공항에서 바로 대통령 지하 참호로 직행하고 나서 후세인의 사무실로 안내되었다. 전 지구를 통틀어서 후세인을 이렇게 만나는 인간은 이광뿐일 것이다. 물론 바그다드로 출발하기 전에 면담 목적을 비서실에 전달하기는 했다.

"오, 왔나?"

방으로 들어선 이광이 머리를 숙여 인사했더니 후세인이 웃음 띤 얼굴로 맞았다. 방에는 동부군사령관 카심 대장이 소파에 앉아 있었는데 이광을 보더니 입술만으로 웃었다. 후세인이 이광을 안고 뺨에 세 번 입술을 대었다. 다정한 인사다. 카심도 따라 일어나 세 번 포옹을 하고 뺨을 붙였다. 셋이 다시 자리에 앉았을 때 후세인이 먼저 물었다.

"중국 정부에서 또 투자를 한다는 거야? 이번에는 얼마나?"

"50억 불입니다, 각하."

"그럼 1백억 불이군, 걔들 그러다가 거지 되는 거 아냐?"

카심이 슬쩍 웃었지만 이광은 눈만 껌벅였다. 그때 후세인이 이광을 보았다.

"리, 내 자금이 얼마가 되었지?"

"예, 지난달 말까지 42억 불이 되었습니다."

"성적이 좋아."

후세인의 얼굴에 만족한 웃음이 떠올랐다. 지금까지 후세인은 투자 배당금을 받아가지 않고 계속해서 투자해온 것이다.

"리스타투자 사장이 우리 이라크 출신의 투자 천재라면서?"

"예, 투자에 천재적인 재능을 갖고 있습니다, 각하."

"자네가 그 친구 누나하고 연인 관계라고 들었어, 맞나?"

"예, 각하."

"그 친구 이름이 하사드고 아버지가 교수였는데 반정부 인사로 찍혔지?"

"예, 각하."

후세인이 이광을 지그시 바라본 채 말을 이었다.

"리, 하사드에게 전하게. 자네가 하사드 가족을 모두 쿠웨이트로 데려가 주었지만 언제든지 이라크를 오갈 수 있다고 하게. 내가 싫더라도 고국은 그리울 것 아닌가?"

"예, 각하."

등에서 진땀이 났지만 이광이 어깨를 폈다. 이광의 시선을 받은 후세인이 빙그레 웃었다.

"그리고 내가 자랑스럽게 여긴다고 전해주게."

"꼭 전하겠습니다, 각하."

"그리고 중국 자본은 받아들이는 것이 낫지 않겠나? 그놈들이 말하는 것처럼 검은 돈, 흰 돈 가릴 필요는 없지 않은가?"

고양이가 돈으로 바뀌었다. 후세인도 등소평의 사상을 아는 것이다. 이광이 후세인을 보았다.

"예, 그렇습니다. 하지만 1백억 불을 넣었다고 주주 행세는 안 된다고 못을 박았습니다. 그리고 후세인 대통령 각하의 승인을 받아야 된다고 했습니다."

말을 조금 바꿨다. 화오방한테는 리스타투자의 주주는 나이며 후세인이나 중국 정부는 투자자에 불과하다고 말했던 것이다. 화오방이 후세인한테 확인할 수도 없는 일이니 상관없다. 이쯤은 거짓말도 아닌 것이다. 그때 후세인이 머리를 끄덕이며 말했다.

"잘했어, 그놈들은 투자자일 뿐이야. 리스타투자는 천재 이라크인이 운용하는 '우리' 회사라고."

"그렇습니다."

"투자하라고 해."

"예, 각하."

이광이 소리 죽여 숨을 뱉었다. 후세인이 이라크를 꽉 잡고 있는 것은 확실하지만 사업가로는 힘들겠다. 지금 이라크를 탈출한 하사드에게 연연할 필요는 없는 것이다. 하사드는 이광에게 고용된 전문가일 뿐이다. 그리고 리스타투자는 '우리' 회사가 아니라 '이광', 내 회사다. 뉴욕증시에 완벽하게 이광 이름으로 상장되어 있다. 키는 이광이 쥐고 있는 것이다.

이광은 대통령실을 카심 대장과 함께 나왔다. 카심은 지금도 동부군

사령관이며 이란전의 최고 지휘관이다. 둘이 복도를 걸으면서 카심이 말했다.

"각하께서 자네가 온다는 보고를 받으시고 나를 부른 거네."

이광의 시선을 받은 카심이 쓴웃음을 지었다.

"각하도 개인사를 털어놓으실 상대가 없다네, 그것이 지도자들의 일반적인 상황이지."

양탄자가 깔린 복도는 인적이 없었지만 이광이 저도 모르게 앞뒤를 보았다. 그때 카심이 걸음을 멈추었으므로 이광이 하마터면 부딪칠 뻔했다. 카심이 정색하고 이광에게 말했다.

"파리로 가서 강인숙을 만나 자금을 모두 회수해서 리스타투자에 넣게."

숨을 죽인 이광을 향해 카심이 외면한 채 말했다.

"강인숙이 각하 비자금을 챙겨 도망치려다가 잡혔네."

아이구, 여기도 그런가?

"독재 체제의 필연적 현상입니다."

이광의 이야기를 들은 안학태가 대뜸 말했다가 당황했다. 방금 이광은 강인숙의 이야기를 해준 것이다. 오전 1시 반, 이광은 호텔방에서 기다리던 안학태와 소파에 앉아 있다. 시선을 내린 안학태가 말을 이었다.

"저는 한국 정권의 비호를 받던 삼원건설의 유태원과 비슷한 경우라고 생각한 것입니다. 유태원도 독재적으로 회사를 관리했거든요. 유성상사의 전(前) 사장 황근만도 같은 전철을 밟지 않았습니까?"

"……."

"독재 체제에서는 부패가 일어나기 쉽습니다, 권력자 측근이 되면 누구도 감독하기 어려워지니까요."

"윤지혜도 같은 경우였지."

소파에 등을 붙인 이광이 쓴웃음을 짓고 말했다.

"안 실장 머릿속에 윤지혜도 들어가 있었지 않나? 그 말을 할 때 말이야."

"그런 것 같습니다, 그러나 비판하려는 의도는 없었습니다, 회장님."

"자네 말이 맞다."

이광이 똑바로 안학태를 보았다.

"앞으로는 조직으로 관리할 거다. 윤지혜 같은 인물이 더 이상 나타나면 안 돼."

"조직 정비를 마쳤습니다, 회장님."

"파리로 가야겠어, 준비해."

이광이 긴 숨을 뱉으며 말했다.

"강인숙의 비자금을 처리해야 돼."

"잘 오셨습니다."

양명을 맞은 하사드가 웃음 띤 얼굴로 말했다. 쿠웨이트시티의 리스타투자 사장실 안이다. 사장실에는 하사드와 자이란, 무삼까지 셋이 모여 있었는데 양명을 안내한 고명규는 들어오지 않았다. 오전 10시 반, 양명은 고명규와 어젯밤에 쿠웨이트에 도착했다. 인사를 마친 양명은 더 위축되었다. 하사드만 20대 후반쯤이었고 자이란과 무삼은 30대 후반이나 40대쯤이다. 그런데 자이란은 이집트인으로 하버드 박사였고 양명이 대학 때 배운 경영학 교재 저자이기도 했다. 무삼은 프린스턴 박사로 양명이 입사 시험에서 떨어진 실버만삭스의 투자팀장 출신이라는 것이다. 하사드가 양명에게 말을 이었다.

"오신 김에 이곳에서 며칠 계시지요, 기조실에 자리를 만들어 드리겠습니다."

하사드의 시선이 무삼에게로 옮겨졌다.

"무삼이 기조실장입니다. 무엇이건 다 도와드릴 겁니다."

"아녜요, 저는 그렇게까지는……."

당황한 양명이 말했을 때 하사드가 똑바로 양명을 보았다.

"오늘 새벽에 회장님한테서 연락을 받았습니다. 후세인 대통령과 중국 자본의 재투자를 받아들이기로 했다는군요. 그러니까 이곳에서 계시는 동안 투자금을 입금시키도록 하지요."

바그다드에 간 이광이 후세인과 결정을 한 것이다. 그때서야 양명이 어깨를 치켰다가 내리면서 대답했다.

"네, 알겠습니다. 본국과 바로 연락해서 처리하겠습니다."

"저, 오늘 출발합니다."

홍콩에서 먼저 한국으로 돌아갔던 오상만이 큰 소리로 말했다. 이광은 파리에서 전화를 한 것이다. 오상만이 소리치듯 말을 이었다.

"제가 2차 요원 48명하고 같이 떠납니다, 3차 요원은 1주일 후에 출발입니다."

"알았다, 나도 곧 갈 테니까."

이광이 말을 이었다.

"매뉴얼대로 움직여라, 명심하도록."

"예, 회장님."

기운찬 오상만의 목소리를 들은 이광이 전화기를 내려놓았다. 오상만의 파견대는 철저히 훈련을 받은 것이다. 마치 월남파병을 앞둔 전투부대가 현지 적응훈련을 한 것처럼 합숙을 하면서 한 달 반 동안 교관들의 교육을 받았다. 오전 9시 반, 옆에 서 있던 안학태가 말했다.

"양명은 오늘부터 리스타투자의 기조실에서 며칠간 머물면서 중국 투자금을 입금시키도록 했습니다."

이광이 머리만 끄덕였고 안학태가 말을 이었다.

"11시에 해밀턴 씨가 방문하겠다고 합니다."

"바쁘군, 2시에 강인숙을 만나야 되니."

입맛을 다신 이광이 안학태를 보았다.

"은행장 면담은?"

"오후 4시입니다."

안학태가 목소리를 낮추고 말을 이었다.

"박 차장이 경호 인력을 2개 팀 12명으로 늘렸지만 불안합니다. 가능하면 빨리 처리하고 프랑스를 벗어나는 것이 낫겠습니다, 회장님."

이광이 건설 고문단으로 가장한 용병단을 리비아로 파견했기 때문이다. 리비아와 차드의 전쟁에서 차드를 지원해온 프랑스에게 이광은 적이나 마찬가지 존재이다. 이광의 얼굴에 쓴웃음이 번졌다.

"공항에 입국할 때부터 프랑스 정보기관이 긴장하고 있겠지."

안학태가 방 안을 둘러보는 시늉을 했다. 이곳은 몽마르트르의 안가(安家)다. 그러나 주위에 정보기관원이 가득 차 있을 것이다.

해밀턴은 당당하게 안가(安家)로 들어왔다. 이광의 경호팀은 차량 준비까지 마치고 있었던 터라 오히려 당황했다. 응접실로 들어선 해밀턴이 이광의 손을 쥐면서 웃었다.

"아무래도 내 얼굴을 보일 필요가 있을 것 같아서요, 프랑스 친구들에게 말입니다."

해밀턴의 수행원은 10여 명이나 되었는데 응접실로는 셋이 들어왔다. 40대쯤의 보좌관 알렉스와 연락관 샌디다. 샌디는 30대쯤의 흑발미인이었는데 스페인계로 보였다. 인사를 마치고 자리에 앉았을 때 이광이 먼저 말했다.

"중국 자본 50억 불이 더 들어옵니다. 리스타투자에 중국 자본이 1백억 불로 늘어난 것이지요."

"중국이 적극적으로 개방하는군요."

해밀턴의 회색 눈동자가 놀란 듯 크게 떠졌다.

"이 회장과 우리 사이를 알고 있을 텐데도 거침없이 나오는군요."

"후세인 대통령과의 동업을 바람직하게 생각하는 것 같습니다."

"같이 대외적으로는 반미(反美)를 표방하지만 미국과의 비밀 창구로 리스타투자를 이용하려는 의도까지 같지요."

해밀턴의 붉은 얼굴에 웃음이 떠올랐다.

"그런데 강인숙은 언제 만나실 예정입니까?"

숨을 들이켠 이광이 옆에 앉은 안학태를 보았다. 안학태는 입을 꾹 다문 채 시선을 받지 않았는데 그것을 말하는 것은 이광의 몫이라는 표시였다. 이광이 대답했다.

"오후 2시에 만납니다."

"강인숙의 생사 결정은 이 회장께서 하게 되십니까?"

"후세인 대통령께서 저한테 맡기시더군요."

"그것 참."

어깨를 부풀렸다가 내린 해밀턴이 정색하고 이광을 보았다.

"후세인 대통령도 잔인한 분이시군요, 그 결정을 이 회장께 넘기다니."

"······."

"이 회장께선 후세인 대통령이 어떻게 하기를 바라고 계시는 것 같습니까?"

그때 이광의 얼굴에 쓴웃음이 번졌다.

"내가 그전에 국장께 물어봅시다. 후세인 대통령이 그 일을 나한테 맡긴 이유가 무엇인 것 같습니까?"

"아, 그거야······."

조금 당황한 해밀턴의 붉은 얼굴이 더 붉어졌다. 그러자 얼굴의 주근깨가 더 두드러졌다. 헛기침을 한 해밀턴이 말했다.

"강인숙이 전에는 이 회장님과 친했던 사이 아닙니까? 그래서인 것 같은데요."

"그래서 내가 살려줄 것으로 예상할까요?"

"그건 모르지요."

"내가 요즘 이곳저곳에서 배신을 당한 것을 알고 계시지요?"

"린드버그한테서 들었습니다, 린드버그가 아직 내 부하여서요."

"아마 후세인 대통령도 내 이야기를 들으셨을 겁니다."

"그렇겠지요."

"날 배신한 내 측근이었던 여자, 그 여자를 처리한 방법도 들으셨을 겁니다."

말을 마친 이광이 앞에 놓은 담배를 집어 들었다. 그러자 안학태가 라이터를 꺼내더니 불을 켜 담배 끝에 붙인다. 방 안에 잠깐 정적이 덮였고 해밀턴이 입을 열었다.

"강인숙이 얼마 전에 우리한테 신변 보호 요청을 해왔어요, 미국으로 망명하겠다는 겁니다."

"……."

"우린 즉각 받아들이겠다고 했지요. 강인숙은 후세인 대통령의 정부로 특급 비밀을 엄청나게 보유하고 있는 보물 창고나 같았거든요."

"……."

"그런데 강인숙이 망명 직전에 잡힌 겁니다. 아마 후세인의 정보팀이 철저하게 감시하고 있었던 것 같습니다."

"……."

"지금 파리 안가에 구금당해 있으면서 관리하던 자금을 모두 빼앗겼겠지요. 하마터면 수백억 불이 날아갈 뻔했다고 했을 겁니다."

"강인숙을 미국 측에 인계 못 합니다."

이광이 말하자 해밀턴이 입을 다물었다. 그러나 놀란 기색은 아니다. 긴 숨을 뱉은 이광이 말을 이었다.

"아마 이라크 정보기관은 우리가 이렇게 만나고 있는 것도 보고 있을지도 모릅니다, 프랑스 정보기관과 함께 말입니다."

해밀턴이 머리만 끄덕였다. 이광이 눈을 가늘게 뜨고 먼 곳을 보는 시늉을 했다.

"참, 내가 최측근이었던 사람을 어떻게 한지 아십니까?"

"글쎄요, 그것까지는 파악 안 했는데."

해밀턴이 정색하고 말하자 이광의 얼굴에 희미한 웃음이 떠올랐다.

"후세인 대통령은 내가 어떻게 처리했는지를 아는 것 같습니다, 그래서 강인숙의 처리를 나한테 맡긴 모양이에요."

방 안이 다시 조용해졌다.

비행기가 멈췄을 때 윤지혜는 긴 숨을 뱉었다. 오후 7시 20분, 창밖으로 공항 건물이 보인다. 한국, 고향으로 돌아왔다. 태어난 곳으로 돌아온 것이다. 승객들이 서둘러 자리에서 일어서면서 비행기 안은 활기가 솟아났다. 승객 대부분의 얼굴은 밝다. 따라 일어선 윤지혜는 가방을 꺼내 쥐었다. 그때 이광의 얼굴과 함께 목소리가 떠올랐다.

"네가 시작한 곳으로 돌아가."

이광의 얼굴은 담담했다.

"거기서 네 평가를 받아."

그것이 끝이었다. 이광은 뒤도 돌아보지 않고 나갔고 윤지혜는 뉴욕에 숨겨 놓았던 350만 불까지 다 토해 놓은 다음에 풀려났던 것이다. 서울까지 비행기 표는 끊어줬기 때문에 이렇게 태어난 곳으로 돌아올 수 있었다. 비행기에서 나온 윤지혜가 입국 심사대 앞에 늘어선 사람들 뒤에 서면서 쓴웃음을 지었다. 일장춘몽, 한순간의 꿈이었다. 유성상사, 리스타상사, 두바이, 그리고 박종대까지 모두 합쳐도 한순간의 꿈이었고 다 지나갔다. 그때 옆으로 사내 둘이 다가왔기 때문에 윤지혜가 머리를 들었다.

"윤지혜 씨?"

사내 하나가 물었다.

"네."

윤지혜의 얼굴이 굳어졌다. 그때 사내가 주머니에서 지갑을 꺼내더니 신분증을 보였다.

"경찰입니다. 윤지혜 씨는 공금 횡령, 재산 해외 밀반출, 사문서 위조 혐의로 체포합니다."

"아니······."

얼굴이 하얗게 질린 윤지혜의 말문이 막혔다. 이광과 헤어질 때 다 끝난 줄 알았던 것이다.

"체포 영장 여기 있습니다."

사내 하나가 눈앞에 영장을 펴 보이더니 어깨를 밀었다.

"저쪽으로 가시지요."

일반 국민들하고는 같이 서 있을 수 없다는 말로 들렸다.

그 시간에 파리의 안가에서 해밀턴의 말이 이어진다.

"리, 당신은 대단히 중요한 역할을 하고 있는 인물이오. 우리뿐만 아니라 후세인, 카다피, 거기에다 중국과 연결되어 있지 않습니까? 거기에다······."

"멕시코 사업이 시작되려고 하지요."

"멕시코는 우리가 전폭적으로 도와줄 테니까요, 리."

해밀턴이 숨을 고르더니 다시 정색하고 이광을 보았다.

"이 회장, 강인숙을 어떻게 하실 계획입니까?"

해밀턴이 이곳에 온 가장 중요한 일이 강인숙 때문인 것 같다. 해밀턴 좌우에 앉은 보좌관 알렉스와 연락관이라는 샌디는 아직 입도 열지 않았다. 그때 이광이 머리를 돌려 안학태에게 말했다.

"윤지혜를 처치한 방법을 말해 드려."

영어로 말했기 때문에 다 알아듣는다. 안학태가 해밀턴을 똑바로 보았다.

"본국으로 귀환시킨 후에 바로 체포되도록 했습니다. 자료를 모두 송부했기 때문에 공항에서 기다렸다가 체포할 겁니다."

안학태가 손목시계를 보는 시늉을 했다.

"지금쯤 체포되었을 것 같네요."

"……."

"최소한 5년에서 7년까지는 형을 살겠지요."

"그렇다면."

해밀턴의 시선이 이광에게 옮겨졌다.

"강인숙을 북한으로 돌려보낼 계획이오?"

"후세인 대통령도 그것을 바라고 있는 것 같습니다."

"그럼 어떻게 될 것 같습니까?"

"내가 알 바 아니지요."

"그럼 강인숙은 처형됩니다."

입맛을 다신 해밀턴이 말을 이었다.

"다 알고 계시겠지만 말입니다."

"강인숙은 후세인 대통령을 철저하게 배신했습니다. 대통령 개인 계좌의 자금은 물론이고 공금까지 빼돌렸다가 이번에 발각된 것이지요."

이광이 긴 숨을 뱉고 나서 말을 이었다.

"후세인 대통령이 저한테 일임한 것도 강인숙에 대한 최대한의 배려지요. 다른 사람 같았으면 자금 회수하고 나서 바로 처단했을 것입니다."

이광이 소파에 등을 붙였고 방 안에 한동안 무거운 정적이 덮였다. 이윽고 해밀턴이 입을 열었다.

"강인숙이 우리한테 연락했을 때는 자금을 절반쯤 빼냈다고 했었지요. 난 그때 바로 비행기를 타라고 했는데 하루만 더 있으면 된다고 하더니……."

해밀턴의 얼굴에 쓴웃음이 번졌다.

"욕심이 화근이었군."

머리를 돌린 해밀턴이 샌디를 보았다.

"리, 멕시코 작전에 당신한테 절대적으로 필요한 사람을 데려왔습니다."

샌디가 긴장했고 해밀턴의 말이 이어졌다.

"샌디는 아카풀코 작전에서 당신을 도울 우리 측 연락관이오. 오늘부터 샌디는 당신의 수행원이 될 것이오."

해밀턴을 배웅하고 다시 응접실로 돌아온 이광이 샌디에게 대뜸 물었다.

"샌디, 아카풀코 작전은 어떻게 생각하시오? 승산이 있어 보입니까?"

"그건 모릅니다."

샌디도 바로 대답했다. 정색한 샌디가 이광을 보았다.

"저쪽 마피아는 좀 알지만 이쪽 한국계 조직은 아직 모르거든요."

샌디는 앞으로 이광의 비서실에 합류하게 된 것이다. 그때 안학태가 다가와 말했다.

"회장님, 강인숙을 만나러 가야 할 시간입니다."

머리를 끄덕인 이광이 샌디에게 말했다.

"샌디, 당신도 같이 가지."

"저도 같이 가도 되겠습니까?"

놀란 듯 샌디가 자리에서 일어서며 물었다. 지금까지 해밀턴과 이광의 강인숙에 대한 이야기를 듣고만 있었던 참이다.

"연락관 역할이니 오늘 볼 내용을 해밀턴에게 전달해줘도 되겠군."

쓴웃음을 지은 이광이 발을 떼면서 말했다.

강인숙은 파리 교외에 위치한 2층 저택에 감금되어 있었는데 이광을 보더니 입술을 비틀어 올리면서 웃었다.

"왔어?"

한국어로 그렇게 묻는다. 응접실 소파에 앉은 강인숙은 아무 일도 없는 것처럼 보였다. 남색 바탕에 붉은 꽃무늬가 찍힌 원피스를 입었고 손에 커피 잔을 든 채 TV를 보는 중이었다. 이광이 안학태, 샌디까지 데리고 들어서자 강인숙의 시선이 샌디에게로 머물렀다.

"누구야, 또?"

강인숙이 여전히 한국어로 말했다.

"스페인계 같은데, 괜찮아."

이광이 앞쪽 자리에 앉았고 안학태와 샌디는 끝 쪽에 자리 잡았다. 2층 저택은 정원이 넓었고 뒤쪽은 숲이다. 저택에는 10여 명의 사내가 있었지만 강인숙에게는 최대한의 예의를 갖춰주는 것 같았다. 대통령의 여자인 것이다. 그때 사내 하나가 들어오더니 이광과 안학태, 샌디 앞에 아랍식 홍차를 놓고 돌아갔다. 피처럼 붉고 뜨거우며 단 홍차다.

이광이 홍차 잔을 들고 영어로 말했다.

"이제 할 말이 있으면 해."

강인숙이 이광을 보더니 다시 웃었다.

"유언을 들으려는 거야? 마지막 말?"

"아무거나."

"누구한테 할까?"

"네 맘대로."

"듣고 나서 어쩔 건데?"

"듣고 나서 결정하지."

"전권을 위임받은 거야?"

"그건 알 필요 없고."

여기까지 둘의 대화가 빠르게 이어지다가 끊겼다.

커피 잔을 내려놓은 강인숙이 미간을 모으고 이광을 보았다.

"바그다드 들렀어?"

"응."

"각하 만났어?"

"응."

"그럼 각하한테 전해."

"말해."

"난 각하를 이용하려고 접근한 거야."

"계속해."

"그러다 이렇게 된 것이지. 더 할 말이 없어."

"각하를 배신한 것인데 미안한 감정도 없나? 할 말이 없어? 지금 말해."

"없어."

이광의 시선을 받은 강인숙이 빙그레 웃었다.

"빈말이라도 그러고 싶지만 그건 못 하겠어. 이렇게 끝나는 거야."

"알았다."

머리를 끄덕인 이광이 자리에서 일어서더니 강인숙을 내려다보았다.

"잘 가."

"그래."

자리에서 일어선 강인숙이 손을 내밀었다.

"오래 살아."

강인숙의 손을 쥔 이광은 대답하지 않았다.

응접실 밖으로 나온 이광의 뒤를 안학태와 샌디가 잠자코 따른다. 문밖에 서 있던 두 사내가 이광에게 목례를 하더니 방으로 들어갔다. 현관 앞에 대기시킨 차에 올랐을 때 안학태가 머리를 돌려 이광을 보았다.

"결정하지 않으신 겁니까?"

"그래."

"그럼 강인숙 씨는……."

"저쪽에서 알아서 하겠지."

둘은 지금 한국어로 말하고 있다. 이광이 긴 숨을 뱉고 나서 말했다.

"강인숙이 한 말은 후세인 대통령한테 전달될 거야."

안학태는 시선만 주었고 이광의 말이 이어졌다.

"대통령은 강인숙이 나한테 말한 마지막 말을 듣고 싶었을 거야."

이광의 얼굴에 쓴웃음이 번졌다.

"강인숙도 그것을 의식하고 있었던 것 같았어."

차 안에는 정적이 덮였고 제각기 반대쪽 창을 보았다.

안가로 돌아온 이광이 안학태에게 지시했다.

"곧장 아카풀코로 가자."

"아카풀코로 말입니까?"

되물은 안학태의 눈동자가 흔들렸다.

"알겠습니다. 준비하겠습니다."

"지금 우리는 세계 최대 시장에 진입하기 위한 첫발을 디딘 거야."

이광이 한마디씩 또박또박 말했다.

"지금까지 우리는 변방에서 기반을 닦고 있었던 것이지."

그리고 멕시코가 계단이다. 계단을 올라야 최대 시장인 미국에 진입하게 되는 것이다. 김성규의 동업 제의로 시작된 멕시코 사업이 결국 리스타상사의 독자적인 미국 진출 계획으로 수정되었다. 한 치 앞도 보이지 않는 미지의 세상 멕시코다. 우선 당장 3대 패밀리 마피아부터 처리해야만 한다. 안학태가 서둘러 응접실을 나갔을 때 박동찬이 엇갈려서 들어왔다.

"회장님, 모하메드 씨한테서 전화가 왔습니다."

박동찬이 탁자 위에 놓인 전화기를 들더니 곧 이광에게 내밀었다. 모하메드는 아랍인 열 명 중에 한 명이지만 이 모하메드는 후세인의 경호실장이다. 전화기를 받은 이광이 귀에 붙였다.

"예, 이광입니다."

"회장님, 오늘 밤에 마슬란을 만나시지요."

"알았습니다."

마슬란은 이번에 강인숙 사건을 맡은 모하메드의 부관이다. 모하메드가 가라앉은 목소리로 말했다.

"조금 전에 각하께서 강인숙의 말을 들으셨습니다."

강인숙의 마지막 말을 후세인이 들었다는 것이다. 이광은 소리 죽여 숨을 뱉었다. 그 어떤 말도 후세인을 만족시킬 수 없겠지만 이쪽에서 할 일은 다 한 것이다.

밤 11시 반, 주택가 거리는 한산하다. 어둠에 덮인 도로는 가로등만 드문드문 켜져 있을 뿐이다. 고급 주택가여서 가끔 지나는 차량도 고급 차량이다. 길가에 승용차 2대가 나란히 주차되어 있었는데 불은 켜져 있지 않아서 사람이 없는 것 같다. 그러나 앞쪽 승용차 뒷좌석에 두 사내가 나란히 앉아 있다. 이광과 마슬란이다. 마슬란은 40대 후반으로 건장한 체격에 수염도 말끔하게 깎았고 단정한 양복 차림이다. 바그다드에서 만났을 때는 짙은 콧수염을 길렀고 군복 차림이어서 전혀 다른 분위기가 되어 있다. 마슬란이 이광에게 접힌 종이를 내밀면서 말했다.

"이번에 강인숙한테서 회수한 자금입니다. 3개 은행에 87억 불을 분산 입금시켜 놓았으니까 리스타투자로 옮겨 주시지요."

종이를 받은 이광이 어둠 속에서 은행과 입금액, 계좌번호와 비밀번호, 입출금 코드 번호까지를 확인했다. 마슬란이 말을 이었다.

"각 은행장한테 당신이 자금을 관리한다고 했습니다. 당신이 원하면 언제든지 출금할 수 있습니다."

머리를 끄덕인 이광이 종이를 주머니에 넣었다.

"투자 확인서를 보여 드리겠다고 전해주세요, 대령."

"가능한 한 미국 측이 눈치채지 못하도록 부탁합니다."

마슬란의 검은 눈동자가 이광을 응시했다. 깊은 물속 같은 눈동자다. 마슬란은 암살부대를 이끌고 있다는 소문이 났다. 이라크에서 실종되거나 살해된 요인(要人) 대부분이 마슬란의 암살부대에 의해서 당했다는 것이다. 이광이 머리를 끄덕였다.

"염려하지 마세요, 대령."

"오늘도 CIA 여자 요원을 데리고 오셨던데요, 회장님."

"그 여자는 내 멕시코 사업을 도우려고 파견된 겁니다."

이광이 말을 이었다.

"아카풀코에 공장을 지으려는데 멕시코 마피아들이 방해를 해서."

"알겠습니다."

마슬란의 얼굴에 쓴웃음이 떠올랐다.

"이 회장은 세계 곳곳에 뿌리를 심고 계시는군요."

"장사꾼이 한 곳에만 머물 수 없으니까요."

그러고는 이광이 불쑥 물었다.

"강인숙은 이제 어떻게 처리할 겁니까?"

"아직 지시가 내려오지 않았습니다."

마슬란이 다시 심연 같은 눈으로 이광을 응시하며 말했다.

"마지막 말도 들려 드렸으니 곧 결정이 나겠지요."

"그렇군요."

그때 마슬란이 다시 웃었다.

"저는 이 회장의 지시를 받고 강인숙을 처리할 예정이었습니다. 그런데 이 회장께선 그것을 대통령 각하께 넘겨 버리시더군요."

"각하께서 결정하셔야 할 일이었기 때문입니다."

외면한 이광이 말하더니 문의 손잡이를 쥐었다. 책임이라는 말이 목구멍 안까지 나왔지만 입 밖으로 뱉지는 못 했다. 대통령의 책임이다.

"부르셨습니까?"

밤 1시 20분. 응접실로 들어선 샌디가 물었는데 눈빛이 맑았다. 옷차림도 단정한 투피스 차림으로 단화를 신었다. 급하게 차려입고 온 것 같지가 않다. 샌디는 안가 아래층에 방 하나를 배정받은 것이다. 이광이 눈으로 앞쪽 소파를 가리켰다.

"앉아, 샌디."

이제 이광은 자연스럽게 샌디에게 반말을 쓴다. 영어에 존댓말 반말 구분이 모호하지만 부하 직원처럼 대하는 것이다. 샌디가 소파에 다소 곳이 앉았다. 샌디의 신장은 168쯤 되었다. 중키다. 몸매는 날씬했고 탄력이 있다. 운동선수 체질이다. 젖가슴은 약간 작은 편, 그러나 젖가슴 곡선은 아름답다. 갸름한 얼굴, 볕에 그을린 것 같은 스페인계 피부, 검은 눈동자, 곧은 콧날, 조금 엷고 굳게 다문 입술, 섬세한 윤곽의 미인이지만 표정이 없다. 그것이 냉소적으로 보인다. 특히 이쪽을 빤히 쳐다볼 때는 더욱 그렇다. 이광이 샌디의 시선과 부딪치고는 3초쯤 가만있었다. 안가는 조용하다. 내일 오전에 곧장 멕시코시티로 날아갈 예정이어서 12시까지는 출발 준비로 조금 술렁거렸다. 일행이 12명이나 되어 있는 것이다. 그것은 오후에 리비아의 조백진이 보낸 용병 3명이 일행에 합류했기 때문이다. 카다피의 정규군에 끼어 특공대 역할을 하던 고문단 일원이다. 박동찬의 표현을 빌리면 진짜 총잡이들이다. 전대일 상사가 이끄는 윤덕배, 최성기 중사다. 이윽고 이광이 입을 열었다.

"샌디, CIA에서 공식적으로 강인숙을 요구하는 것으로 하지."

순간 샌디의 눈동자가 반짝였고 입술이 꾹 닫혔다가 열렸다.

"공식적으로 말인가요?"

"CIA 국장의 편지가 있으면 좋겠는데."

숨을 들이켠 샌디에게 이광이 말을 이었다.

"먼저 해외작전국장 해밀턴이 나한테 공식 요청을 해온 것으로 하지."

"해밀턴 국장이오?"

"그래, 그다음에 국장이 문서를 후세인 대통령한테 보내는 거야. 그런 문서는 1백 장 보내도 상관없을걸?"

"……."

"문서에 뭐라고 적혀 있건 CIA는 나중에 상관하지 않을 테니까."

"……."

"하지만 후세인 대통령 성격은 다르지. 그 문서를 믿을 거야. 아직도 구식이라 의리, 신의 같은 것을 믿거든."

"……."

"강인숙을 데려가면 이라크 지도층 내부의 분위기, 계파 그리고 후세인 대통령의 사고(思考)까지 다 알게 되지. 미국은 엄청난 정보를 얻게 되는 거야."

"……."

"강인숙이 가져가려다가 빼앗긴 87억 불 이상의 가치가 있어."

"잠깐만요."

어느덧 얼굴이 상기된 샌디가 반짝이는 눈으로 이광을 보았다.

"오늘 강인숙하고 작별 인사를 하지 않으셨어요?"

"그래서?"

"그것이 마지막 아니었나요?"

"샌디, CIA에서 얼마나 근무했지?"

"5년 되었어요."

"바빠서 남자 만날 여유가 없었던 것 같군. 그래서 사고(思考)의 여유가 없어."

"그건 무슨 말이죠?"

"후세인 대통령이 강인숙 처리에 나를 부른 것은 내 손으로 죽이라는 암시가 아냐."

이광이 길게 숨을 뱉었다.

"강인숙을 처형하지 않으려고 했던 거야."

"……"

"내가 후세인 대통령의 입장이 되어서 생각해 봤어."

"……"

"처음에는 배신감으로 몸이 떨리더군. 그런데 시간이 지나니까 죽이면 강인숙과의 지난 세월까지 없어지는 거야. 좋았던 시절까지 말이야."

이광의 얼굴에 웃음이 떠올랐다.

"후세인 대통령은 내 성격을 알고 있었던 거야. 내가 그런 경우에는 어떻게 할 것인가를."

"살려서 그냥 보내시겠어요?"

"그래."

그때 샌디가 자리에서 일어섰다.

"해밀턴 국장께 보고하겠어요."

"서둘러."

"그럼 후세인 대통령이 강인숙을 보낼 것이라고 할까요?"

"내가 그러더라고 해."

이광이 정색하고 말을 이었다.

"내 생각이지만 후세인 대통령이 나를 알기 때문에 이 일을 맡긴 것이라고."

샌디가 몸을 돌리면서 힐끗 이광을 보았다. 그러나 입을 열지는 않았다.

페르난도가 미카엘에게 물었다. 저택의 응접실 안이다.

"컨테이너 막사가 들어왔어?"

"예, 사장님."

미카엘이 조심스러운 표정으로 말을 이었다.

"40피트 컨테이너 3개가 놓였고 한국인 10명 정도가 지금 설치 공사 중입니다. 멕시코인 인부도 10여 명쯤 됩니다."

"……."

"차도 4대 있습니다. 승용차 2대에 승합차 2대입니다."

"이놈들이……."

페르난도가 웃음 띤 얼굴로 앞에 놓인 술잔을 집었다. 올해 53세인 페르난도는 건장한 체격의 호남이다. 취미가 사냥이어서 피부는 볕에 그을렸고 활달한 성품으로 친구가 많다. 그러나 돈에 인색한 데다 잔인하다. 5백 불을 슬쩍 빼돌린 부하를 현장에서 사살한 적도 있다. 그것도 10년 가깝게 측근에 두었던 부하였다. 술잔의 술을 한 모금에 삼킨 페르난도가 미카엘을 보았다.

"모두 우리를 주목하고 있어, 미카엘."

"알고 있습니다, 사장님."

"산체스는 내기를 했다는군. 그 대지에 코리안 공장이 세워지는 데 1백 불 걸었다는 거야."

"그럴 수는 없지요."

"산체스가 날 우습게 보는 것이 어디 한두 번이냐?"

"아직 뭘 몰라서 그럽니다."

산체스는 아카풀코 3대 패밀리 중 시내 중심을 차지한 최대 세력이다. 페르난도하고는 사이가 나빠서 5년이 넘도록 사사건건 충돌을 해왔는데 작년에는 쌍방에서 4명씩 사망자가 발생했다. 먼저 산체스가 이쪽 둘을 죽였고 페르난도가 보복으로 셋을 죽였던 것이다. 다시 산체스가 둘, 숫자를 맞추려고 페르난도가 하나를 죽이고는 임시 휴전 상태다. 그때 페르난도가 말을 이었다.

"이놈들이 공사 허가를 받기 전에 뭉개버려야겠다. 밤에 습격을 해서 몇 놈을 죽여."

"예, 사장님."

대답부터 한 미카엘이 눈을 가늘게 뜨고 페르난도를 보았다. 페르난도는 아직도 웃는 얼굴이다. 그러나 페르난도는 웃으면서도 살인을 하는 인물이다.

"한국 놈만 죽일까요?"

"강도 소행으로 만들려면 한국 놈들한테 협조적인 놈도 함께 처리해야지."

"알겠습니다."

미카엘이 몸을 돌렸다. 다시 피바람이 불게 되었다.

대서양 위에 떠 있는 전세기 안이다. 파리를 출발한 전세기는 지금 2시간째 대서양 상공을 서진(西進)하는 중이다. 앞쪽 의자에 길게 누워 있는 이광이 옆으로 다가온 인기척에 머리를 들었다. 샌디다.

"보고드릴 말씀이 있습니다."

옆쪽 의자에 앉은 샌디가 입을 열었다. 샌디는 이광의 말을 듣고 해밀턴을 만나고 출발 직전에 돌아와 합류했던 것이다. 이광은 시선만 주었고 샌디가 말을 이었다.

"아카풀코의 3대 조직 중에서 산체스 조직이 가장 크지만 불안정

합니다. 그것은 보스인 산체스가 아버지 마카스로부터 조직을 이어 받은 지 4년밖에 되지 않은 데다 경솔하고 허세가 심한 성격이기 때문입니다.”

“산체스하고 페르난도 사이가 좋지 않다고 들었는데 맞지?”

“그렇습니다.”

샌디의 검은 눈동자가 똑바로 이광을 응시했다.

“작년에도 충돌이 있었는데 서로 몇 명 죽이고 지금도 휴전 상태입니다.”

“페르난도 조직은 단단한가?”

“페르난도가 장악력이 강합니다. 조직을 거느린 지 20년이 넘는 데다 부하들을 서로 견제해서 충성심 경쟁을 시키고 있거든요. 심복으로 미카엘, 안도 둘을 거느리고 있는데 한 명한테만 의지하지 않습니다.”

샌디가 들고 있던 서류를 내밀었다. 서류에 사건들이 붙여져 있다.

“참고하시지요. 지금까지 조사해놓은 아카풀코 패밀리들의 조직도와 기타 자료입니다.”

“수고했어, 샌디.”

서류를 받은 이광이 쓴웃음을 지었다.

“마치 전쟁터로 들어가는 기분이야.”

“전쟁터가 맞습니다.”

샌디가 웃지도 않고 대답했다.

“우리는 지금 전쟁터로 가고 있는 것이죠. 아마 그들도 우리가 가고 있는 것을 알고 있을 겁니다. 정보력이 정부 측보다도 나으니까요.”

“이렇게 힘들게 들어가서 공장만 지으면 안 되겠다는 생각이 들어, 샌디.”

이광이 웃음 띤 얼굴로 말을 이었다.

"공장 지으려고 전쟁을 치르다니, 우리는 목표를 수정해야 될 것 같아."

샌디는 시선만 주었고 이광은 창밖으로 시선을 주었다.

말은 그렇게 했지만 이미 결정은 했다. 유태원한테서 땅 구매를 했을 때 이미 목표 수정은 한 것이다.

집무실로 들어선 경호실장 모하메드가 후세인 앞에 부동자세로 섰다. 후세인이 머리를 들었다. 밤 12시 반, 이제는 밤 근무가 일상이 되어서 이 시간에는 눈빛이 맑았는데 후세인의 눈이 흐리다. 눈꺼풀도 더 늘어진 것 같고 그러고 보니 입술도 비틀려졌다. 그 이유를 모하메드는 안다. 소리 죽여 숨을 뱉은 모하메드가 말했다.

"각하, 조금 전에 마슬란이 CIA 해밀턴의 전화를 받았습니다."

후세인은 미동도 하지 않았고 모하메드의 말이 이어졌다.

"미스터 리의 연락을 받았다면서 각하께 강인숙을 데려갈 수 있도록 연락을 드려 달라고 했다는데요."

"……."

"당황한 마슬란이 저한테 연락을 해왔습니다."

"……."

"미스터 리는 각하께서 결정하실 일이라고 했다는 것입니다."

"……."

"마슬란한테도 그랬고 해밀턴도 그렇게 이야기를 들었다고 했습니다."

"미스터 리."

혼잣말처럼 후세인이 말했기 때문에 모하메드가 숨을 죽였다. 그때 후세인이 얼굴을 일그러뜨리며 웃었다.

"그놈, 나한테 넘기는군."

"……"

"하긴 그놈이 상관할 일이 아니긴 해."

어깨를 부풀렸다가 내린 후세인이 모하메드를 보았다. 어느덧 눈이 맑아져 있다. 입꼬리도 치켜 올라갔기 때문에 모하메드의 심장 박동이 빨라졌다. 그때 후세인이 말했다.

"해밀턴한테 넘겨줘."

그 시간의 아카풀코, 서쪽 바닷가에 위치한 1백만 평 대지, 밤 12시 반, 1번 컨테이너에서 CCTV를 점검하던 최기용이 소리쳤다.

"여기, 5번 카메라를 봐요!"

컨테이너 안에 있던 셋이 일제히 최기용이 가리키는 화면을 보았다.

"어어!"

박성길의 입에서 신음 같은 외침이 터졌다.

"비상!"

헤드폰을 끼면서 소리친 박성길이 최기용의 어깨를 손으로 쳤다.

"2번, 3번 초소 비상이다!"

"쏘라고 해요?"

"시발놈아, 얘들 총 들었잖아!"

CCTV에 비친 괴한은 4명, 제각기 손에 총을 쥐었다. 총신 모양을 보면 AK-47이다.

"여기!"

이번에는 왼쪽에서 4개의 CCTV를 점검하던 안하식이 소리쳤다.

"7번 카메라!"

7번은 우측이다. 최기용이 이번에는 우측 바닷가에서 접근해 오는 사내 4명을 보았다. 일렬횡대로 늘어선 4명도 모두 총을 들었다. 복면, 두 눈만 내놓고 다가온다. 습격자들이다. 박성길이 지시했다.

"5, 6번 초소 비상! 50미터 거리로 접근해 올 때까지 기다려!"

그러자 안하식이 헤드폰에 대고 소리쳤다.

"앞쪽에 괴한이다! 4명! 50미터 거리가 될 때까지 기다려!"

접근해 오는 괴한들과의 거리는 약 250미터, 탁 트인 대지여서 컨테이너 사방 5백 미터는 다 보인다.

"다행이다."

조금 진정된 박성길이 호흡을 골랐다. 박성길이 1차 파견대의 조장이다. 군대식으로 말하면 선발대 형식인데 이광이 심사숙고해서 선발대를 보낸 것이다. 선발대 28명 중 12명이 설비 요원이었고 16명이 전투 요원이다. 설비 요원은 컨테이너 하우스를 설치하자마자 사방에 CCTV 카메라를 배치한 것이다.

"이 새끼들이 우리 현장 사무실을 설치하자마자 뒤집을 작정이었어."

이 사이로 말한 박성길이 헤드폰에 대고 말했다. 전 초소 경비병에게 지시하는 것이다.

"잘 들어라, 이제 곧 놈들이 보인다. 야간 투시경에 50미터 거리가 찍힐 때 쏴 죽여."

"소음기를 낄까요?"

불쑥 6번 초소의 고명호가 묻는 바람에 박성길이 정신이 들었다. 잊고 있었다. 처음이라 당황했다.

"소음기를 끼어라!"

모두 쥐고 있는 소총은 AUG, 탄창에는 42발의 실탄이 장착되어 있다. 야간 투시경을 통해 접근해 오는 괴한들이 곧 보일 것이었다. CCTV를 응시하던 박성길이 다시 지시했다.

"5, 6번 초소! 5번은 우측 2명, 6번은 좌측 2명을 맡아라!"

컨테이너 사무실 3개를 중심으로 6개의 초소가 둥글게 배치되었는데 각 초소의 경비원은 2명이다. 오늘 컨테이너 사무실을 설치한 첫날 밤, 첫 번째 근무에서 괴한의 습격을 받게 된 것이다. 박성길이 숨을 들이켰다가 진저리를 치면서 뱉었다.

"오늘 첫날에 경비병을 배치시키지 않았다면 몰살당할 뻔했다."

사실 오늘 경비 근무는 연습 삼아서 배치시켰던 것이다.

제3장
멕시코 진출

"65미터."

5번 초소의 배대석은 제일건설 총무부 출신이었으니 명동파 강일천의 고조부뻘쯤 된다. 그러나 드물게 군(軍) 제대자인 데다 보병 중에서도 기율이 센 수색중대 출신이다. 그래서 한 달 반 동안 집중 훈련을 받았을 때 상위권에 들었다. 배대석의 야간 투시경에 나타난 숫자가 65미터다. 괴한은 거침없이 다가왔는데 AK-47을 앞에총 자세로 쥐고 있다.

"이런 상놈이."

배대석이 심호흡을 하고는 AUG의 방아쇠에 손가락을 걸었다. 안전장치 버튼은 이미 눌렀고 방아쇠를 반쯤 당기면 반자동, 끝까지 당기면 자동 발사가 된다.

"58미터."

배대석이 낮게 말했을 때 옆에 엎드린 서기춘이 심호흡을 했다. 서기춘의 타깃은 5미터쯤 옆이다. 그 옆의 둘은 6번 초소 담당이다.

"55미터."

배대석이 말했을 때다.

"파파팍!"

서기춘의 총구에서 발사음이 그렇게 울렸다. 서기춘이 먼저 발사한 것이다. 놀란 배대석이 방아쇠를 당겼고 낮은 발사음이 이어졌다.

"파파팍!"

타깃이 네 활개를 흔들며 쓰러졌다. 총구를 돌려 서기춘의 타깃을 보았는데 멀쩡했다. 병신, 욕지거리를 입속으로 뱉으면서 배대석이 다시 방아쇠를 당겼다.

"파파팍!"

"파파팍!"

동시에 서기춘도 다시 방아쇠를 당겼고 괴한은 뒤로 벌떡 넘어졌다. 숨을 돌린 배대석이 옆쪽 6초소를 보았다. 30미터쯤 떨어진 6초소에서 흰 섬광이 번쩍였다. 그때다.

"타타타타탕!"

요란한 총성이 왼쪽에서 울렸다. 2번 초소 쪽이다.

"타타타타타!"

다시 총성이 울렸는데 AK-47이다. 긴장한 배대석이 숨을 죽였을 때 총성은 이어지지 않았다. 그때 헤드셋에서 박성길의 목소리가 울렸다.

"상황 끝! 각 초소에서 1명씩 나와 현장을 확인해라!"

배대석이 몸을 일으켰다.

"내가 갈게, 넌 총구를 하늘로 겨누고 있어, 새꺄."

오전 1시 10분, 바닷가 저택에서 미카엘과 안도를 불러 술을 마시던 페르난도에게 경호실장 앙헬이 다가왔다.

"보스, 마리오입니다."

페르난도가 탁자 위에 놓인 전화기를 들었다. 지금까지 마리오의 연락을 기다리고 있었던 것이다. 둘러앉은 미카엘과 안도가 긴장했고 앙헬은 페르난도 옆에 바짝 붙어 섰다. 응접실 안이 조용해졌다. 마리오는 공격팀 10명을 이끌고 코리안의 거점을 습격한 것이다.

"그래, 나다."

페르난도가 술기운으로 상기된 얼굴을 들고 눈을 크게 떴다.

"어떻게 되었어?"

그때 미카엘은 페르난도의 얼굴이 와락 일그러지는 것을 보았다. 그러더니 어깨를 부풀리면서 어금니를 문다. 옆에 앉은 안도가 숨을 들이켜는 소리를 내었다. 일이 잘못 풀렸다.

잠시 후에 그 자리에서 대책 회의가 열렸다. 열이 난 페르난도가 다 듣고도 상황 설명을 안 해주는 바람에 미카엘이 다시 마리오에게 전화를 해서 내막을 알게 된 것이다. 대사건이다. 무장하고 코리안의 컨테이너 막사를 습격했던 8명이 모조리 사살된 것이다. 지금 8구의 시체가 컨테이너 막사 근처에 널려있다고 했다. 마리오가 컨테이너 막사에서 나온 사내들이 시체를 확인하고는 그대로 돌아가는 것을 본 것이다.

"이놈들도 무장을 하고 있었어."

안도가 눈을 좁혀 뜨고 말했다.

"아직 시간이 있어, 우리가 다시 공격을 하는 거야."

안도는 45세, 비대한 체격에 페르난도 이상으로 잔인해서 배신자 처형 전문이다. 그러나 페르난도한테는 철저하게 복종한다. 별명이 재단사. 배신자를 토막 내어 죽이는 바람에 붙여진 별명이다. 페르난도는 듣기만 했고 미카엘이 머리를 저었다.

"안도, 무조건 덤볐다가 여덟 명처럼 또 당할 수도 있어. 오늘은 안 돼. 기회를 보아야 한다."

"그럼 저 8명의 시체는 어떻게 하란 말이야? 내버려둬?"

안도가 버럭 소리쳤다.

"내일 아침이면 멕시코가 떠들썩해질 거다, 우리 패밀리가 코리안을 습격했다가 당했다고. 산체스 개자식은 춤을 출 거야."

그때 페르난도가 입을 열었다.

"시체를 치워라."

모두 입을 다물었고 페르난도의 말이 이어졌다.

"앙헬, 네가 지금 현장에 가. 가서 놈들한테 시체를 치우겠다고 해. 놈들도 그러라고 할 거다."

아카풀코 공항에 도착했을 때는 오후 1시 반, 공항에는 오상만이 마중 나와 있었는데 잔뜩 긴장한 표정이다. 공항 건물 앞에는 리무진과 밴이 6대나 주차되어 있어서 마치 대통령 행차 같다. 오상만이 데려온 경호원이 10명 가깝게 되는 데다 이광 일행도 10명이 넘는 것이다. 리무진이 출발했을 때 영접위원장 격인 오상만이 이광에게 보고했다.

"어젯밤에 현장에 설치되었던 컨테이너 막사가 습격을 받았습니다."

이광은 시선만 주었고 오상만이 말을 이었다.

"컨테이너 막사와 감시 초소를 함께 설치했기 때문에 어젯밤에 습격해왔던 놈들 8명을 사살했습니다."

차 안에는 이광과 안학태, 샌디까지 셋이 듣고 있다. 이광이 물었다.

"8명을? 그래서 어떻게 처리했지?"

"사살한 후에 페르난도 측에서 연락이 왔습니다. 시체를 치우겠다고 해서 놔두었더니 깨끗이 처리하고 사라졌습니다."

그때 이광이 옆에 앉은 샌디를 보았다. 지금까지 한국말을 했던 것이다. 상황을 영어로 말한 이광이 물었다.

"그 이유는 뭐야?"

"알려지면 체면이 깎이는 데다 경찰 측도 상대방만 처벌할 수가 없기 때문이죠. 그래서 조직 간 전쟁 때 서로 피해자를 처리하는 것이 습관이 되었습니다."

"그렇군."

"하지만 페르난도 조직이 이대로 가만있을 리는 없습니다, 시체는 치웠지만 곧 소문이 날 것이고 가만두면 조직의 명성은 땅바닥으로 떨어지게 될 테니까요."

"……."

"그것은 곧 사업과도 연결됩니다. 페르난도 조직에 가담하려는 정보원, 일꾼들이 줄어들 테니까요."

머리를 끄덕인 이광이 오상만에게 영어로 물었다.

"이해가 가나?"

"예, 회장님."

오상만이 영어로 말을 이었다.

"한국 조직과 비슷하지만 이곳은 사람 죽이는 것이 파리 죽이는 것 같습니다. 거기에다 마약들을 처먹은 미친놈들이 많습니다."

그러자 샌디가 거들었다.

"위쪽의 대여섯이 조종하는 로봇이라고 보시면 될 겁니다."

"펠로스의 저택으로 들어갔습니다."

103

미카엘이 페르난도에게 보고했다.

"일행이 10여 명이었는데 경호가 제법이었습니다."

"그 알량한 코리안 놈들이."

이 사이로 말한 페르난도가 핏발이 선 눈으로 미카엘을 보았다.

"어젯밤 소문은 시내에 퍼졌나?"

"아닙니다."

미카엘이 머리를 저었다.

"밑바닥 소문까지 훑었지만 어젯밤 이야기는 없었습니다."

"어젯밤 이야기가 산체스한테 들어가면 안 돼."

"그럴 리가 없습니다, 보스."

"그놈이 펠로스에만 머물지는 않을 거야, 시청에도 들러야 될 것이고 시내 구경도 해야 될 테니까."

눈을 가늘게 뜬 페르난도가 말을 이었다.

"기회를 잡아야 돼."

"예, 보스."

"펠로스의 저택 경비는 어때?"

"거긴 좀 힘듭니다."

어깨를 부풀렸다가 내린 미카엘이 말을 이었다.

"여러 곳에 첨단 감시 카메라를 장착해놓은 데다 경비원이 20명 가깝게 됩니다. 모두 한국 놈들로 군 출신 같습니다."

감시 카메라는 아직까지 최첨단 장치여서 페르난도 조직은 물론이고 산체스도 갖추지 못했다. 그런데 이 한국 놈들은 감시 장치를 갖춘 것이다. 어젯밤의 습격조가 몰살당한 것도 감시 카메라에 발각되었기 때문이란 것이 밝혀졌다. 그래서 당장 펠로스 지역에 위치한 한국 놈의 저택을 습격하라는 명령을 내리지 못하고 있는 것이다.

　펠로스의 저택은 3층 본관 건물에다 좌우로 2층 부속동이 세워져 있다. 숲에 둘러싸인 대저택이어서 밖에서는 잘 보이지 않는다. 아카풀코 서쪽의 교외에 위치한 이 대저택이 리스타 아카풀코의 본부 건물 겸 숙소로 사용되고 있는 것이다. 이광이 본채 3층의 회의실에서 오상만과 전대일 등 경호팀과 법인 사장이 된 윤중호와 함께 둘러앉아 있다.

　"내일 시청 건설국장 후아레스한테서 승인서를 받으시면 됩니다."

　윤중호가 말했다. 건설 허가를 말하는 것이다. 모든 서류와 조건은 완벽하게 갖춰진 상태다. 그것은 삼원건설 때부터 갖춰져 있었지만 공사를 시작하지 못했던 것이다. 내일 이광이 후아레스를 만나 승인서를 받는 것으로 공사가 시작되는 것이나 같다. 그동안 삼원건설은 승인서를 받으러 가지 못했다. 그것은 승인서를 받은 2개월 이내에 공사를 시작해야 되었기 때문이다.

　"좋아, 시작하자."

　이광이 던지듯 말했다. 이제 시작이다.

　회의실을 나온 오상만이 전대일과 윤덕배, 최성기와 함께 2층의 사무실로 들어가 다시 둘러앉았다. 이들이 아카풀코 법인의 행동대 간부가 된다. 오상만이 한국 건설의 총무부장으로 행동대장 역할이기 때문이다.

　"당신들이 군(軍) 출신이니까 중심 역할이 되어야겠어. 이제 우리 행동대 인원은 53명, 어젯밤에 혁혁한 승리를 한 현장 초소에 16명이 나가 있고, 거기 조장이 박성길이야. 박성길이는 공수특전대 중사 출신인데, 알아?”

“우리도 중사 출신인데요.”

최성기가 눈으로 윤덕배를 가리키며 말했다.

“혹시 군번 아십니까?”

“몰라, 나이는 서른셋이야.”

“그럼 우리보다 두어 살 윈데, 전 상사님하고 비슷하겠고.”

“육군입니까?”

전대일이 묻자 오상만이 머리를 저었다.

“아니, 개병대야.”

그러더니 옆에 놓인 전화기를 들면서 말했다.

“지금 확인해서 서열을 정해야겠다.”

누가 말릴 수도 없는 일이라 금방 통화 연결이 되었고 오상만이 물었다.

“야, 너 뭘로 제대했냐?”

대답을 들은 오상만이 전대일 등에게 말했다.

“중사 맞아, 중사로 제대했대.”

그러고는 다시 물었다.

“입대는 언제 했냐? 니 군번은 땅개들하고 다르니까 그런다. 내가 입대 순으로 너희들 서열 정하려고.”

전화기를 귀에서 뗀 오상만이 다시 셋을 보았다.

“67년 11월 12일이란다.”

“아이구, 나보다 1년 빠르네.”

전대일이 어깨를 늘어뜨렸다. 그러자 머리를 끄덕인 오상만이 전화기에 대고 말했다.

"그럼 네가 선임조장이다."

"예? 뭔데요?"

송화구에서 박성길의 목소리가 울렸을 때 오상만이 간단하게 설명했다.

"여기 조장급 셋이 왔는데 네가 선임이란 말이다. 내일 오전에 조장 셋하고 인사시켜주마."

이것으로 군(軍) 출신 조장 4명의 배치가 끝났다.

밤 9시 반, 산체스가 아카풀코만이 보이는 해변가의 알바스 바에서 부하 도밍고의 보고를 듣는다.

"보스, 페르난도파의 란테스가 어젯밤에 실종되었습니다, 그런데……."

"란테스가?"

술잔을 든 산체스가 눈을 가늘게 떴다. 산체스는 37세, 비대한 체격에 배가 나왔다. 머리숱이 적어서 벌써 반쯤 대머리가 되었고 얼굴이 붉다.

"란테스 그놈이 돈 갖고 튄 거 아니냐?"

"아닙니다."

도밍고가 머리를 저었다. 40대 초반의 도밍고는 산체스와 대조적으로 마른 체격에 키가 크다. 검은 눈, 검은 머리, 말수가 적고 그림자처럼 산체스를 보좌했는데 별명이 귀신이다. 소문으로는 산체스의 지시로 수십 명을 살해했다는데 직접 본 사람은 없다. 도밍고가 말을 이었다.

"란테스 와이프가 페르난도를 만나려고 하다가 부하들한테 쫓겨난 후에 소문이 난 겁니다."

술잔을 내려놓은 산체스가 주위를 둘러보았다. 알바스 바는 최고급 바이지만 손님은 돈 많은 관광객이 대부분이다. 현지인은 돈이 있어도 못 온다. 이곳 주인이 산체스이기 때문이다. 손님은 미국 관광객 한 무리와 독일 팀 네 명뿐이다.

"어떤 소문이 난 거냐?"

"어젯밤에 란테스가 어딜 습격한다면서 집에서 AK-47을 가져갔다는 겁니다."

"습격한다고?"

"예, 란테스는 조장급이기 때문에 너덧 명 정도는 항상 데리고 다닙니다."

"그러겠지."

"란테스 와이프가 총 갖고 나갔다가 안 들어오니까 걱정이 되어서 이곳저곳에 돌아다니면서 소문이 난 것이지요."

"그렇군."

"그래서 제가 란테스 부하 사리갈, 모르치크 둘을 찾아보았습니다."

"그랬더니?"

"그 두 놈도 실종 상태입니다."

"무슨 일이 있군."

"예, 보스."

"애들을 풀어서 더 알아 봐."

"예, 보스."

도밍고가 몸을 돌렸을 때 산체스의 얼굴에 웃음이 떠올랐다. 적의 불행은 나의 행복이다.

그날 밤 외출 나갔던 샌디가 3층 응접실로 들어섰다. 밤 10시 반이 되어가고 있다. 오겠다는 연락을 받은 터라 이광이 소파에 앉아 기다리고 있다가 맞았다.

"페르난도가 내일 회장님이 시청에 가서 후아레스를 만나는 것을 알고 있습니다."

소파 앞자리에 앉은 샌디가 말을 이었다.

"후아레스는 페르난도는 물론 산체스, 로메로하고도 통하는 사이입니다, 그래야 오래 살기 때문이죠."

샌디의 얼굴에 웃음이 떠올랐다.

"위험합니다. 가셔서 함정에 빠질 가능성이 큽니다."

"출발했습니다."

수화구에서 안도의 목소리가 울렸다.

"저는 라파엘 거리의 차뉴라 식당에 있겠습니다."

차뉴라 식당은 시청 건너편이다. 시청 현관 계단이 환하게 보이는 위치여서 상황을 보기에는 최적의 장소인 것이다.

"알았다."

페르난도가 소파에 등을 기대면서 웃었다. 이제 부하 8명이 몰살당했다는 사실이 밝혀져도 된다. 한 시간쯤 후면 아카풀코에 진출한 한국건설의 사주가 시청 앞 계단에서 총격을 받아 사살될 것이기 때문이다. 페르난도가 다짐을 주었다.

"실수 없도록 해, 안도."

"실수가 있을 리 없습니다, 보스."

안도의 목소리도 자신만만했다. 시청 앞 계단은 넓고 계단 수는 38

개씩 2개가 놓여졌다. 76개다. 계단 넓이는 70미터 가깝게 되는 터라 남녀 데이트 장소로 유명했고 관광객까지 모여들어서 언제나 사람들로 들끓는다. 지금 안도가 고용한 킬러 5명이 제각기 소음기가 끼워진 권총을 감추고 계단을 서성거리고 있는 것이다. 물론 그 코리안은 경호원을 대동하고 오겠지만 이쪽이 기습전으로 나가는 한 승산은 충분하다. 계단 위의 인파 수백 명을 다 치울 수도 없는 상황이라 코리안은 계단을 올라올 것이었다.

"루이스, 위스키 한 잔 가져와라!"

페르난도가 밖에 대고 소리쳤다.

"코카인도 가져오고!"

코카인을 위스키에 타 마시면 천국에 갈 필요가 없다, 그때가 바로 천국이니까. 오전 10시 반이다. 베란다 문을 활짝 열어놓아서 아카풀코 만을 훑고 온 바람에 신선한 바다 냄새가 맡아졌다.

"루이스!"

전화기를 내려놓은 페르난도가 다시 소리쳤다. 그때 응접실로 루이스가 들어섰다. 그 순간 페르난도는 숨을 들이켰다. 루이스가 아니다.

"아!"

놀란 외침을 뱉은 페르난도가 벌떡 일어섰을 때다.

"퍽!"

둔탁한 발사음이 울리더니 페르난도는 어깨를 움켜쥐고 털썩 주저앉았다. 사내가 총을 쐈다. 응접실로 들어선 사내들은 셋, 세 명 모두 소음기가 끼워진 권총을 쥐었는데 그중 하나가 동양인이다. 그때 동양인이 권총을 겨눈 채로 다가오면서 웃었다.

"헬로우, 베이비."

안도가 다시 전화했을 때는 10분쯤 후다. 코리안 회장 일행이 시청에서 10분 거리인 로데오 사거리를 통과했다는 보고를 하기 위해서였다. 페르난도가 전화를 받자 안도가 서두르듯 말했다.

"보스, 방금 코리안 일행이 탄 차가 로데오 사거리를 통과했습니다."

페르난도는 듣기만 했고 안도가 말을 이었다.

"모두 4대입니다. 경호원이 20명 가깝게 되지만 이곳만 도착하면 상황 끝입니다."

그때 페르난도가 말했다.

"안도, 작전 취소다."

"예?"

놀란 안도가 전화기를 고쳐 쥐었다.

"보스, 무슨 말씀입니까?"

"지금 빨리 킬러들을 불러들여!"

"보스."

"빨리 이 자식아! 서둘러!"

"예, 보스."

"철수시키고 다시 보고해!"

"예, 보스."

벌떡 일어난 안도가 밖으로 뛰어나갔다.

무전기를 귀에 붙인 윤덕배가 오상만에게 보고했다.

"후아레스가 방금 시청을 출발했습니다."

"알았다."

"그럼 저희들은 이곳에서 임무 끝내겠습니다."

"끝내고 보고 하도록."

무전기를 귀에서 뗀 윤덕배가 손에 쥔 무전기를 흔들어 보면서 말했다.

"CIA용이라 잘 터지는데."

이곳은 아카풀코만을 향해 펼쳐진 페르난도의 별장, 별장의 앞마당이 바로 해변이어서 그야말로 그림엽서 같은 절경이다. 붉은 기와를 올린 3층 별장은 짙은 숲에 둘러싸였고 벽은 눈부시게 흰 벽돌을 붙였다. 별장 응접실 소파에 앉은 전대일이 페르난도에게 물었다.

"어이, 미스터 페, 이제 어떻게 할래?"

페르난도가 눈만 깜박이는 것이 기가 질린 것 같다. 습격당한 지 30분 가깝게 되었기 때문에 어깨의 상처에도 붕대를 감았고 돌아가는 상황도 대충 짐작을 한 것이다. 전대일이 영어로 또박또박 말했다.

"별장에 있던 네 경호원 7명을 모두 쏴 죽였고 심부름하는 놈들은 가둬놓았다. 자, 미스터 페, 이제 우리 보스가 시청 국장 놈하고 계약을 끝낼 때가 되었는데 말이야, 그다음이 네가 죽는 순서인 것 같은데."

"날 죽여서 득 될 것이 없어."

정신을 차린 페르난도가 머리까지 흔들면서 말했다.

"날 살려줘 그리고 내 조직을 같이 운영하자고, 네 보스한테 이야기해줘."

페르난도가 절실한 표정으로 말을 잇는다.

"그러면 우리는 엄청난 이권을 쥘 수가 있어. 아카풀코뿐만 아니라 전 멕시코를 석권할 수가 있다고."

그러더니 덧붙였다.

"너희들 코리안의 조직력과 힘 그리고 내 기반을 합치면 말이야."

"네놈이 우리를 얼마나 안다고 그래?"

쓴웃음을 지은 전대일이 옆에 선 부하들을 둘러보며 웃었다.

"이 새끼가 급했어."

이것은 한국말이다.

해밀턴이 입을 반쯤 벌리고 샌디를 보았다.

"무지막지한 놈들이군."

"예, 이쪽 환경에 놀랍도록 빠르게 적응합니다, 아니……."

쓴웃음을 지은 샌디가 말을 이었다.

"오히려 이쪽 무리보다 훨씬 조직적이고 기율이 잡혀 있는 데다 잔인합니다."

"한국의 조폭 문화가 전통이 있나? 내 말은 역사가 있느냐는 거야."

해밀턴이 진지해진 얼굴로 물었다. 지금 둘은 아카풀코에서 벌어지고 있는 페르난도 조직과 한국 건설 측 행동대와의 전쟁 이야기를 하고 있는 중이다. 오후 6시 반, 샌디가 해밀턴의 거처인 안가를 찾아온 것이다. 샌디가 머리를 저었다.

"일본 야쿠자, 중국 삼합회는 들어봤지만 한국 조폭은 동네 폭력배 정도로 알고 있었는데요, 국장님."

"나도 그래."

"새로운 형태의 조직이라고 보면 되겠습니다, 한국계 조직은 본래의 조직에다 군(軍) 출신을 보강해서 뼈대를 갖춘 다음에 본격적인 전쟁 연습을 했으니까요."

한국 건설 행동대의 내력을 아는 샌디가 말을 이었다.

"특히 한국계 조직은 의리와 신의를 근본으로 합니다. 일본 야쿠자가 그렇게 미화되었지만 실제로는 배신과 하극상이 비일비재한 것과는 대조적이지요."

"한국 문화권의 영향인가?"

해밀턴이 아는 척을 했다.

"한국이 뭐냐? 동방예의지국이라는 말을 들었다면서? 그것이 바탕에 있기 때문이야?"

"그 이야기는 못 들었습니다만 그룹 회장 이광의 영향을 받은 것은 확실합니다."

"이광의 영향이라."

"예, 이광이 한국의 조폭 2개 집단을 흡수했지 않습니까? 그래서 조폭 집단들이 보스인 이광의 영향을 받게 되었겠지요."

"그렇구나."

해밀턴이 머리가 아픈지 손바닥으로 이마를 짚었다.

"이런 이야기는 작전을 2시간 동안 짠 것만큼 어렵군."

지금 둘은 5분 정도밖에 이야기를 하지 않았다. 시선을 든 해밀턴이 샌디를 보았다.

"샌디, 페르난도가 내일부터 어떻게 나올지가 가장 중요해."

그 시간에 이광이 법인 사장 윤중호와 비서실장 안학태, 한국 건설 총무부장 오상만과 넷이 둘러앉아 있다. 윤중호는 건설 사장까지 겸임하고 있었으므로 멕시코 현장 총책인 셈이다. 리스타 기조실 전무 출신인 윤중호는 생기 띤 표정이다. 오늘 아카풀코의 패밀리 역사에 격변이 일어난 것이다. 30년 가깝게 유지되었던 3대 패밀리의 균형이 깨진 날

114

이다. 그것은 페르난도 패밀리가 동양의 코리아에서 온 난데없는 리스타 그룹과 합병을 선언했기 때문이다. 오상만이 입을 열었다. 전략회의다.

"페르난도가 내일 오전에 회장님을 방문한다고 했습니다."

지금도 페르난도의 저택에는 전대일이 손님으로 머물고 있는 것이다. 전대일이 인솔한 1조는 8명, 저택 공격 때 1명이 총상을 입었지만 저택 안의 페르난도 경비원 7명을 몰살시켰다. 또한 최성기가 이끄는 2조는 라파엘 거리의 차뉴라 식당으로 모인 킬러 5명과 안도까지 현장에서 사살했다. 모두 복면을 한 데다 바로 사라져서 가장 산뜻한 전과를 올렸다. 식당에 있던 민간인과 종업원 중 아무도 다치지 않았던 것이다. 또한 박성길이 이끌었던 3조는 페르난도 저택 외곽 경비를 맡았고 오상만은 이광을 경호했다. 지금 페르난도 조직은 대혼란에 빠진 상태에서 남은 간부들을 회유하고 있다. 오상만이 말을 이었다.

"정보원들의 보고를 들으면 지금 시내는 난리가 났다고 합니다. 산체스, 로메로 조직이 페르난도 조직원을 흡수하려고 서로 싸우는 중이고 페르난도의 심복 미카엘은 행불 상태인데 따로 조직을 만든다는 소문이 있습니다."

"당연하지."

이광이 웃음 띤 얼굴로 말했다.

"미카엘 그 친구 입장에서 생각해 봐, 그것이 정상이야"

"지금 그놈을 찾고 있습니다. 생사불문, 현상금 1백만 불입니다."

오상만이 번들거리는 눈으로 이광을 보았다.

"페르난도가 준다고 말입니다."

머리를 끄덕인 이광이 오상만을 보았다. 오상만이 명동파가 강일천의 죽음으로 와해된 후에 격심한 내분 상태가 되었을 때 그 배후의 근원이라고 생각되던 이광을 암살하려고 했던 인물이다. 조직의 멸망과 재기에 대해서 피부로 느낀 증인인 것이다.

"오 부장, 이미 전쟁은 일어났다."

"예, 회장님."

대답부터 한 오상만이 이광을 보았다.

"이대로 밀고 나가야 합니다, 회장님."

모두 숨을 죽였고 오상만의 말이 이어졌다.

"CIA를 통해서 멕시코 기관의 간섭을 당분간만 막아 주십시오. 그럼 그동안 미카엘을 잡고 페르난도를 흡수하겠습니다."

그때 이광이 심호흡을 했기 때문에 오상만이 긴장했다. 이광이 입을 열었다.

"이대로 밀고 나가는 것으로는 부족해. 산체스를 쳐야겠다."

"무슨 일입니까?

아카풀코 시장 코르테스가 메이슨에게 물었다. 오전 8시 반, 코르테스의 차 안이다. 운전사를 내보낸 차의 뒷좌석에 코르테스와 메이슨이 나란히 앉아 있다. 코르테스의 시선을 받은 메이슨이 빙그레 웃었다. 금발에 푸른 눈동자의 메이슨은 아카풀코 해변의 리버티호텔을 소유한 미국인이다. 코르테스가 변호사였을 때부터 도움을 준 사이였으니 15년이 넘는 인연이다. 메이슨이 입을 열었다.

"코르테스 씨, 어제 사고 때문에 머리 아프시지요?"

"머리 아픈 정도가 아니요, 메이슨 씨."

코르테스가 대번에 머리를 저으며 말했다.

"한국 놈들하고 전쟁이 붙었다는 소문이 났는데 이번에 진공청소기로 빨아들이는 것처럼 깨끗하게 소탕할 겁니다."

코르테스의 비대한 아랫배가 흔들렸다. 아침에 출근하려고 저택을 나오자마자 문 앞에서 기다리던 메이슨의 수행원들이 차를 가로막고 할 이야기가 있다고 한 것이다. 다른 사람 같으면 시장 행차를 이렇게 막지 못한다. 경호원들이 총을 뺴 들 사건이다. 그러나 메이슨은 코르테스의 최대 후원자다. 코르테스가 3선 시장이 된 것도 90퍼센트 이상이 메이슨의 덕분인 것이다. 메이슨의 자금과 인력, 정보 지원이 없었다면 불가능했다. 그때 메이슨이 지그시 코르테스를 보았다.

"코르테스 씨, 경찰서장한테 지시해서 어제 사건 수사를 중지시키라고 해주시오."

"예?"

놀란 코르테스가 입을 떡 벌렸다가 기가 막힌다는 표정을 지었다.

"메이슨 씨, 무슨 일입니까?"

"당신 시장 직위는 물론 인생까지 걸린 문제이기 때문이오."

코르테스의 시선을 받은 메이슨이 다시 웃었다.

"코르테스 씨, 무슨 말인지 이해가 가실 거요, 내가 지금까지 이런 말을 내놓은 적이 없었지요?"

"……."

"당신이 내 부탁을 거부한다면 아마 내일쯤 중앙정부 사법부 감찰반이 당신에 대한 자료를 받을 것이고 그다음 날 언론에 대서특필될 겁니다. 그리고 동시에 체포되겠지요."

"메이슨 씨."

"내가 17년 동안 당신을 후원했는데 그 대가로 이 조그마한 부탁 하나 들어주지 못한단 말이오?"

"메이슨 씨."

"더구나 암 덩어리 같은 아카풀코 3대 패밀리를 정리할 수 있는 기회가 왔단 말이오. 당신이 수사를 중지시키면 아마 당신은 3대 패밀리를 순화시킨 공로자로 대통령 표창을 받게 될 거요. 그것도 내가 보장을 하지."

"메이슨 씨, 무슨 내막이 있습니까?"

마침내 코르테스가 그렇게 묻자 메이슨이 이맛살을 찌푸렸다.

"코르테스 씨, 내가 언제 당신한테 손해가 되는 일을 부탁합디까?"

"그건 그렇지만……."

"경찰서장 산타나도 지금쯤 같은 부탁을 받고 있을 거요, 그래서 당신 지시를 받으면 바로 수사를 중지시킬 겁니다."

메이슨이 손으로 코르테스의 어깨를 가볍게 두들겼다.

"참, 마리온의 계좌에 5만 불을 넣어 드리지."

마리온은 코르테스의 정부로 바닷가 별장에 산다. 지금까지 마리온의 생활비는 메이슨이 댄 것이다.

"뭐? 경찰이 수사를 중지했어?"

놀란 산체스가 도밍고를 보았다.

"그게 무슨 말이냐?"

"예, 페르난도의 저택으로 가던 경찰 수사대가 도중에 서장의 연락을 받고 경찰서로 돌아왔습니다."

"왜?"

"상부 지시랍니다."

"누구? 시장?"

"그런 것 같습니다."

"코르테스, 이놈이……."

"서장은 시내에 나간 수사요원들도 일일이 불러들였다고 합니다."

"산타나 이 자식은 돈만 주면 제 어미도 수사할 놈이니까."

어깨를 부풀렸던 산체스가 도밍고를 보았다.

"한국 놈들이 지금 어디로 모여 있다고 했지?"

"페르난도 저택에 1개 팀이 있는 것은 확실합니다."

"누가 봤어?"

"들어갈 수가 없으니까 확인은……."

"페르난도가 한국 놈들에게 포로로 잡혀 있는 건 확실한 거지?"

"아직 확인되지는 않았습니다만."

"이런 젠장."

경찰 병력이 그것을 확인하려고 페르난도 저택으로 가다가 되돌아온 것이다. 그때 방으로 하몬이 들어섰다. 하몬은 산체스의 경호대장이다.

"보스, 점심 약속 시간이 되었습니다."

어느덧 11시가 되어가고 있다. 산체스는 자리에서 일어섰다. 분위기가 뒤숭숭하지만 아카풀코 지역의 지방판사 마란테와의 점심 약속은 지켜야 한다.

"경호차 3대를 배치시켰습니다."

산체스를 따라 현관으로 나오면서 하몬이 말했다.

"식당에도 1개 조를 먼저 보냈고요."

"너무 오버하지 마라."

쓴웃음을 지은 산체스가 방탄 리무진에 오르면서 말했다.

"그러면 내가 겁이 난 것으로 보인단 말이다."

전화기를 내려놓은 이광이 샌디에게 말했다.

"됐어, 샌디. 경찰이 철수했어."

이광의 얼굴에 웃음이 떠올랐다.

"시간을 조금 벌게 되었다."

"어떻게 하실 건데요?"

샌디가 묻자 이광이 손목시계를 보았다.

"페르난도가 동업 제의를 했어, 좋은 조건이야."

"……."

"믿을 수는 없지만 지금 당장은 그놈의 지원이 필요한 상황이지."

"동업이 가능하다고 생각합니까?"

샌디가 묻자 이광의 얼굴에 웃음이 떠올랐다.

"난 악마하고도 동업할 수 있어."

몸을 굳힌 샌디에게 이광이 말을 이었다.

"다만 내가 악마보다 강한 상태가 되어 있어야 돼."

"해밀턴 씨는 페르난도 조직이 와해되면서 산체스와 로메로 조직이 더 비대해질 것 같다고 예상하고 있던데요."

"그럴 수도 있지."

"어쨌든 아카풀코의 3대 패밀리 중 하나가 와해된 것에 성과를 얻었다고 했습니다."

"샌디, 당신 생각은 어때?"

불쑥 이광이 묻자 샌디의 검은 눈동자가 흔들렸다.

"잘 모르겠어요."

"뭘 말인가?"

"당신이라는 사람 말입니다."

응접실에는 둘뿐이었지만 이광이 주위를 둘러보는 시늉을 했다. 오전 11시 20분이다.

"날 모르겠다는 말인가?"

"그렇습니다."

샌디가 똑바로 이광을 응시했다.

"아카풀코에서 어떻게 할 계획입니까?"

그러자 이광의 얼굴에 웃음이 떠올랐다.

"내가 당신들의 기대에 미치지 못하고 있다는 말은 아니겠지?"

"그 반대여서 그렇습니다."

샌디의 얼굴이 지금 상기되었다.

"너무 적극적이고 기대 이상의 효과가 나오고 있어서 해밀턴 씨도 당황하고 있어요."

"해밀턴 씨가 그렇게 물으라고 하던가?"

"제 생각입니다."

"그럼 당신도 지금 오버하고 있군."

그때 샌디가 어깨를 늘어뜨리며 긴 숨을 뱉었다.

"불안했기 때문입니다."

"난 항상 어느 일이건 처음 시작 때는 전력투구를 해."

이광이 샌디의 시선을 잡은 채 말을 이었다.

"내 비서진에도 내가 직접 이곳에서 지시를 할 필요가 없다고 했어, 하지만 이곳은 내 사업체의 가장 큰 기반이 될 곳이야."

이광이 손바닥으로 소파의 팔걸이를 두드렸다.

"멕시코를 거쳐 미국으로 들어갈 테니까."

그때 방으로 박동찬이 들어섰다.

"회장님, 미카엘이 30분쯤 전에 시내 아파트에서 사살되었다고 합니다."

박동찬이 영어로 말한 것은 샌디도 들으라는 것이다. 다가선 박동찬이 말을 이었다.

"페르난도가 전화를 받았고 확인을 하라고 부하 둘을 그곳에 보냈습니다. 사살한 것은 미카엘의 부하였던 모젤로라고 했습니다."

머리를 끄덕인 이광이 벽시계를 보았다. 오후 12시 40분이다.

"산체스, 코리안의 배후는 CIA야."

마란테가 두꺼운 눈시울을 올려 산체스를 응시하면서 말했다. 아카풀코만이 내려다보이는 힐튼호텔의 귀빈용 라운지 안이다. 베란다가 따로 만들어진 귀빈용이어서 둘은 탁 트인 베란다에 나와 바닷가재와 송아지 스테이크로 점심을 먹는 중이다. 포도주잔을 든 산체스에게 마란테가 말을 이었다.

"내가 변호사 10년, 판사를 30년 가깝게 해오고 있지만 코리안을 상대로 한 적이 한 번도 없었어."

마란테가 스테이크 한 조각을 씹고 나서 산체스를 보았다. 포도주 반병쯤을 마신 둥근 얼굴이 붉게 달아올라 있다.

"그런데 갑자기 코리안이 나타나 설치는군, CIA 앞잡이가 되어서 말이야."

"판사님."

산체스가 눈을 가늘게 뜨고 마란테를 보았다. 마란테는 아카풀코 지역에서는 왕이나 같다. 올해 67세인 마란테는 산체스의 아버지 마카스의 친구였고 인연이 40년 가깝게 이어져 왔다. 물론 지금도 산체스는 마란테에게 매월 7만 불씩을 현찰로 직접 바친다. 대신 마란테는 산체스 개인에 대해서 가능한 한 모든 편의를 봐주고 있다.

"코리안 그놈들이 지금 페르난도를 인질로 잡고 있어요, 그런데 시장과 경찰서장은 경찰 조사도 취소시켜 버렸단 말입니다. 이건 코리안 배후의 CIA가 압력을 넣은 것 아닙니까?"

"그럴 가능성이 있지."

마란테가 다시 포도주잔을 쥐면서 말했다.

"내가 자네를 봐주는 것처럼 말이야."

"판사님, 농담하실 때가 아닙니다."

"자네가 페르난도 영역을 가져가면 오히려 더 이득이 될 것 아닌가? 자네하고 페르난도하고 사이가 좋았나?"

"코리안이 그 자리를 차지할 수도 있다는 말입니다."

"그땐 내가 잡아넣지."

한 모금 술을 삼킨 마란테가 정색하고 산체스를 보았다.

"코르테스나 산타나가 아무리 용을 써도 내가 나서면 힘들 거야."

어깨를 부풀린 마란테가 똑바로 산체스를 보았다.

"CIA 개자식들도 마찬가지야, 내가 멕시코시티의 연방법원 친구들하고 아예 CIA 본부를 공격할 테니까."

귀빈용 라운지에서 출발한 엘리베이터가 논스톱으로 내려와 지하 2층 주차장에 멈춰 섰다. 엘리베이터 출구 쪽에 서 있던 산체스의 경호원 둘이 주춤거리며 나갈 채비를 했고 곧 문이 열렸다. 경호원 둘이 동시에 발을 뗀 순간이다.

"퍽! 퍽! 퍽! 퍽!"

둔탁한 충격음, 바로 소음기를 낀 발사음이 울리면서 둘은 뒤로 벌떡 넘어졌다. 엘리베이터 안으로 자빠진 것이다.

"앗!"

안쪽에서 놀란 외침이 울리더니 선뜻 밖으로 나오는 사람이 없다. 안에는 산체스와 지방판사 마란테 그리고 경호원 셋이 더 있다. 넘어지면서 숨이 끊어져 버린 경호원 둘을 제외한 숫자다. 그 순간이다. 엘리베이터 안으로 돌멩이 하나가 들어와 안쪽 벽을 맞고 떨어졌다, 수류탄.

"앗!"

또 외침이 울렸을 때 발사음이 일어났다.

"퍽! 퍽! 퍽! 퍽!"

정면에서 겨누고 쏜 총이어서 경호원 둘이 또 맞았다. 산체스와 마란테는 안쪽 귀퉁이에 붙어 서 있어서 무사했다. 경호원 둘이 쓰러진 순간.

"꽈꽝!"

엘리베이터 안에서 수류탄이 폭발하면서 불길과 함께 파편이 밖으로 쏟아져 나왔다. 인체의 찢긴 팔, 다리, 머리통까지 떨어져서 쏟아져 나온 것이다. 첫 총성이 울린 후부터 5초도 안 된 시간에 일어난 일이다.

"산체스와 지방판사 마란테가 엘리베이터 안에서 폭사했습니다."

해밀턴이 귀에 붙이고 있는 전화기의 수화구에서 사내의 목소리가 울렸다.

"엘리베이터 안에 있던 7명이 몰사했고 주차장에서 대기 중이던 6명도 전원 피살당했습니다."

기가 막힌 해밀턴이 숨만 쉬었고 사내의 목소리에 열기가 띠어졌다.

"습격자들은 주차장부터 기습해서 안에 있던 경호원들을 처치한 후에 산체스와 마란테를 기다렸던 것 같습니다, 그리고……."

"이봐, 린드버그."

마침내 해밀턴이 사내의 말을 잘랐다. 사내는 이광에게 파견한 린드버그다. 린드버그는 어제 아카풀코로 날아와 이광과 합류한 것이다. 그러나 린드버그도 샌디와 마찬가지로 CIA 요원이다. 해밀턴이 직속상관인 것이다.

"이거, 너무 과격하잖아? 어쩌려고 그러는 거야? 막 죽이고 있잖아?"

당장은 아카풀코 패밀리에 대항하는 코리안 조직을 세우는 것이었기 때문에 해밀턴이 당황하고 있다. 그때 린드버그가 말했다.

"전 어젯밤에 이 회장의 연락을 받고 합류했기 때문에 이 회장의 의도는 잘 모릅니다, 국장님."

"지금 마구 도살을 하고 있는데 내가 막아 주는 것도 한계가 있어."

"예, 이 회장도 알고 있는 것 같습니다."

"그런데 이렇게 도살을 해? 대낮에? 지방판사까지?"

린드버그는 듣기만 했고 해밀턴이 말을 이었다.

"멕시코 정부에서 가만있지 않을 거야. 린드버그, 이광한테 전해, 배후가 누군지 다 알고 있는 판에 잡히면 종신형이라고."

"예, 국장님."

"지금 이광은 어디에 있나?"

"펠로스 저택에 있습니다."

"앞으로 어떻게 할 거냐고 물어봐."

"예, 국장님."

전화기를 내려놓은 해밀턴이 길게 숨을 뱉었다. 오후 1시 40분, 막 점심 식사를 먹으려던 중이었지만 식욕이 싹 달아났다. 포크를 내려놓은 해밀턴이 앞에 앉은 보좌관 알렉스에게 지시했다.

"부장께 보고해야겠다, 부장께 연락해."

CIA 부장 후버를 말한다. 해밀턴의 한계를 벗어난 사건인 것이다.

"앞으로 어떻게 하실 계획이냐고 해밀턴 국장이 물었습니다."

린드버그가 말하자 이광이 풀썩 웃었다.

"해밀턴 씨는 생각보다 심장이 약하군."

린드버그는 시선만 주었고 이광의 말이 이어졌다.

"물이 흐르는 대로 놔두라는 동양 속담이 있어, 린드버그."

"그렇습니까?"

이광의 시선이 옆쪽에 앉은 샌디에게로 옮겨졌다.

"이 시점에서 산체스를 놔둔다는 건 흐르는 물을 갑자기 멈추게 하려는 것이나 같다. 그렇지 않아? 샌디."

"네."

대답은 했지만 샌디는 외면한 채 말을 잇는다.

"가만 놔두면 산체스가 곧 페르난도의 조직을 흡수할 테니까요, 그럼 로메로도 나서겠지요."

"아니, 그렇다고."

린드버그가 나섰을 때 이광이 손을 들어 말을 막았다.

"해밀턴 씨한테 전해, 린드버그."

"예, 말씀하시지요."

"나를 내세워서 멕시코에서 흘러 들어가는 마약을 막으려는 것이 CIA의 목표였어, 그렇지?"

"예, 그것은 맞습니다."

"아카풀코에서, 그것도 3대 패밀리 중 하나인 페르난도 하나만 쥐고서는 턱도 없는 일이었어, 그렇지 않나?"

린드버그는 입을 다물었고 이광의 말이 이어졌다.

"CIA 총대장한테 이 사건을 보고하면 그대로 놔두라고, 오히려 내 뒤를 받쳐줄 것이라고 전해."

전대일이 이번 산체스 기습의 주역이다. 32세, 공수부대 상사 출신으로 리비아에 파견되었다가 멕시코로 차출이 된 용병, 이제 한국에도 극비 사항이지만 용병단이 출현했다. 모두 이광의 덕분이다. 전대일이 박성길과 함께 응접실로 들어섰을 때는 오후 3시 반이다.

"거기 앉아."

허리를 꺾어 절을 한 둘에게 이광이 앞쪽 소파를 눈으로 가리켰다. 방 안에는 비서실장 안학태와 건설 총무부장 오상만, 비서실 차장 박동찬과 고명규까지 '마피아작전'의 핵심 간부들만 모두 모인 셈이다. 이광이 간부들을 둘러보고 나서 말했다.

"곧 멕시코 수사기관이 수사를 시작할 거야. 산체스는 조직 간 싸움으로 당했다고 넘길 수 있겠지만 마란테는 아카풀코의 지방판사야. 그자가 부패했더라도 멕시코 정부가 그냥 넘길 수는 없을 거다.”

이광의 얼굴에 웃음이 떠올랐다.

“만일 오늘 밤 안에 CIA에서 연락이 오지 않으면 난 바다를 통해 미국으로 몸을 피해야 될 것 같다.”

모두의 시선이 모여졌지만 아무도 놀라지 않는다. 이광의 시선이 오상만에게 옮겨졌다.

“내가 없는 동안에 지휘는 오상만이 맡는다.”

“예, 회장님.”

“페르난도를 앞장세워서 밀고 나가.”

“이렇게까지 올라섰는데 그냥 빼앗기지 않겠습니다, 회장님.”

“리비아 용병단에서 다음 주에 50명이 또 증원된다, 지금 배를 타고 오는 중이야.”

다시 방 안이 조용해졌고 이광의 말이 이어졌다.

“이제는 CIA의 지원을 받지 않고 우리 힘으로 하나씩 개척해나갈 거야, 우리가 CIA 꼭두각시가 되지는 않을 테니까.”

“……”

“아카풀코 조직을 장악하고 나서 멕시코 서부 지역으로 영역을 확대할 거다.”

이광의 눈빛이 강해졌다. 오상만은 용병단을 지휘하는 총책임자가 된 것이다. 오상만의 보좌역으로 박동찬이 임명되었다. 용병단 간부는 박성길, 전대일, 윤덕배, 최성기가 각각 팀장으로 10여 명을 지휘했다. 이광이 다시 말을 이었다.

“내가 여기 남아서 지휘를 하고 싶지만 너희도 알다시피 내 일이 많아, 그리고 밖에서도 얼마든지 지원을 할 수가 있어.”

그렇다, 그래야 오히려 더 도와줄 수가 있는 것이다.

회의를 마친 이광이 1층 식당에서 저녁을 먹고 있을 때 식당으로 샌디가 들어섰다. 샌디는 시내에서 들어오는 길이다.

"회장님, 곧 경찰이 이곳에 옵니다."

다가선 샌디가 앉지도 않고 말했다.

"주정부 경찰청장이 직접 지시를 했습니다, 경찰은 페르난도의 저택도 동시에 진입할 예정입니다."

"이제는 주정부가 움직이는군."

벽시계를 본 이광이 쓴웃음을 짓고 말했다. 오후 6시 반이 되어가고 있다. 이광이 같이 식사를 하던 오상만에게 말했다.

"최성기한테 연락해서 페르난도하고 몸을 피하라고 해라."

"예, 회장님."

오상만이 급히 일어났고 이광이 옆에 앉은 안학태에게로 머리를 돌렸다.

"그럼 우리도 준비를 하지."

안학태가 일어섰을 때 샌디가 물었다.

"어떻게 하시려고요?"

"당분간 피해야지."

"회장님은요?"

"나도 마찬가지야, 준비를 해놨어."

"본부에서 연락이 왔습니다."

샌디가 말하자 옆에 다가와 서 있던 박동찬이 긴장했다. 이광의 시선을 받은 샌디가 말을 이었다.

"아카풀코 서북쪽에 민간 비행장이 있습니다. 그곳에 12인승 비행기가 대기하고 있습니다. 그 비행기로 LA에 모셔다 드리라는 지시입니다."

"그러지 않아도 되는데."

이광이 눈으로 박동찬을 가리키며 말했다.

"우리도 준비했는데, 샌디."

"후버 부장께서 특별 지시를 하신 것입니다, 그리고 LA에서 부장님이 뵙자고 했습니다."

"그렇다면 그 비행기를 타야겠군."

이광이 박동찬에게 지시했다.

"준비시켜."

"최, 이 기회를 놓치지 말아야 하는데."

차 안에서 페르난도가 조바심이 난 표정으로 말했다.

"로메로는 행동이 느려서 지금 당장 경계할 필요가 없다고 했지? 그러니까 산체스 조직을 바로 밀어붙여야 된다고."

"페르난도, 잠자코 있어."

옆자리에 앉은 최성기가 짜증을 냈다.

"계속 말을 걸지 말란 말이야, 페르난도 씨."

"지금 어디로 가는 거야?"

"거처를 바꾸려고."

"어디로?"

"알아서 뭐하게?"

"산체스를 죽인 뒤탈이 덮친 것이지?"

"알 필요 없어."

"내가 도와준다고 했지 않아? 같이 상의를 해야지. 산체스하고 마란 테가 같이 피살되었으니 주정부가 움직인 거야, 그건 당연하지."

페르난도는 오후에 산체스와 마란테가 사살되었다는 말을 듣자 크게 고무되었다. 어깨에 총을 맞아서 의사를 불러 수술까지 했는데도 위스키를 반병이나 마신 것이다. 그로서는 전화위복이라고 했다. 산체스가 사살된 것이 바로 그것이다.

어둠 속에서 반짝이던 비행기의 경고등도 보이지 않았을 때 오상만이 몸을 돌렸다. 이곳은 아카풀코 서북쪽의 민간 비행장이다. 오상만은 이광의 배웅을 나온 것이다. 오상만이 발을 떼면서 옆을 따르는 박동찬에게 말했다.

"우리가 지금 가장 시급한 문제는 언어야, 피부색이 문제 아니라고."

오후 7시 반이다. 어둠에 덮인 활주로에서 바람이 불어와 머리칼을 날렸다. 오상만이 말을 이었다.

"한국에서 스페인어는 한 달 반 동안 집중적으로 교육을 받았지만 그건 갓난아이 수준이야. 말이 통해야 연애를 하지."

"페르난도가 먼저 제의했으니까 오늘 밤부터 당장 시작합시다."

박동찬이 말하자 오상만은 머리를 끄덕였다. 이미 이광의 허락을 받은 것이다. 페르난도가 적극적으로 협조를 자원한 상황인 것이다. 둘이 차에 오르자 4대의 SUV 차량이 일제히 움직였다. 이광을 경호해온 차량들이다. 공항을 빠져나온 차가 고속도로에 진입했을 때 오상만이 말했다.

"박 차장, 당신이 책임져줄 일이 있어."

"뭔데요?"

"페르난도, 산체스 조직에서 쓸 만한 놈들을 적극적으로 포섭해줘."

"내가 그 일을 맡으라고요?"

"당신이 적임이야."

"하지요."

"회장님이 자금은 얼마든지 쓰라고 하셨으니까 당신이 사장한테서 직접 받아가, 날 거칠 필요가 없어."

"알았습니다, 보고는 해야지요."

"페르난도가 산체스 조직의 약점을 최성기한테 다 털어놓겠다고는 했어."

어깨를 부풀린 오상만이 번들거리는 눈으로 박동찬을 보았다.

"우리 그룹이 이제 멕시코에서 기반을 만들게 되었어, 감개무량이야."

"모두 도주했습니다."

주정부 감찰관 페세타가 주지사 아사도르에게 보고했다. 오후 8시 반, 페세타는 지금 펠로스의 대저택 응접실에서 전화를 하고 있다. 주위에 검찰 수사관 서너 명이 서성거렸고 활짝 열린 문밖에도 저택 고용인들과 수사관들이 오가고 있었는데 아직 분위기는 뒤숭숭하다. 저택 안에는 코리안이 한 명도 없었고 멕시코인 고용인 20여 명만 남아 있었던 것이다. 페세타가 말을 이었다.

"한국 건설 사무실과 건설 직원 숙소도 수색했습니다. 공사 현장의 컨테이너 막사와 현장 사무소도 수색해서 코리안 22명을 연행했지만 모두 사무원, 기술자로 확인되어서 신원이 불확실한 3명만 제외하고 조금 전에 돌려보냈습니다."

페세타가 파악한 한국 건설 관계로 입국한 한국인은 모두 97명인 것이다. 그때 아사도르가 말했다.

"페세타, 당분간 그곳에서 수사를 해줘야겠어. 마란테와 산체스 살해범을 잡지 못한다면 우리한테도 영향이 올 거야."

"알겠습니다, 주지사님."

"페르난도도 찾지 못했단 말이지?"

"그 빌어먹을 놈하고는 조금 전에 통화했습니다, 주지사님."

"통화를 했어?"

"예, 그놈은 지금 휴가 중이랍니다."

"뭐라고?"

"휴가 중인데 무슨 소리인지 모르겠다고 시치미를 뚝 떼고 있습니다."

"납치당한 게 아냐?"

"아니랍니다."

"그놈 목소리가 분명해?"

"예, 저도 그놈 목소리를 압니다."

"이런 망할 놈."

투덜거린 아사도르가 말을 이었다.

"산체스 조직의 간부들을 찾아, 페세타. 그자들이 증언을 해줄 테니까."

"예, 최선을 다하겠습니다."

전화기를 내려놓은 페세타가 어깨를 늘어뜨리면서 말했다.

"잘못하다가는 내가 다 뒤집어쓰겠는데."

그 시간에 아카풀코 경찰서장 산타나가 아구스틴의 앞자리에 앉으면서 물었다.

"무슨 일이냐?"

"무슨 일은. 같이 저녁 먹은 지도 오래됐잖아."

"그런가?"

쓴웃음을 지은 산타나가 넥타이를 당겨 목 주변을 느슨하게 풀었다. 이곳은 바닷가의 수산물 식당 안이다. 베란다 쪽 방에 둘이 마주 앉아 있었는데 아구스틴은 산타나의 동생으로 변호사다. 종업원에게 주문을 마친 산타나가 아구스틴에게 다시 물었다.

"자, 용건이 뭐냐? 넌 용건이 없으면 형을 만나는 놈이 아냐, 또 돈이 필요하냐?"

"형 돈은 필요 없어."

"그럼 내 서장 위치가 필요하겠구먼."

의자에 등을 붙인 산타나가 지그시 아구스틴을 보았다.

"이번에는 어떤 사건이냐? 마약 관계 사건은 3개 패밀리가 각각 굵직한 변호사를 끼고 있어서 넌 명함도 못 내밀 것이고."

"……."

"더구나 요즘 3개 패밀리가 쑥밭이 되는 상황이라 변호사 놈들이 선뜻 사건을 안 맡겠지."

"형, 내가 코리안 일을 맡아볼까 하는데 형이 도와줘야겠어."

불쑥 말한 아구스틴이 이를 드러내고 웃었다.

"이건 형한테도 좋은 일이야."

"뭐라고? 이 미친놈이."

눈을 치켜뜬 산타나가 목에 걸쳤던 냅킨을 움켜쥐더니 식탁 위에 내던졌다.

"코리안 일을 맡아? 너, 이 자식, 지금 어떤 상황인지 알아?"

"알지."

정색한 아구스틴이 산타나를 똑바로 보았다.

"형보다도 더 잘 알고 있어."

"그놈들이 수십 명을 몰살시킨 것도 잘 알겠구나. 산체스에다 지방 판사 마란테까지, 응?"

"알지, 지금 주정부 감찰관이 1백 명 가까운 수사관을 이끌고 아카풀코에 와 있는 것도 알아."

"너, 죽으려고 환장했냐? 글고 나한테도 좋은 일이라고? 이 자식, 같이 죽자는 소린데."

"형, 코리안은 아카풀코를 정화시킬 사람들이야."

"뭐?"

"이 더러운 아카풀코를 원래의 깨끗한 낙원으로 만들 사람들이라고, 성모께서 보낸 천사들이나 같아."

"이놈이 미쳤군."

"벌써 시내 주민들 사이에서는 마약으로 병들어간 아카풀코를 정화시키려고 동양에서 천사들이 왔다는 소문이 났어."

"이 자식이 어렸을 때부터 거짓말은 선수였지."

"벌써 2개 조직이 풍비박산이 되었고 둔한 로메로는 아직도 무슨 영문인지도 모른 채 허둥거리고 있어, 형."

"닥쳐, 이 자식아!"

그때 종업원들이 요리를 가져왔기 때문에 식탁에 음식 내려놓는 소리만 났다. 종업원들이 물러갔을 때 아구스틴이 둥근 얼굴을 들고 산타나를 보았다.

"형, 크게 봐. 코리안은 아카풀코를 위해서 대규모 공장을 지으려고 온 사람들이야, 공장을 지으면 2만 명 가까운 주민이 직장을 얻게 돼."

그때는 산타나가 숨만 쉬었고 아구스틴의 목소리에 열기가 띠어졌다.

"사건은 페르난도가 그 공장 부지를 강탈하려다가 시작된 거야, 그렇지 않아?"

"……."

"코리안을 몰라서 그러는데 미군과 함께 월남에서 전쟁을 치른 놈들이라고, 베트콩들이 한국군만 나타났다고 하면 다 사타구니에서 방울소리를 내면서 도망친 강군(强軍)들이라고."

"……."

"코리안은 자위책으로 그중 몇 명을 데려와서 습격한 페르난도 조직을 막고, 산체스가 나서기에 또 막은 거야."

"막아?"

산타나의 목소리는 약해졌다. 그때 아구스틴이 번들거리는 눈으로 산타나를 보았다.

"형, 형도 머리가 좋으니까 눈치챘을 거야, 코리안의 배후에 CIA가 있는 것을."

다시 숨만 쉬는 산타나를 향해 아구스틴이 말을 이었다.

"형의 수사에 제동을 건 사람들, 그 배후를 잠깐만 캐 보라고."

"……."

"이럴 때 형이 줄을 잘 잡으면 주 경찰청장, 나아가서 멕시코 경찰총장이 될 수 있는 거야."

"시끄러, 이 자식아."

"형, 이 사람이 곧 연락해올 거야."

아구스틴이 쪽지를 산타나 앞에 놓았다.

"만나서 이야기해, 절대로 형한테 해가 되지는 않을 테니까. 오히려 형한테 인생 최대의 기회가 오게 될 거야."

귀신 도밍고가 앞에 앉은 페르난도와 박동찬을 번갈아 보았다. 아카풀코 외곽의 저택, 불을 환하게 밝힌 응접실은 호화스럽다. 도밍고의 시선이 박동찬에게 옮겨졌다.

"내가 받을 대가는?"

불쑥 도밍고가 묻자 박동찬이 쓴웃음을 지었다.

"물론 네 능력에 따라서지, 도밍고."

안기부 출신의 박동찬의 영어는 도밍고보다 낫다. 박동찬이 지그시 도밍고를 보았다.

"도밍고, 인간은 먼저 제 분수를 아는 것이 중요해, 제 값어치를 스스로 알고 나서 흥정을 해야 된다고, 이해하지?"

"물론이지."

도밍고의 얼굴에도 희미한 웃음이 떠올랐다.

"난 산체스 조직을 다 알아, 특히 마약 사업은 점 조직으로 운영되어서 내가 산체스의 심부름을 다 했지. 여기 있는 페르난도 씨가 증인이야."

"그렇군."

긴장한 박동찬의 눈빛이 강해졌다. 이것이 목표인 것이다. CIA가 이것 때문에 리스타를 멕시코로 끌어들였다. 호흡을 가는 박동찬이 도밍고의 검은 눈동자를 똑바로 보았다.

"하지만 도밍고, 산체스가 죽어 없어진 지금 너 혼자서는 아무것도 못 한다는 사실을 인정하지? 그래서 네가 우리를 찾아온 것 아닌가?"

"날 믿어줘."

도밍고가 표정 없는 얼굴로 박동찬을 보았다.

"날 산체스 대역으로 만들어주면 당신들의 뜻대로 움직여주지."

"……."

"결국 당신들은 CIA 용역을 받았고 목표는 미국으로 들어가는 마약을 조절하는 것 아냐?"

박동찬은 도밍고의 얼굴에 다시 웃음기가 떠오르는 것을 보았다.

"도밍고, 잘 아는군."

"CIA가 그 마약 사업을 관리하면서 비자금을 챙기려는 것도 알지, 지금도 조금씩 하지만 말이야."

도밍고가 두 손가락을 오므려 '작은 양'을 만들었다.

"당신 보스한테 말해. 날 키워주면 CIA의 등을 칠 수도 있다고 말이야, 이대로 가면 당신들은 CIA의 손에서 놀아나는 허수아비 신세가 돼."

박동찬은 숨을 들이켰다. 맞는 말이다. 이놈은 보통내기가 아니다.

"저놈이 산체스의 마약 중간책 라파엘입니다."

카로마가 손으로 가리킨 사내는 방금 술잔을 내려놓고 옆에 앉은 사내에게 귓속말을 하는 중이었다.

"지금 귓속말을 하는 놈입니다."

"옆 테이블의 두 놈이 보디가드로군, 그렇지?"

"예, 그리고 귓속말을 듣는 놈은 경찰 정보원 바리키지요, 양복점 주인인데 경찰 고위층을 많이 압니다."

윤덕배가 머리를 끄덕였다. 윤덕배는 가발에 인디오가 걸치는 망토를 입었고 머리에는 띠를 둘렀다. 영락없는 인디오다. 밤 10시 반, 이곳은 시내 중심부의 '라펜다바', 인디오들이 많이 오는 3류 카페다. 카로마가 윤덕배를 보았다. 카로마도 인디오다.

"대장, 저놈들은 우리 인디오를 지금도 종 취급을 하지요. 조직에서도 정보원이나 말단 수금원만 시키고 하급 책임자도 스페인계 혼혈이나 시킵니다."

카로마의 두 눈이 어둠 속에서 번들거렸다. 바 안은 손님들로 가득차 있어서 소란했다. 손님 대부분이 인디오였고 스페인계나 혼혈은 10퍼센트 정도다. 카로마는 산체스 조직의 말단 정보원으로 이번에 투항해 온 조직원 중 하나다. 오상만은 페르난도를 통해 투항해온 조직원을 이용해서 각 조직의 투항자를 모은 것이다. 이윽고 윤덕배가 머리를 끄덕였다.

"카로마, 해치워라."

"둘 다 없앱니까?"

"그래."

카로마가 숨을 들이켰다. 구석 자리에 앉아 값싼 위스키를 마시는 둘을 주목하는 사람은 없다. 밖은 산체스가 피살당하고 페르난도가 한국인과 연합했다는 소문으로 뒤숭숭했지만 손님 대부분인 인디오들은 여전히 술 마시고 싼 마약으로 취해 하루를 보낸다. 카로마가 자리에서 일어서자 주위 테이블에 앉아 있던 사내들이 시선을 주었다. 윤덕배가 데려온 행동대 넷이다. 둘은 인디오로 변장한 한국인 용병대였고 둘은 고용한 인디오다. 카로마가 사람들을 헤치고 라파엘의 테이블로 다가

갔고 그 뒤를 윤덕배가 따른다. 윤덕배의 뒤를 용병단 둘이, 그 뒤를 인디오들이 따라가고 있다.

"탕! 탕!"

거리가 3미터쯤 되었을 때 망토 밑에서 권총을 쥔 손을 꺼낸 카로마가 라파엘을 겨누고 쏘았다. 두 발을 맞은 라파엘이 비명도 못 지르고 의자와 함께 뒤로 벌떡 넘어졌을 때 옆쪽 자리의 바리키가 놀라 일어섰다.

"탕! 탕!"

다시 두 발의 총성이 울렸고, 바 안은 순식간에 아수라장이 되었다.

"탕! 탕! 탕! 탕!"

다시 네 발의 총성이 울린 것은 윤덕배가 옆자리의 라파엘 경호원 둘을 향해 쏜 것이다.

"탕! 탕! 탕!"

다시 세 발의 총성이 울렸다. 이것은 뒤를 따르던 용병단 박문수가 위협용으로 쏜 것이다. 바 안은 난리가 났다. 라파엘과 바리키 그리고 경호원 둘은 시체가 되어 쓰러졌고 손님들은 바 입구로 쏟아져 나간다. 윤덕배와 카로마는 손님들 사이에 끼어 바에서 도망쳐 나왔다.

"누구요?"

산타나가 묻자 곧 수화구에서 영어가 울렸다.

"아구스틴한테서 이야기 들으셨지요? 메이슨입니다."

"아, 메이슨 씨."

메이슨이 시장 코르테스의 스폰서라는 건 다 안다. 아구스틴이 준 쪽지에 메이슨의 이름이 적혀 있었던 것이다. 메이슨이 웃음 띤 목소리로 말을 이었다.

"서장, 내가 지금 집 근처에 있는데 10분쯤 후에 방문해도 되겠습니까? 뒷문으로 해서 말입니다, 거긴 사람들의 이목을 피할 수 있지요."

오후 11시 반이다. 산타나가 심호흡을 하고 나서 대답했다.

"좋습니다, 기다리지요."

뒷문은 산 쪽으로 향해 있는 데다 사람이 혼자 걸을 만한 길이 나 있어서 통행인이 없다. 메이슨은 산타나의 집 구조까지 아는 것이다.

20분쯤 후에 메이슨과 산타나는 응접실에서 마주 앉았다. 둘은 여러 번 만난 적이 있지만 이렇게 독대를 한 적은 없다. 메이슨이 웃음 띤 얼굴로 산타나를 보았다.

"서장, 지금 주(州) 감찰관 페세타가 와 있지만 며칠 후에는 소환될 겁니다, 짐작하시겠지만 페세타는 꼭두각시지요."

"……."

"곧 주지사 아사도르가 페세타를 소환하고 심각한 마약 거래 규제를 발표하면서 사건을 덮을 겁니다."

"모두 한국인과 한통속이군."

"대의(大義)를 따르는 것이오, 산타나 씨."

정색한 메이슨이 말을 이었다.

"지금은 편법 같지만 멕시코를 위한 대국적인 행동이었습니다."

"법을 어기면서 말이오?"

"그 방법밖에 없었지 않습니까? 서장이 가장 잘 아실 거요."

메이슨이 탁자 위에 가져온 가방을 올려놓았다. 묵직한 가방이다.

"서장, 대의를 위해서 도와주시오. 아카풀코에서 3대 패밀리는 소탕되고 새로운 조직으로 정비될 겁니다. 그렇게 되면 서장은 공로를 인정

받아 주 경찰청장이 될 겁니다."

메이슨이 눈으로 가방을 가리켰다.

"1백만 불이 들었어요, 이건 경비요. 산체스나 페르난도 등으로부터 받았던 월 10만 불보다 더 큰 이득이 돌아올 거요, 서장."

오전 10시 반, 응접실에 앉아 있던 이광이 방 안으로 들어서는 사내들을 보고는 자리에서 일어섰다. 사내들은 한 사내를 중심으로 몰려 왔는데 중심의 사내가 바로 CIA 부장 후버다. 반 대머리의 후버는 보통 체격이었지만 눈빛이 강했고 주위를 압도하는 느낌이 들었다. 사내들에게 둘러싸였기 때문인 것 같다. 사내들 중에는 해외작전국장 해밀턴도 끼어 있었는데 큰 키에도 불구하고 왜소하게 보였다. 그때 해밀턴이 이광에게 말했다.

"리, 후버 부장이십니다."

"이광입니다."

허리를 굽힌 이광이 인사하자 다가선 후버가 손을 내밀었다. 얼굴에 옅은 웃음이 떠올라 있다.

"반갑습니다, 리."

이광의 손을 잡은 후버가 힘을 주고 한번 흔들고 나서 눈으로 소파를 가리켰다.

"자, 앉읍시다."

일행이 여섯이나 되었지만 후버는 소개시켜 주지도 않았다. 이광은 후버의 왼쪽 소파에 앉았고 수행원들도 제각기 둘러앉았다. 이광의 옆쪽에는 해밀턴이 자리 잡았다. 이곳은 LA 교외의 안가다. 어젯밤 LA에 도착한 이광은 안가로 안내되어 밤을 지낸 후에 다시 이곳으로 온 것이다. 그때 후버가 입을 열었다.

"리, 사업을 크게 하시더군요. 브리핑을 받고 내가 감동했습니다."

"감사합니다."

이광이 앉은 채로 머리를 숙였다. 사업뿐만 아니라 자신에 대한 모든 정보가 다 보고되었을 것이다. 후버가 입을 열었다.

"리, 당신은 우리 CIA의 보물창고 같은 존재입니다."

"감사합니다."

후버가 웃지도 않고 말을 잇는다.

"당신 덕분에 우리는 우리와 적대적인 이라크의 후세인, 리비아의 카다피, 거기에다 중국에까지 뿌리를 뻗을 수가 있었지요."

"서로 돕는 관계 아닙니까? 저도 대가를 받았습니다."

"겸손하시군요."

"사실입니다, 부장님."

"더구나 목 안의 가시 같던 멕시코에 당신이 들어가 주셨습니다."

"공장 때문이지요, 미국만을 위한 것이 아닙니다, 부장님."

"당신은 용기가 있는 사람이오, 리."

"과찬이십니다."

"우리는 수단과 방법을 가리지 않고 당신을 지원할 계획입니다."

정색하고 말한 후버가 이광을 보았다.

"본래 우리 계획은 당신이 페르난도 조직과의 갈등, 분쟁 기간을 반 년에서 일 년으로 잡고 그 결과를 보고 아카풀코 지역의 계획을 다시 수립하려고 했지요."

후버의 얼굴에 쓴웃음이 번졌다.

"그런데 당신은 독자적으로 아카풀코의 3대 조직을 무력화시켰더군요, 그것도 한 달 만에."

"아직 시작입니다, 부장님."

"우리가 적극적으로 수습을 하겠습니다."

후버가 해밀턴을 턱으로 가리켰다.

"해밀턴이 당신을 도와드릴 것입니다."

"감사합니다."

"그리고."

어깨를 부풀렸다가 내린 후버가 말을 이었다.

"당신의 사업도 협조해 드리지요. 아카풀코 공장에서 미국으로의 수출은 문제가 없을 것입니다."

돌아오는 차 안에서 이광이 옆에 앉은 안학태에게 말했다.

"CIA가 적극 도와준다고 했어."

안학태는 시선만 주었고 이광의 얼굴에 웃음이 떠올랐다.

"서로 이용하고 서로 돕는 것이지. 아카풀코에 큰 기대를 하지 않았다가 이번에 계획을 수정한 것 같다."

"회장님이 그들에게는 큰 재산이니까요."

"그런 식으로 말하더군."

후버가 보물창고라고 했다는 말은 하지 않았다. 그러나 이광은 또다시 깨닫는다.

세상에서 한쪽만 득을 보는 사업은 없다, 서로 얻는 것이 있어야 그 관계는 지속된다.

그때 안학태가 말했다.

"로메로가 움직이기 시작한다는 보고가 왔습니다."

로메로는 3대 패밀리 중 남은 하나다. 이광은 앞쪽만 보았고 안학태가 말을 이었다.

"페르난도, 산체스 지역의 마약 중간책에게 접근해서 포섭을 한다는군요. 지역을 떼어 주겠다고 한답니다."

"……"

"산체스, 페르난도 지역을 말이지요. 그 제의를 들은 중간책들이 동요한다는 겁니다. 각 지역의 보스가 되는 것이라는군요. 이윤만 조금 로메로에게 떼어주게 되니까요."

"그놈이 기회를 잡았다고 생각한 모양이다."

"주정부 감찰관이 들이닥친 상황이라 우리도 끝장이 났다고 생각했을 것입니다."

머리를 끄덕인 이광이 안학태를 보았다.

"오 부장한테 로메로도 없애라고 해."

"예, 회장님."

"이왕 터진 것 다 터뜨리는 게 낫다."

혼잣소리처럼 말한 이광이 좌석에 등을 붙였다. 마침 CIA 부장한테서 격려(?)의 말을 듣고 난 참이다. 해밀턴에게 상의할 필요도 없다. 그러다간 버릇이 된다.

LA에서 서울에 도착했을 때는 오후 1시 반, 한 달 만의 귀국이다. 그동안 전화상으로 업무를 처리했지만 이광은 공항에서 바로 회사로 들어가 업무 보고를 받았다. 리스타상사 본사는 소공동의 20층 건물이다. 신축 건물로 본사는 전 세계의 현지 법인과 사업장, 공장들을 관리한다. 이광의 귀국 시간에 맞춰 각 법인 사장들도 먼저 와 기다리고 있었기 때문에 회의가 시작되었다. 대회의실 안에는 50여 명의 최고위 간부들이 모여 있었는데 3시에 시작된 회의는 오후 10시가 되어서 끝났다. 주요 사항만 보고했는데도 그렇다. 회의 중에 도시락으로 저녁을 먹었기 때문에 이광은 회의가 끝났을 때 회장실로 돌아왔다.

"윤 전무하고 백 전무를 오라고 해."

이광이 안학태에게 말했다. 윤방철과 백갑상이다. 둘은 각각 국제그룹과 제일그룹의 유흥사업을 관리하고 있는 것이다. 이광이 두 그룹을 흡수하면서 유흥사업은 따로 떼어서 둘에게 각각 맡긴 것이다. 곧 윤방철과 백갑상이 안으로 들어섰는데 조금 전에 끝난 전체 회의에서는 수익 관계만 보고했다. 둘이 자리에 앉았을 때 이광이 불쑥 물었다.

"안정이 되었나?"

"예."

거의 동시에 대답했던 둘이 서로를 보더니 먼저 윤방철이 입을 열었다.

"저희들은 내부 문제가 별로 없었기 때문에 매출 증가에 노력했습니다, 그래서 작년 대비 10프로쯤 성장할 것 같습니다."

윤방철의 보고가 끝나자 백갑상이 말을 이었다.

"저희들은 영역은 모두 회복했습니다. 지방에서 올라온 조직들이 영등포역 애들하고 흔드는 바람에 애를 먹었지만 윤 전무가 많이 도와줘서 원상회복은 했습니다. 그런데……."

백갑상이 말끝을 흐렸다. 손익계산서는 이미 체크했다. 국제그룹은 지금은 홍콩에서 잘살고 있는 고성규한테서 무난하게 인수한 셈이지만 제일그룹은 아니다. 그룹 회장 강일천이 죽고 내분이 일어나는 혼란기를 겪어야만 했다. 이광이 백갑상에게 물었다.

146

"영역은 회복했지만 내부가 아직도 흔들린다는 말인가?"

"그렇습니다."

"이제는 외부 세력 때문에?"

"예, 면목 없습니다."

백갑상이 머리를 숙였다.

"예상은 하고 있었지만 놈들이 조직적이고 교묘해서 애를 먹고 있습니다."

"예를 들어봐."

"영등포 애들의 지원을 받아서 각개 격파 식으로 접근해왔습니다. 더구나 자금력이 대단합니다. 아마 지방에서 작정을 하고 자금을 대는 것 같습니다."

이번에는 윤방철이 말을 이었다.

"우리가 하나 놓친 놈은 대전 충장로파 중간 보스였는데 영등포파의 조장급인 양기천이하고 함께 뛰었습니다. 그놈이 데려온 행동대는 20명 정도, 영등포 여관에서 진을 치고 명동 대성극장 주변 룸살롱 3개를 매입했습니다."

"……."

"바지를 내세운 데다 가격도 좋아서 계약을 하고 나서야 그놈들 정체가 드러난 겁니다."

그때 머리를 숙이고 있던 백갑상이 변명했다.

"제가 경황이 없어서 확인을 못 했습니다, 그쪽 책임자였던 놈이 제명된 상태여서요."

김춘택과 박상만의 대결 때 휩쓸린 간부일 것이다. 백갑상이 말을 이었다.

"그놈들이 가게를 인수했다면서 내부공사에 들어간 것을 중지시키고 여관을 찾아내어 습격했지요."

"……."

"그놈은 여관 2층에서 뛰어내려 도망쳤고 그놈이 데려온 애들 대부분도 병신이 되도록 패서 돌려보냈는데요."

"고로 영등포파 양 아무개란 놈은 멀쩡하단 말이지?"

"예, 회장님."

"영등포파가 왜 그러는 거냐?"

"조태완이가 욕심을 내는 것이지요."

대답은 윤방철이 했다.

"본색이 드러나는 것입니다."

이광은 들이켠 숨을 천천히 뱉었다. 멕시코에서도 비슷한 일로 머리를 썩였지만 같은 것 같으면서도 다르다. 이곳은 치밀하고 교활하지만 때리고 도망가는 수준이다. 멕시코는 죽인다. 이광의 눈앞에 톰슨 기관총을 쥔 전대일, 윤덕배의 얼굴이 떠올랐다. 수시로 볼 수 있었던 베레타 권총과 엄청난 살상력을 자랑하는 총신 2개짜리의 레밍턴 사냥총도 떠올랐다. 눈동자의 초점을 잡은 이광이 둘을 번갈아 보았다.

"조태완 씨는 내가 온 줄 알겠지?"

"알겠지요."

둘이 이번에도 거의 동시에 대답했다. 그러더니 다시 윤방철이 입을 열었다.

"영등포 쪽 정보원 이야기를 들었더니 조태완이 자주 고 회장이 회장님한테 국제그룹을 빼앗겼다고 말하고 다닌다는 겁니다."

"……."

148

"고 회장이 자주 연락을 한다고도 했습니다."

"……."

"홍콩에 가서 고 회장을 만났다는 소문도 났습니다."

심호흡을 한 윤방철이 말을 이었다.

"고 회장이 빼앗긴 사업을 찾아준다는 줄거리를 만드는 것 같습니다."

이광이 의자에 등을 붙였다. 머리 쓰는 것으로 따지면 한국이 멕시코보다 2배는 뛰어났다. 조태완이 누구인가? 주로 영등포역 주변의 사창가와 싸구려 룸살롱, 여관, 여인숙을 장악하고 역 주변의 잡범들을 규합해서 잔돈을 뜯는 양아치, 그 대장이다. 그 양아치 규모가 커지는 바람에 갑자기 서울에서 3위권 안에 들었지만 고성규하고는 인사도 트지 않았던 사이 아닌가?

"이광이 왔어?"

조태완이 정색하고 물었다. 오후 11시 반, 조태완은 영등포역 뒷골목의 룸살롱 하정의 특실에 앉아있다. 옆에는 애인이자 마담인 서연정이 시중을 들었고 앞에 앉은 사내가 행동대장 최근석이다.

"예, 오후 3시쯤 와서 회의를 하고 있답니다."

최근석이 말을 이었다.

"요즘 사건들을 보고받을 테니까 아마 무슨 조처를 하겠지요."

"조처는 지랄."

쓴웃음을 지은 조태완이 서연정의 허리를 당겨 안았다.

"지가 영등포를 어쩔 것이여? 무역헌다고 아주 폼 잡고 댕기다가 구두 신고 뻘밭으로 들어오겠다는 거여?"

149

조태완은 열을 받으면 사투리가 나오면서 말이 느려진다. 이때 조심해야 된다는 것을 안 최근석이 긴장했다. 지난번에 저러다가 재떨이를 던져서 천궁나이트 사장 양만우의 코뼈가 부러졌다. 최근석이 외면하고 말했다.

"예, 우리가 앞으로 나서지 않았으니까 증거는 없지요. 하지만……."

"하지만 뭐?"

"소문이 다 났을 겁니다."

"났겠지, 근디 증거가 있냐?"

"별루요."

"야, 이 새꺄, 말 똑바로 혀."

"형님, 좀 걸립니다."

어깨를 부풀린 최근석이 조태완을 보았다. 최근석은 36세, 조태완이 38세니까 2살 연상이다. 그러나 둘은 영등포에서 18년을 함께 부대끼고 지냈다. 조태완이 20살, 최근석이 18살 때부터다. 18년 동안 회장이 네 놈 바뀌었고 조태완은 학교에 3번, 최근석은 2번 다녀왔다. 조태완이 영등포를 접수한 것은 5년 전, 33살 때였는데 네 번째 회장 백명규를 반신불수로 만들어 놓았던 것이다. 당시에 조태완은 행동대 대장이었으니까 지금의 최근석과 비슷하다. 최근석이 외면한 채 말을 이었다.

"이광이가 야구 빳다로 간부들 어깨뼈를 모두 박살낸 놈 아닙니까? 더구나 배경이 든든하다고 소문이 났습니다."

"그런다고 그놈한테 다 내주란 말이냐?"

이제는 서연정 허리에서 손을 뗀 조태완이 눈을 부릅떴다.

"내가 고성규한테 다 들었어. 고성규는 어쩔 수 없이 그놈한테 국제를 넘기고 홍콩으로 도망갔지만 거지나 다름없이 빼앗겼다고 했다."

"……."

"이광이는 순식간에 서울 중심부 절반을 차지혔어, 그것도 알짜배기로만 말이다. 강일천이도 이광이가 죽인 것이 분명혀, 이걸 가만두고 보기만 허란 말이냐? 내가 병신이냐?"

조태완의 얼굴이 붉게 상기되었다.

"충장로파 오길용이도 내 생각허고 똑같여, 그리서 애들을 보낸 것이여."

다시 조태완이 사투리를 썼고 말이 느려졌다.

"글고 고성규도 나한티만 그런 야그를 한 것이 아녀. 오길용이뿐만 아니라 부산 해운대파의 백기춘이한티도 했어."

고성규가 불씨를 일으킨 셈이다.

제4장
반란

마치 폭풍이 지나간 것 같다. 눅눅한 습기, 비린 물 냄새, 흐트러진 집 안, 침대에 누운 이광과 강은서가 가쁜 숨을 고르고 있다. 방 안의 불은 꺼 놓았지만 두 알몸의 윤곽은 뚜렷하게 드러났다. 새벽 1시가 되어 가고 있다. 이광은 강은서의 집으로 온 것이다. 이윽고 숨을 고른 강은서가 이광의 팔을 베고 누워 천장을 향해 말했다.

"멕시코에 간 일 잘됐어?"

강은서는 이광이 멕시코에 공장을 세우려고 다녀온 줄만 안다.

"그래, 잘됐어."

"여긴 그동안 시끄러웠어."

몸을 돌려 이광의 가슴에 볼을 붙인 강은서가 말을 이었다.

"학생들 데모가 심해져서 최루탄 냄새 때문에 창문도 열어놓지 못하고 살아."

"남의 일처럼 말하는군, 한때는 앞장서서 데모하던 사람이."

"나이 들면 다 그렇지."

"그 나이에 지금도 앞장선 사람이 많아."

"사람이 다 똑같을 수는 없지."

강은서가 길게 숨을 뱉었다. 가슴의 습기 위에 찬 공기가 스치고 지나갔다. 이광이 강은서의 허리를 당겨 안았다.

"무슨 일 있어?"

이광이 묻자 강은서가 이광을 마주 안으면서 말했다.

"내가 지난달부터 운동권 후배들한테 활동비를 지원해주고 있어."

강은서가 이광의 가슴에 볼을 비볐다.

"나영찬 이야기를 듣고 내가 충격을 받았거든, 그것이 계기가 되었어."

"……."

"이제 사는 보람을 느껴, 그래도 되지?"

"아마 안기부에서도 알고 있을걸?"

이광이 강은서의 머리끝에 턱을 받치고 말을 이었다.

"나영찬이가 그러는 것도 알고 있을 거야."

강은서는 숨만 쉬었고 이광이 허리를 더 당겨 안았다.

"다 그렇게 얽혀서 사는 거다, 따지고 보면 다 애국자니까."

"그렇지?"

"그래."

이광은 온몸이 나른해졌다. 눈을 감았더니 금방 잠이 몰려왔다. 편안했다, 마음도 몸도.

"땅값이 폭등하고 있습니다."

눈을 크게 뜬 윤기덕이 놀란 표정으로 이광을 보았다. 오전 10시 반, 리스타상사의 회장실 안, 이광이 윤기덕을 부른 것이다. 기가 질린 윤기덕이 어깨를 움츠리고 이광을 보았다. 윤기덕은 이곳에 처음 온 것이다.

"작년까지만 해도 6배 정도 올라 있었는데 올해에는 20배가 넘었습니다."

입안의 침을 삼킨 윤기덕이 말을 이었다.

"내년에는 1백 배까지 오른다고 합니다, 회장님."

이광은 잠자코 윤기덕을 보았다. 그동안 엄청난 면적의 강남 땅을 사들였다. 오래전에 트리톤사 사장인 강기창의 정보를 얻고 나서 자금 여유만 생기면 황무지였던 강남 땅을 매입했던 것이다. 그것이 250만 평에 이르렀다. 이곳저곳에 분산되어 있던 황무지여서 거저나 다름없이 매입한 땅이다. 윤기덕의 시선을 받은 이광이 쓴웃음을 지었다.

"윤 사장, 난 땅으로 부자가 될 생각은 없어. 지금도 쓰고 남을 만큼은 있어."

"예, 압니다. 하지만……."

윤기덕이 초점이 없는 눈으로 이광을 보았다.

"회장님은 강남의 땅만으로도 한국 제일의 갑부가 되실 겁니다. 제가 회장님을 따라서 그, 중개 수수료라도 강남 땅을 같이 샀더라면 지금쯤 부자가 되었을 텐데요. 정말로……."

이광의 얼굴에 다시 웃음이 번졌다. 등잔 밑이 어둡다는 말이 바로 이것이다. 이런 경우가 어디 하나둘인가? 오늘은 땅 시세를 체크해 보려고 윤기덕을 부른 것인데 이쯤 해서 그만 묻기로 했다. 당분간 땅을 팔 생각이 없기 때문이다.

오후 3시 반, 소공동 안가에서 만난 오금봉이 입을 열었다.

"맞습니다, 홍콩의 고성규 씨가 영등포파 조태완은 물론이고 대전 충장로파 오길용, 부산 해운대파 백기춘하고 계속 연락을 하고 있습니다. 백기춘, 오길용은 그동안 홍콩에 한 번 들렀다가 돌아왔고요."

이광의 시선을 받은 오금봉이 쓴웃음을 지었다.

"하나도 이상하거나 놀랍지가 않아요. 어떻습니까, 회장님은?"

"하긴 나도 그래요."

이광도 쓴웃음을 지었지만 외면했다. 고성규한테 들인 정성을 생각하면 기가 막히기도 했지만 잠깐이다. 그동안 수많은 배신을 겪어왔던 후유증일 것이다. 그저 가슴속에 너마저도, 하는 씁쓸함이 앙금처럼 남아있을 뿐이다. 그때 오금봉이 말했다.

"내가 준비를 해놓은 게 있습니다."

탁자 위에 녹음기를 놓은 오금봉이 말을 이었다.

"고성규가 일주일 전에 조태완한테 전화한 내용입니다."

오금봉이 버튼을 누르자 곧 고성규의 목소리가 울렸다.

"조 형, 문제는 간단해. 앞뒤 잴 거 없이 이광이 숨통만 끊으면 돼."

순간 이광이 숨을 들이켰고 다시 고성규의 목소리가 울렸다.

"그럼 다 끝나는 거야, 아마 예상하지 못하겠지. 서울에서 누가 감히 나에게 손을 댈까 하고 말이야."

그때 녹음기를 정지시킨 오금봉이 이광을 보았다. 굳어진 표정이다.

"이건 고성규가 홍콩 공중전화로 서울의 조태완한테 건 겁니다. 조태완도 도청을 막겠다고 순댓국 식당에서 전화를 받았지요."

"……."

"이것들이 한국 안기부를 우습게 본 거지요."

오금봉이 다시 버튼을 누르자 고성규의 목소리가 이어졌다.

"심복한테도 말하지 마, 최근석이한테도. 조 형이 직접 뛰어야 돼, 그래서 이광을 처리하면 모든 게 풀려. 그때 내가 갈 테니까 분배를 하자고."

오금봉이 손을 뻗어 녹음기 전원을 끄고는 긴 숨을 뱉었다.

"고성규가 대전 충장로파, 부산 해운대파하고 연락을 하고 회장들을 홍콩으로 부른 건 다시 한국으로 돌아왔을 때를 대비한 로비 활동이죠. 고성규는 홍콩에서 부러운 것 없이 살지만 한국으로 돌아올 작정입니다."

"……."

"국제그룹을 다 회장님한테 매각했지만 회장님을 없애고 강탈할 계획이죠."

머리를 돌린 오금봉이 허탈하게 웃었다.

"뭐, 회장님만 어떻게 해놓으면 그건 가능한 일이겠지요."

"……."

"그거 참, 이래도 되는 건지……. 그 사람 중국으로 도망치게 해주고 또 국제그룹도 시가보다 훨씬 비싸게, 그것도 현금으로 지불해 주고, 가족까지 보내 주었는데 아무리 돈, 권력이 좋다지만 말입니다. 이런 인간하고 같이 숨을 쉰다는 게 씁쓸하네요."

"난 이해가 갑니다."

차분하게 말한 이광이 긴 숨을 뱉었다.

"그게 고성규답다는 생각도 들어요."

"정권이 바뀌면 다 면죄부를 받을 것으로 오해를 한 것 같기도 하고."

오금봉이 외면한 채 혼잣소리처럼 말했다. 그렇기도 하다. 데모가 격화되면서 정권이 바뀔 가능성이 많아진 것이다. 그렇게 되면 지난 정권 때 죄지은 사람이나 쫓기던 사람이 다 무죄가 되는 것인가? 그때 머리를 든 이광이 오금봉을 보았다.

"고맙습니다."

오금봉은 숨을 들이켰다. 이광이 자신을 응시하고 있었지만 눈동자의 초점이 멀었기 때문이다.

조태완이 순댓국밥집 안으로 들어서자 주인이 반색을 했다.

"아이고, 어서 오십쇼."

"어, 오늘은 좀 얼큰허게."

항상 앉는 구석 쪽 자리를 차지한 조태완이 주위를 둘러보았다. 낮 12시 반, 영등포시장 안의 남원순대국집은 조태완의 단골집이다. 오늘도 손님이 식탁을 거의 메웠고 소란했는데 아는 얼굴이 많아서 이쪽저쪽에서 인사를 한다. 대부분이 시장 상인들이다. 조태완이 오늘은 천지클럽 영업부장 백한조를 데리고 왔다. 주인이 금방 순대국밥을 가져왔는데 고기가 수북하게 담겼다.

"일곱 명 모두 입조심을 시켰지?"

순댓국을 수저로 저으면서 조태완이 묻자 백한조가 상반신을 숙이고 대답했다.

"예, 실수한 적이 없는 놈들입니다."

"실제로 부딪쳐 봐야 돼, 입만 나불대는 놈들이 많아."

순대국밥을 입에 넣은 조태완이 삼키고 나서 말을 이었다.

"셋씩 묶고 너는 한 놈 데리고 뛰면 3개 조가 되겠다."

"예, 회장님."

157

"실수가 없어야 돼."

"물론입니다."

"이광이가 애인한티 가는 날에 해치우는 거야."

"예, 회장님."

"예행연습을 해, 내일부터."

"알겠습니다."

"차에서 내려서 아파트 현관으로 들어섰을 때가 가장 좋다."

다시 순댓국을 입에 넣은 조태완이 맛있게 씹었다. 칼잡이는 백한
조를 시켜 지방에서 골라왔는데 여러 곳에서 뽑은 놈들이라 서로 모
르는 사이다. 그리고 그들에게 아직 목표가 누군지 말도 안 해준 것이
다. 보안을 유지하기 위해서다. 입안의 음식을 삼킨 조태완이 백한조
를 보았다.

"이 일은 너하고 나하고만 안다, 알아?"

"예, 회장님."

"근석이도 모르는 일이야."

조태완이 번들거리는 눈으로 백한조를 보았다. 행동대장 최근석한
테도 비밀로 한 것이다.

"알겠습니다."

"이번 일이 잘되면 너한테 가게 두 개쯤 넘겨주마."

"아이구, 됐습니다, 회장님."

"아냐, 그걸로 니 생활 해야지."

"감사합니다, 회장님."

그때 손님 둘이 다가왔다. 뒤쪽 자리로 가려는지 조태완 옆을 지난
다. 조태완은 다시 순댓국을 떠서 입에 넣는 중이었고 백한조는 깍두기

를 젓가락으로 집는 참이었다. 그 순간 조태완이 갑자기 목을 두 손으로 움켜쥐었다. 수저가 손에서 떨어져 식탁 위에서 소리를 내었다. 그때 머리를 든 백한조가 조태완을 보았다.

"어?"

그 순간 백한조 입에서 그 소리밖에 안 나왔다. 다음 순간 조태완이 입을 딱 벌렸고 목을 움켜쥔 손가락 사이로 핏줄기가 뿜어졌다.

"아앗!"

벌떡 일어선 백한조가 두 손으로 조태완의 목을 잡았다가 시선을 들었다. 조금 전 조태완 옆을 지난 두 사내가 막 주방 옆쪽 뒷문으로 나가고 있다.

"아, 저, 저……."

그때 조태완이 입을 딱 벌리더니 식탁 위에 상반신을 부딪치며 넘어졌다. 목을 움켜쥐었던 손이 풀리면서 끔찍하게 베어진 칼자국이 드러났다. 베인 상처에서 피가 분수처럼 뿜어졌다.

"의사! 의사!"

백한조가 다급하게 불렀고 주위 손님들이 비명을 지르면서 피했다. 주인이 달려왔다가 밖으로 뛰쳐나갔다. 종업원들이 소리를 질러대고 있다. 그때 조태완이 식당 바닥에 쓰러지더니 몸부림을 쳤다. 핏줄기가 조금씩 약해지고 있다.

"뭐?"

놀란 오길용이 전화기를 고쳐 쥐었다. 그때 수화구에서 마택상의 목소리가 이어졌다.

"조 회장이 동맥이 잘렸지만 목숨은 건졌다고 합니다. 하지만 석 달

동안 병원에 입원해야만 하고 앞으로 음식도 씹지 못한다는 겁니다."

"……."

"성대가 잘려서 말도 못 하고요, 영등포파는 이제 최근석이 잡는 것 같습니다."

"누구야?"

마침내 오길용이 갈라진 목소리로 물었다.

"두 놈을 보낸 건 이광이겠지?"

"소문은 그렇게 났지만 증거가 없어서요."

마택상은 서울에 보낸 정보원이다. 영등포파에 손님처럼 머물고 있었는데 오늘 낮의 사건을 보고하는 중이다. 어깨를 추켜올렸다가 내린 오길용이 이 사이로 말했다.

"이광이가 돌아오자마자 손을 쓰는군."

"회장님."

마택상이 낮게 불렀기 때문에 오길용이 긴장했다.

"뭐냐?"

"소문이 또 났습니다."

"뭔데?"

"다음 타깃이 회장님이라는 겁니다."

"뭐야?"

숨을 들이켠 오길용이 눈을 치켜떴다. 오후 3시 반, 이곳은 충장로의 대전유통 사장실이다. 오길용이 물었다.

"어디서 나온 소문이야?"

"명동 쪽입니다."

"……."

"회장님, 어쨌든 조심하셔야……."

오길용이 눈을 부릅떴지만 말은 잇지 않았다. 일이 이렇게 돌아갈지 전혀 예상하지 못했다.

"누구야?"

오금봉이 묻자 하동일이 머리를 기울였다가 세웠다.

"모르겠습니다, 경찰이 수사는 하고 있지만 인상착의가 애매해요."

소공동의 안가 안이다. 오후 6시 반, 둘은 오후에 일어난 조태완의 살해기도 사건을 이야기하는 중이다. 하동일은 방금 경찰서에 들렀다가 온 것이다. 하동일이 말을 이었다.

"전문가인 것은 확실합니다. 목을 베었는데 죽이지는 않고 병신을 만든 겁니다. 의사들도 감탄을 했다는군요. 기적적으로 살았다고 말입니다."

"이 회장이 시켰을까?"

불쑥 오금봉이 묻자 하동일은 목소리를 낮췄다.

"알리바이는 완벽합니다. 경찰들도 심증은 가지만 선뜻 대놓고 수사를 못 하고 있어요."

"당연하지, 하지만……."

입맛을 다신 오금봉이 하동일을 보았다.

"내가 이 회장을 부추겼어."

"……."

"그런데 이렇게 빨리 처리할 줄은 몰랐어, 불과 사흘 만에 말이야."

"영등포는 최근석이 장악했습니다. 조태완하고 같이 있던 백한조는 추방시켰더군요."

"대전의 오길용이가 바짝 얼겠군."

"홍콩의 고성규가 더 얼어붙을 겁니다."

그때 오금봉의 눈동자가 흐려졌다. 먼 곳을 보는 시선이 되어 있다.

구룡반도에 위치한 고성규의 저택은 작은 정원도 있고 담장 밑에 한 평쯤 되는 연못도 만들어 놓았다. 연못에 금붕어를 키웠기 때문에 아이들이 쪼그리고 앉아 금붕어를 구경하고 있다. 오전 10시 반, 전화벨이 울렸기 때문에 창가에서 아이들을 보던 고성규가 몸을 돌렸다. 응접실 탁자에 놓인 전화기가 울리고 있다. 전화기를 든 고성규가 응답했다.

"여보세요."

"고 형, 백기춘이오."

해운대파 회장 백기춘이다.

"아, 백 회장님, 아침부터 웬일이시오?"

지난번 홍콩으로 초대한 백기춘을 2박 3일 동안 잘 접대해서 돌려보낸 고성규다. 그때 백기춘이 말했다.

"고 형, 소식 못 들었지요?"

"뭐 말입니까?"

"영등포 조 회장 소식 말이오."

"무슨 일인데요?"

예감이 수상했기 때문에 고성규의 이맛살이 저절로 찌푸려졌다. 백기춘이 잠깐 뜸을 들였다가 대답했다.

"어제 점심때 밥 먹다가 칼로 목이 잘렸어요."

숨을 들이켠 고성규의 귀로 백기춘의 말이 쏟아졌다.

"죽지는 않았지만 병신이 되었다는군요. 영등포파는 최근석이가 바로 인수했습니다."

"……."

"범인은 둘이었는데 경찰이 몽타주를 그려서 찾고 있지만 이미 끝난 일 아뇨?"

"……."

"충장로파 오 회장은 연락이 안 됩니다. 놀라서 어디 박혀 있는 것 같습니다."

그때 고성규가 손등으로 이마의 땀을 닦았다. 고성규가 대답이 없자 백기춘이 물었다.

"고 회장, 듣고 계쇼?"

"아, 예."

"그게 누군 것 같습니까? 칼잽이들을 보낸 놈이 누군지 짐작이 갑니까?"

"……."

"이 회장이 귀국한 지 사흘 만에 이 일이 벌어졌단 말이오."

"……."

"이건 소문인데 최근석이가 이 회장한테 가서 무릎을 꿇고 충성 맹세를 했다는 거요."

"……."

"고 회장 듣고 계쇼?"

"예."

"우리 당분간 연락 끊읍시다, 그것이 나을 것 같아서 전화 드린 겁니다."

"아, 예."

"그럼 잘 지내쇼."

그러고는 통화가 끊겼다. 전화기를 내려놓은 고성규가 몸을 세웠을 때다.

"꺄악!"

안쪽 방에서 날카로운 비명이 울렸기 때문에 고성규가 소스라쳤다. 아내 유정미다. 머리끝이 솟는 느낌이 들었지만 고성규는 정신없이 안방을 내달렸다. 그때 유정미가 정신이 나간 표정으로 옷장을 손으로 가리켰다. 옷장 문이 활짝 열려 있다.

"저, 저, 저것."

그 순간 옷장 안을 본 고성규가 숨을 들이켰다. 옷장 안에 죽은 닭이 놓여 있는 것이다. 닭은 4마리다. 수탉과 암탉 그리고 중병아리 두 마리인데 모두 칼로 목이 잘려 있다.

"으으음!"

고성규의 악문 이 사이로 신음이 터졌다. 수탉과 암탉은 자신과 유정미를 나타낸다. 그리고 중병아리 둘은 자식들이 아닌가?

"어, 어떻게, 누, 누가……."

유정미가 온몸을 웅크리면서 말했다. 눈동자의 초점이 흐려졌고 몸을 떨고 있다.

"누, 누가……."

어젯밤에 잠을 자는 사이에 괴한이 들어온 것이다. 그러고는 옷장에 죽은 닭을 넣어두고 갔다. 옷장 방은 침실 바로 옆이었으니 괴한이 둘을 해코지하려면 얼마든지 가능했을 것이다.

"여, 여보, 광수 아버지."

유정미가 떨면서 말했을 때 고성규는 어깨를 늘어뜨렸다. 말할 기력

조차 떨어진 것이다.

"어머니, 갑자기 무슨 일로⋯⋯."

다가간 이광이 어머니 주영희 여사에게 물었다. 주영희는 이광을 보더니 눈을 흘기는 시늉을 하다가 손을 끌어다 쥐었다. 어느덧 눈에 눈물이 고였다.

"아이구, 이놈아. 내가 이렇게 올라와야 얼굴을 보다니, 이 무심한 놈."

"어머니, 죄송합니다."

이광이 주영희의 손을 감싸 쥐었다. 그러고 보니 어머니하고 반년 만에 만나는 셈이다. 간다 간다 해놓고 번번이 미루기만 했던 것이다. 오후 2시 반, 회사에 있던 이광은 갑자기 어머니가 오셨다는 연락을 받고 서둘러 회사 현관으로 내려온 참이다. 어머니가 소공동의 회사로 찾아온 것이다. 그때 어머니 뒤에 서 있던 동생 이철이 쓴웃음을 짓고 말했다.

"형, 미안해. 어머니가 절대 연락하지 말라고 해서 형이 귀국해서 회사에 출근했다는 말만 듣고 모시고 온 거야."

"잘했다."

지나던 직원들이 이광에게 인사를 하는 바람에 주위가 산만해졌다. 어머니와 이철과 함께 엘리베이터를 타고 회장실로 들어선 이광이 한숨을 쉬면서 말했다.

"내가 오늘 어머니한테 혼나는군."

소파에 앉았을 때 비서가 들어와 마실 것을 내려놓고 갔다. 이철이 사무실을 둘러보면서 말했다.

"형이 자랑스러워."

"애들은 잘 크냐?"

"유아원에 다녀, 곧 초등학생이 돼."

"어이구."

"내가 그 일 때문에 왔다."

주영희가 끼어들었기 때문에 이광은 어깨를 늘어뜨렸다. 예상하고 있었던 것이다. 쓴웃음을 지은 이철이 외면했고 주영희가 정색하고 이광을 보았다.

"내가 지금까지 네 혼담에 크게 상관하지 않았는데 가만 보니까 안 되겠어, 집안에서 나설 사람은 나밖에 없어."

이광은 듣기만 했다. 말을 자르고 사양할 상황이 아닌 것이다. 주영희가 말을 이었다.

"네가 결혼을 안 한다면 나도 이렇게 나서지는 않아, 하지만 네 동생은 애가 벌써 유아원에 다니는데 넌 어쩔 작정이냐? 만날 사업한다면서 외국이나 돌아다니다가 늙을 작정이냐?"

"곧 하게 되겠지요."

"그 말을 5년 전, 아니 7년 전부터 들어왔어."

주영희가 머리를 저었다.

"내가 아버지하고도 상의를 했는데 내가 직접 나서는 것이 낫다고 하셨다. 네 아버지가 오죽 하면 나한테 그렇게 말씀하셨겠니?"

"글쎄, 어머니, 말씀은 맞지만……."

"오늘 저녁에 여기 프린스호텔 라운지로 나오너라."

주영희가 이철을 돌아보았다.

"거기, 몇 시에 어디로 방 잡았다고 했지?"

그때 이철이 이광에게 말했다.

"6시에 로비 라운지의 다이아몬드실을 예약해놓았어, 거기서 만나기로 했어."

"누구 말이냐?"

이광이 묻자 이철이 얼굴을 굳히고 대답했다.

"정식으로 사람 통해서 혼담이 들어왔어. 대구에서 대명대학을 세운 집안으로 김상수 이사장의 장녀야. 김상수 이사장은 병원 원장도 겸하고 있지, 명문가야."

그때 주영희가 거들었다.

"내가 먼저 만나보았다, 마음에 들었다. 가정교육 잘 받은 집안이었어."

"……"

"스물일곱, 제일대 나오고 지금은 병원 홍보실 과장이라더라."

그때 이광이 소리 죽여 숨을 뱉었다. 만나기는 해야 할 것이다. 그래놓고 시간을 끄는 수밖에, 전에도 수없이 써먹었던 방법이다.

어머니를 근처 호텔로 모셔다 드린 이광이 호텔 로비에서 이철에게 말했다.

"네가 장남 역할을 다 하는구나. 근데 이번에는 어머니가 단단히 마음을 먹으신 것 같다, 아주 적극적이신데."

"응, 나도 어머니 모시고 가서 봤는데 어머니가 반하실 만해."

"미인이냐?"

"미인인 데다가 똑똑해, 겸손하고."

"한두 번 보고 나서 어떻게 알아?"

"어른들은 감이 오는 것 같더라고, 우리하고는 좀 다른 것 같아."

"인마, 나한테 미리 연락이라도 해주지 그랬어?"

"어머니가 연락하지 말랬어, 그리고……."

이철의 얼굴에 쓴웃음이 번졌다.

"나도 이번 일은 어머니 입장에 서기로 했어, 이렇게 하지 않으면 형이 또 미룰 것 같아서."

"내가 요즘 정신이 없다, 여자 만나서 혼담 이야기 할 여유가 없단 말이다."

"그래도 다 살아."

이철의 얼굴이 굳어졌다.

"그건 이유가 안 돼, 형."

"손자는 네 아이들로 충분하지 않을까?"

"그건 부모한테 할 도리가 아니지."

이철의 표정을 본 이광이 다시 한숨을 쉬었다.

"네가 장남 해야 된다니까?"

어머니는 물론이고 이철도 이광이 목숨이 왔다 갔다 하는 생활을 하고 있는 줄은 상상도 못 했을 것이다. 그러니 대구 명문가(名門家)의 딸인 김 아무개가 알 리가 있겠는가? 겉만 보면 이광은 용을 타고 다니는 사내일 것이다. 이제는 언론에도 자주 등장하고 자수성가의 대명사로 불리며 곧 재벌이 될 청년 사업가, 현금 동원 능력은 한국에서 열 손가락 안에 든다는 등 온갖 수식어가 붙여지고 있지만 내막을 아는 사람은 몇 안 된다. 오후 5시 반, 이광이 슬슬 프린스호텔에 갈 준비를 하고 있을 때 윤방철이 들어섰다. 소공동의 리스타 본사 회장실 안이다.

"회장님, 고성규 씨한테서 전화가 왔습니다."

윤방철이 굳어진 얼굴로 이광을 보았다. 두꺼운 입술이 꾹 닫혀 있다. 윤방철이 누구인가? 고성규의 경호원 출신이다. 고졸에 폭력전과 2범, 보잘것없는 존재로 소외되었다가 이광 시대에 이르러 국제그룹의 유흥 부분을 실질적으로 총괄하는 위치로 부상했다. 누구도 예상하지 못했던 변신이다. 이광의 앞으로 다가선 윤방철의 가는 눈이 번들거렸다.

"회장님을 바꿔 달라고 해서 저한테 말하라고 했지요."

"……."

"그랬더니 회장님께 꼭 전해 달라고 합니다, 곧 홍콩을 떠난답니다. 가족들하고 영국 런던으로 가겠다는데요, 이민이 될 것 같답니다."

"……."

"한국하고는 인연을 끊는다고 했습니다, 약속을 하겠답니다."

이광의 시선을 받은 윤방철이 외면했다. 이광은 오금봉한테서 받은 녹음테이프를 윤방철과 백갑상에게 들려준 것이다. 그때 이광이 잠자코 머리만 끄덕였다. 윤방철의 보고를 받고는 한마디 말도 안 한 셈이었다.

프린스호텔은 사무실에서 도보로 5분 거리였기 때문에 이광은 걸어서 들어갔다. 예약해 놓은 라운지의 다이아몬드 룸으로 들어섰을 때 안에서 기다리던 세 여자가 이광을 맞았다. 어머니와 대구의 김지현 그리고 김지현의 모친이다.

"제가 늦었습니다, 죄송합니다."

허리를 굽혀 보인 이광이 인사를 했다. 5시 50분이어서 10분 일찍 왔는데도 그렇다. 인사를 마치고 자리에 앉았을 때에야 이광은 김지현의 얼굴이 머릿속에 박혀졌다. 갸름한 얼굴형에 웃음 띤 모습이 부드러운 인상이다. 이광은 김지현 어머니의 말에 성의껏 대답했고 열심히 듣는 시늉을 했지만 분위기는 어색한 법이다. 그것을 아는 두 어머니가 10분도 안 되어서 일어섰다. 둘을 방문 밖까지 배웅하고 돌아온 이광이 김지현에게 물었다.

"식사는 여기서 하실까요?"

탁자 위에 놓인 메뉴판에는 양식 종류만 적혀 있다. 김지현이 메뉴판을 보더니 웃음 띤 얼굴로 말했다.

"바쁘지 않으세요?"

"오늘 저녁은 시간이 있습니다."

"도가니탕 좋아하세요?"

"좋아해요."

"신촌에 도가니탕 잘하는 식당이 있어요, 거기 가실래요?"

이광의 얼굴에 웃음이 떠올랐고 심장 박동이 빨라졌다. 신촌에서 도가니탕 잘하는 식당은 전주식당이다. 신촌 로터리 근처에 있다. 자리에서 일어선 이광이 계산을 치르고 나오자 문 앞에서 기다리던 경호팀이 움직였다. 모두 6명, 표시가 나지 않게 앞뒤를 경호하는 것이다. 요즘 상황이 심각해서 윤방철과 백갑상이 경호를 강화시킨 것이다. 현관 앞에 대기시킨 차에 타기 전에 이광이 김지현에게 물었다.

"어디로 가지요?"

"신촌 로터리에서 신촌역 쪽으로 내려가면 전주식당이 있어요."

"그러지요."

머리를 끄덕인 이광이 옆에 선 경호 책임자에게 말했다.

"신촌 전주식당."

김지현과 함께 뒷자리에 오른 이광의 얼굴에 다시 웃음이 번졌다. 김지현이 대학 때 그곳에 자주 다닌 것 같다.

차가 출발했을 때 김지현이 이광에게 물었다.

"외국 자주 나가시죠?"

"그런 셈이죠, 외국에 사업체가 많아서."

이광이 김지현을 보았다.

"날 만나러 오신 건 관심이 있다는 표시인데 내 어떤 점에 호감을 느낍니까?"

"적극성요."

이광의 시선을 받은 김지현이 웃었다. 입술과 눈꼬리가 함께 치솟고 내려지면서 얼굴이 환해지는 느낌이 든다. 김지현이 말을 이었다.

"그리고 용기, 이라크에서 첫 오더를 받았을 때의 기사를 읽었거든요."

"좀 과장된 겁니다."

쓴웃음을 지은 이광이 지그시 김지현을 보았다. 옆얼굴이 붓으로 그린 것처럼 부드럽다. 짧게 커트한 머리 뒤로 긴 목이 드러났고 단정하게 무릎을 모으고 앉았지만 하체는 길고 날씬했다. 시선을 느낀 김지현이 다시 이광을 보더니 수줍게 웃었다.

"저, 이런 만남 처음이에요."

김지현이 말을 이었다.

"저도 용기를 냈다고요."

"잘했어요."

"어쨌든 반가워요."

"난 고맙고."

이광이 손을 뻗어 김지현의 손을 쥐었다. 따뜻하고 부드러운 손이다. 김지현이 이광의 손을 마주 쥐더니 눈웃음을 쳤다. 얼굴이 조금 상기되었고 물기를 머금은 눈이 반짝였다.

전주식당에 온 지는 3년쯤 되었지만 주인아주머니가 이광을 알아보았다.

"아이구, 오랜만에 오셨네."

반색을 한 아주머니의 인사에 김지현이 놀라 눈을 크게 떴다. 아주머니가 이광과의 인사를 끝내고 돌아갔을 때 김지현이 눈을 흘겼다.

"단골이셨군요."

"그동안 주인이 바뀌었을지도 몰라서."

"전 대학 때 자주 왔는데 몰라보시네요."

김지현이 웃음 띤 얼굴로 말을 이었다.

"이렇게 공통점을 하나씩 찾는 것이 좋네요."

"나도 오랜만에 제대로 된 일상으로 돌아온 것 같아서 좋고."

주위를 둘러보면서 이광이 말했지만 김지현이 이해하리라고는 기대하지 않았다. 금방 도가니탕이 놓였고 수저를 들면서 김지현이 물었다.

"소주 안 드세요?"

"소주? 좋지!"

이광의 얼굴에 웃음이 떠올랐다. 이곳에서 도가니탕을 먹을 때 소주를 빼놓은 적이 드물었다. 소주를 시킨 이광이 웃음 띤 얼굴로 김지현을 보았다.

"나, 여자 만난 지 좀 됐어."

"바빠서요?"

"그렇기도 하고."

자연스럽게 말을 내린 이광이 소주병을 집어 들고 잔에 술을 채웠다.

"전 1년쯤 전까지 만나는 남자가 있었죠."

이광이 내민 술잔을 받은 김지현이 눈웃음을 쳤다.

"지금까지 네 명 만났네요, 대학 시절부터."

"그 미모에 그 성격이면 당연하지."

한 모금에 소주를 삼킨 이광이 안주로 도가니탕을 떠먹었다.

"정말 오랜만에 이런 이야기를 하는군."

"하지만 전 남자관계가 없어요."

"무슨 말이야?"

"육체관계 말이에요."

"기네스북 감이네."

"그럴 수도 있는 거죠. 내가 알기로 그런 여자 많아요."

"그런가?"

"사귀면 꼭 같이 자야 되나요? 전 3년 만난 남자하고 손만 잡았는데."

"난 그런 성격이 아니어서."

"습성 때문이겠죠."

"잘못된 습성인가?"

"그건 아녜요."

"내 습성이 싫은가?"

"그것도 아니죠, 내가 원하면 해요."

술잔을 든 김지현이 한 모금 소주를 삼키더니 웃었다.

"난 석녀가 아니라고요."

"그래야지."

"결혼 생각은 아직 없으시죠?"

"생각 안 해봤어 아직."

"가족에 대한 책임감이 부담인가요?"

"그건 아냐."

정색한 이광이 똑바로 김지현을 보았다.

"그렇다고 결혼에 대해서 큰 기대도 하지 않아."

"사랑하는 사람이 없었어요?"

"많았다고 생각했는데 아니었어."

수저를 내려놓은 이광이 다시 한 모금 술을 삼키고는 더운 숨을 뱉었다.

"내 탓이지. 내 습성, 주고받는다는 장사꾼 기질을 남녀관계에서도 적용했으니까."

"사랑받아본 경험은 있어요?"

"내가 제대로 받아들였겠나?"

"막혔군요."

술잔을 든 김지현이 지그시 이광을 보았다.

"이런 이야기 싫어요?"

"처음이야."

"저도 처음이긴 해요."

"고마워, 물어줘서."

"2차는 어디로 가요?"

불쑥 김지현이 물었기 때문에 이광이 눈동자의 초점을 잡았다.

"2차?"

"오빠 습성대로 진행해요."

김지현도 똑바로 이광을 보았다.

"따라갈 테니까."

"술 많이 마셨어?"

이광의 뒤를 따르면서 강은서가 물었다.

"아니, 별로."

강은서의 집이지만 이광은 제집처럼 안방으로 앞장서 들어갔다. 미리 연락을 한 터라 강은서는 아들 상철을 아래층 어머니한테 맡겨 놓아서 집에는 둘뿐이다. 옷장 앞에 선 이광이 저고리를 벗었을 때 강은서가 받으면서 또 물었다.

"뭐, 기분 나쁜 일 있어?"

"아니."

"심란해 보여."

"내가 너한테 섹스하러 오는 것 맞냐?"

불쑥 이광이 묻자 강은서가 큭큭 웃었다.

"맞아."

"기분 나빠?"

"아니, 좋아."

"왜?"

"섹스가 좋으니까."

"그게 없으면?"

"그래도 좋고."

이광이 긴 숨을 뱉었다. 2차 가자고 한 김지현을 어머니가 계신 이모 집에 데려다주고 온 길이다.

"양기천이는 밀항선을 타고 일본으로 도망갔다고 합니다."

배석필이 말하자 오길용은 쓴웃음을 지었다.

"그 자식 빠르군."

"옷 가방 하나만 들고 갔다는데요, 처자식도 다 놔두고 갔습니다."

"최근석이가 그놈 뒤를 봐줄 리가 없으니까."

"당연하지요."

그때 어깨를 부풀린 오길용이 배석필을 보았다.

"너 몇 달간 잠수함 타라."

"그래야 될 것 같습니다."

"백갑상이가 여기까지 해결사를 보낼 리는 없겠지만 네 얼굴이 서울에서 좀 팔렸으니까."

"알겠습니다."

입맛을 다신 오길용이 수건으로 몸의 땀을 닦았다. 대전호텔의 사우나 안이다. 아침마다 하루도 빼놓지 않고 사우나를 하는 오길용은 오늘도 사우나 안에 앉아 있다. 옆에 앉은 사내는 이번에 서울 원정을 갔다가 도망 나온 배석필이다. 오길용이 말을 이었다.

"네가 서울로 데리고 갔던 애들도 같이 가. 속리산으로 가는 것이 낫겠다."

"그러지요."

"공필이 일을 도와주면서 지내면 될 거다, 내가 연락할 테니까."

"예, 회장님."

"백갑상이 배후에 이광이가 있어, 그놈이 다 시킨 거야."

"당연하지요."

"기회를 봐서 이광이부터 없애면 돼."

"홍콩 고 회장은 어떻게 되었습니까?"

"실종 상태야."

외면한 오길용이 이 사이로 말했다.

"시발놈, 잔뜩 바람을 잡아놓고 조태완이가 목이 잘렸다는 말을 듣자마자 가족들하고 사라졌다, 연락이 안 돼."

수건으로 얼굴의 땀을 닦은 오길용이 배석필에게 말했다.

"야, 너무 뜨겁다. 온도 좀 낮추라고 해라."

"예, 회장님."

몸을 일으킨 배석필이 문으로 다가가 문을 열었다. 그러나 문이 움직이지 않자 다시 힘껏 밀고는 눈을 부릅떴다. 문은 두꺼운 통나무 문으로 손바닥만 한 유리 구멍이 뚫려있을 뿐이다. 이번에는 어깨로 문을 밀었던 배석필이 헐떡이며 오길용을 보았다. 그때는 오길용도 자리에서 일어나 다가왔다. 비대한 몸이 붉게 달아올라 있다.

"문, 문이 안 열립니다."

배석필이 소리쳤고 오길용도 힘껏 문을 밀었다.

"이, 이게 어떻게 된 거야!"

오길용이 땀으로 범벅이 된 얼굴로 소리쳤다.

"야! 야! 지배인!"

배석필이 유리 구멍에다 입을 대고 목청껏 소리쳤지만 대답이 없다. 사우나 목욕탕 안에는 사람이 없었던 것이다. 오전 8시가 조금 넘은 시간이다.

"야! 동길아!"

이번에는 배석필이 목욕탕 밖의 경호원을 불렀지만 들릴 리가 없다.

"아이구, 뜨거!"

마침내 오길용이 손바닥으로 얼굴을 가리면서 소리쳤다. 사우나 안 온도가 75도를 가리키고 있다.

"아이구! 이놈들이!"

배석필이 그때서야 상황을 알아차리고 소리쳤다.

"사람 살려!"

누가 문을 막은 것이다. 열쇠를 채웠는가? 아니면 무엇을?

"아이구! 뜨거!"

오길용이 펄쩍 뛰면서 다시 소리쳤다. 두 눈을 치켜떴지만 이미 초점이 멀다.

해운대파 회장 백기춘이 숨을 죽이고는 방송을 듣는다. 해운대 바다가 내려다보이는 대양수산의 회장실 안, 탁자에 놓인 라디오를 중심으로 7, 8명의 해운대파 간부들이 둘러앉아 있다. 그때 라디오에서 아나운서의 목소리가 울렸다.

"대전호텔의 사우나에서 전기 누전으로 추정되는 화재가 일어나 두 사람이 사망했습니다. 두 사람의 신원은 대전산업의 회장 오길용 씨와 무정카페의 지배인인 배석필 씨로 확인되었습니다. 다행히 사우나 안에는 손님이 그들 둘밖에 없었기 때문에 다른 인명 피해는 없습니다."

그때 라디오 전원을 끈 백기춘이 미간을 모으고 간부들을 둘러보았다.

"조태완에 이어서 오길용이다. 배석필이는 지난번 서울로 원정을 보낸 놈이야.”

모두 입을 다물었고 백기춘의 목소리가 다시 방을 울렸다.

“고성규는 죽었는지 도망쳤는지 연락이 안 돼, 가족들도 보이지 않는다는 거다.”

“……”

“이광이가 외국에서 돌아오자마자 연달아서 사건이 터졌어. 이건……”

어깨를 부풀린 백기춘이 입을 다물었다. 백기춘은 45세, 해운대파를 장악한 지 12년째다. 관리하는 영업장 2백20개, 등록된 사업체만 해도 14개에 여객선을 8척이나 운영하는 해운회사 사주이기도 하다. 오전 10시 반, 지금 뉴스는 두 번째 보도되는 중이다. 그때 영업장을 맡은 해운대상사 전무 박영태가 입을 열었다.

“회장님, 우리들하고는 관계가 없는 일 아닙니까? 그냥 놔두시는 것이……”

백기춘이 어깨를 부풀렸다가 내렸다. 하긴 그렇다. 홍콩에 가서 고성규를 만나기는 했어도 아직 행동으로 옮긴 것은 없다. 먼저 오길용이가 명동파를 흔들고 나서 해운대파가 상경하기로 했기 때문이다.

“페세타가 소환되었습니다.”

오상만의 목소리가 수화구에서 울렸다.

“주지사가 소환시킨 것이지요. 심각한 마약 거래가 멕시코를 위태롭게 만든다면서 이번 사건들을 마약 거래 중 일어난 조직 간의 전쟁으로 돌렸습니다.”

“수고했어.”

"모두 정상으로 돌아갑니다. 경찰서장 산타나가 감시도 철수시켰습니다."

오상만의 목소리는 밝다.

"페르난도하고 도밍고가 협조적입니다. 당분간 둘을 이용해서 조직을 관리하겠습니다."

"로메로는?"

이광이 묻자 오상만이 헛기침부터 했다.

"지금 찾고 있습니다."

"……."

"잠적했는데 부하들은 만나고 있습니다. 이놈이 둔한 줄 알았더니 의외로 교묘합니다. 박 부장이 책임지고 쫓는 중입니다."

박동찬이다. 박동찬이 오상만의 보좌역으로 조직을 만들고 있는 것이다. 전화기를 내려놓은 이광이 앞에 앉은 오금봉을 보았다. 지금은 유스타상사로 상호가 변경된 유성상사의 회장실 안이다. 이광은 오늘 유스타상사로 출근해서 오금봉과 만나고 있다.

"어떻습니까?"

이광이 묻자 오금봉이 한숨부터 뱉었다. 오금봉은 스피커폰으로 둘의 대화를 다 들은 것이다.

"멕시코는 이곳보다 더 격렬하군요."

"CIA가 정략적으로 날 밀어주기 때문에 살아있는 것이지요."

이광의 얼굴에 일그러진 웃음이 떠올랐다.

"대의(大義)는 사라진 지 오래입니다, 서로 이용하고 이용당하는 관계지요."

"당연합니다."

"산체스파의 도밍고가 CIA의 등을 칠 수 있는 방법을 제의했어요. 이대로 가면 CIA의 손에서 놀아나는 꼭두각시가 된다고 조언을 했던 말입니다."

오금봉의 시선을 받은 이광이 심호흡을 하고 나서 말을 이었다.

"도밍고가 핵심을 찌른 겁니다. 내가 CIA에서 후버 부장을 만나 적극적으로 지원하겠다는 약속을 받았지만 내 힘을 키우지 않는 한 쓸모없으면 폐기처분을 당하는 용병 신세를 면치 못할 겁니다."

"……."

"멕시코에 오상만, 박동찬이 주역이 되고 리비아에 보낸 용병단에서 지원병을 차출해오고 있지만 중심이 필요해요."

"……."

"내가 이번에 멕시코에서 느낀 건데 우리 측 병사는 일당백입니다, 충성심, 의리, 실력 그리고 사명감까지. 나는 이 기회에 멕시코는 물론 미국 그리고 세계로 이 조직을 확장시키고 싶다는 생각을 하고 있어요."

"……."

"내가 왜 이런 말씀을 드리는지 아실 겁니다."

"압니다."

마침내 오금봉이 굳어진 얼굴로 말했다.

"이젠 이 회장님의 눈빛만 봐도 분위기를 짐작할 정도는 되었지요."

오금봉이 긴 숨을 뱉고 나서 말을 이었다.

"회장님은 꿈을 이루고 계십니다. 그런데 너무 앞서 나가셔서 뒤를 받치지 않으면 위험하지요."

이광이 머리만 끄덕였고 오금봉의 목소리가 낮아졌다.

"생각할 시간 여유를 좀 주십시오."

린드버그가 리스타상사 회장실로 찾아왔을 때는 오후 5시가 되어갈 무렵이다. 기다리고 있던 이광이 웃음 띤 얼굴로 맞았다. 이광은 안학태와 둘이 기다리고 있었다.

"쿠웨이트, 카이로를 거쳐 홍콩에 들렀다가 왔습니다."

린드버그가 자리에 앉으면서 말했다.

"푸저우는 입국할 수가 없어서 홍콩 연락사무소를 집중적으로 조사했습니다."

이광이 린드버그가 내놓은 서류를 집어 들었다. 린드버그는 이광의 내사과 역할이다. 윤지혜, 최국진 등의 사건이 자주 터지면서 내부 감사 역할이 필요했기 때문이다. CIA 요원인 린드버그는 현재 이광의 리스타 그룹에 파견 나온 입장이 되어있다. 이광이 서류를 펼쳤을 때 린드버그가 말을 이었다.

"이제 각 법인, 사업장은 자체 감사 기능을 구비하고 있어서 지난번처럼 CEO가 횡령을 할 수는 없습니다."

린드버그가 가방에서 사진을 꺼내 이광 앞에 놓았다. 린린의 사진이다. 린린의 옆에 사내 하나가 아이를 안고 서 있었는데 셋이 모두 웃는 얼굴이다.

"린린의 가족이 놀이공원에 갔을 때 찍었습니다."

이광이 처음으로 린린의 남자 얼굴을 보았다. 린린의 사무실에서 여러 번 보았던 부하 직원이다. 남편이 부하 직원으로 위장하고 있었던 것이다.

"린린을 교체해 달라고 하는 것이 이 가족을 위해서도 낫겠군."

혼잣소리로 말한 이광이 서류를 펼치면서 린드버그에게 물었다.

"리스타투자에 파견된 양명은?"

"예, 열심히 투자 업무를 익히고 있습니다."

이광의 시선을 받은 린드버그가 빙그레 웃었다.

"지난달에 현물 투자를 했다가 150만 불 손해를 보고는 스스로 업무에서 물러났습니다. 투자 업무가 쉽지 않은 것을 깨달은 것 같습니다."

리스타투자는 강인숙이 빼돌리려고 했던 비자금 87억 불까지 투입된 후에 급격한 성장을 하고 있다. 이제는 리스타상사의 기둥 역할이고 뉴욕증시에 상장된 터라 대주주인 이광의 재산은 계산이 불가능하다는 소문까지 떠도는 상황이다. 이광이 머리를 끄덕였다. 이제 리스타그룹은 기반이 잡혀간다.

"아이구, 안녕하십니까?"

윤방철이 허리를 90도로 꺾으면서 다가가자 당황한 사내가 벌떡 일어서더니 따라서 허리를 숙였다.

"아이구, 윤 전무님, 왜 이러십니까?"

이곳은 신촌 사거리의 중식당 북경장이다. 밀실이어서 방에는 둘뿐이었는데 사내의 손을 쥔 윤방철이 웃음 띤 얼굴로 물었다.

"회장님은 안녕하시지요?"

"예, 덕분에."

40대 중반의 사내는 10년쯤이나 연하인 윤방철에게 쩔쩔매었다. 원탁을 사이에 두고 마주 앉은 둘이 서로의 얼굴을 보았다. 오후 2시 반, 윤방철의 지시로 방에는 종업원도 오지 않는다. 원탁 위에는 음료수가 여러 종류 진열되어 있어서 손만 뻗치면 된다. 그때 윤방철이 헛기침을 했다.

"전무님, 연락을 받고 놀랐습니다."

"아이구, 죄송합니다."

사내가 다시 앉은 채로 머리를 숙였다. 해운대상사의 전무 박영태다. 박영태가 윤방철을 만나려고 상경한 것이다. 윤방철은 잠자코 기다렸다. 고성규의 경호원이었을 때 박영태를 잠깐 본 적이 있다. 그때는 박영태는 해운대파 최고위층이었으니 경호원 윤방철에게 말도 붙이지 않았다. 고성규 심부름이나 하는 윤방철을 쳐다보기만 했을 뿐이다. 그러다가 이제는 상황이 뒤집어졌다. 일개 경호원이었던 윤방철이 카스파의 후신이 된 국제그룹을 실질적으로 장악한 실세가 되어있는 것이다. 이윽고 박영태가 입을 열었다.

"제가 여기 온 것은 아무도 모릅니다."

"아, 그러세요?"

"제 심복들한테도 말 않고 혼자 왔습니다."

"저도 전무님이 비밀로 해달라고 연락을 하셔서 아직 보고도 안 했습니다."

그때 심호흡을 한 박영태가 똑바로 윤방철을 보았다.

"전무님, 우리 회장이 도쿄 이나카와회하고 관계가 있다는 거 아시지요?"

"들었습니다."

박영태가 손등으로 이마의 땀을 닦았다.

"이번 사건으로 긴장한 우리 회장이 이나카와회의 니시무라 회장한테 도움을 요청했습니다."

윤방철의 시선을 받은 박영태가 얼굴을 일그러뜨리며 웃었다.

"조 회장, 오 회장이 연달아서 사고가 나니까 다음 차례가 될지도 모른다고 생각한 것이지요."

"……."

"우리 회장은 5년쯤 전부터 이나카와회를 통해서 마약을 들여왔습니다. 그 물량은 나도 모릅니다. 회장이 직속 부하를 시켜서 관리했고 철저하게 점조직으로 운영되었으니까요."

"……."

"거래량이 점점 커져서 지금은 엄청납니다. 그 자금으로 부산, 경상도 지역에 신용금고 12개를 설립했으니까요. 그 자금 출처를 모두 일본 은행으로 위장했지만 실제로는 백 회장하고 니시무라 회장의 재산입니다."

"……."

"마약으로 번 자금이지요."

그때 윤방철이 갈라진 목소리로 물었다.

"전무님, 용건이 뭡니까?"

윤방철이 말했다.

"백기춘 씨가 니시무라한테 도움을 요청했다는 것입니다. 회장님을 제거해 달라는 부탁이지요."

숨을 들이켠 윤방철의 목소리에 열기가 띠어졌다.

"박영태가 직접 들었다고 했습니다. 니시무라는 곧 암살단을 파견하겠다고 약속했다는 것입니다. 그것을 박영태가 알려주려고 왔다는 데요."

윤방철의 보고가 끝났을 때 잠깐 정적이 덮였다. 이곳은 리스타상사 회장실 안, 오후 5시 반. 이광의 옆쪽에는 오금봉이 앉아 있다. 윤방철의 보고를 오금봉과 함께 들은 것이다. 이광이 커피 잔을 들더니 식은 커피를 한 모금 삼켰다. 윤방철이 박영태의 이야기를 대충 보고했을 때 이광은 중지시키고 오금봉을 부른 것이다. 사안이 그만큼 심각했기 때문일 것이다. 이광이 오금봉에게 물었다.

"어떻게 생각하십니까?"

"박영태의 말에 신빙성이 있습니다."

머리를 든 오금봉이 말을 이었다.

"신용금고 12개가 백기춘과 니시무라 소유라니, 일본은행 자금으로 철저히 위장했군요."

"우리가 어수선한 기회를 노려서 마음 놓고 들어와 병균을 퍼뜨렸군요."

그때 오금봉이 이광을 보았다.

"이제는 일이 일본에까지 번져가는 것 같습니다."

"앞으로 더 커질 것 같은데요."

이광의 얼굴에 쓴웃음이 번졌다.

"내가 국제그룹을 인수했을 때부터 예상은 했습니다. 이 조직 간의 관계는 암세포처럼 번져나가거든요."

그렇다. 국제에서 제일그룹으로, 거기서 멕시코 패밀리로도 우연히 연결된 것이 아니다. 기반이 있었기 때문에 멕시코로 진출했고 이어서 야쿠자가 연결된다. 그다음이 왜 없겠는가?

박영태는 아직 부산으로 돌아가지 않았다. 이광이 오금봉과 함께 방안으로 들어서자 박영태는 벌떡 일어섰다. 이광 뒤에는 윤방철과 백갑

186

상까지 따라와 다섯 명이 모였지만 분위기는 가라앉아 있다. 이광이 박영태에게 머리만 끄덕여 보이면서 자리에 앉았다. 주춤거리던 박영태가 눈치를 보았기 때문에 이광이 마침내 입을 열었다.

"앉아."

대뜸 반말이다.

"예, 감사합니다."

박영태가 조심스럽게 소파에 엉덩이 끝만 붙였다. 박영태는 이광이 초면이다. 오금봉도 초면이지만 백갑상은 안다. 만나서 술도 몇 번 마신 사이다. 그렇지만 백갑상은 아예 시선도 마주치지 않으려고 한다. 그때 이광이 입을 열었다.

"나한테 직접 할 이야기가 있다고 했다던데, 뭔가?"

"예, 회장님."

어깨를 편 박영태가 이광을 보았다.

"저한테 해운대파를 맡겨 주십시오."

네 쌍의 시선이 박영태에게 쏠렸다가 곧 이광에게로 옮겨졌다. 오금봉도 마찬가지다. 누군가 침 삼키는 소리를 크게 냈다. 그때 이광이 입술 끝만 조금 비틀고 웃었다.

"내가 왜 맡겨야 되지?"

"첫째, 국가를 위해서입니다."

"그렇게 큰 뜻이 있었군, 둘째는?"

이광이 빈정거리듯 물었지만 박영태는 더 긴장했다.

"둘째는 국민을 위해서 그렇습니다. 마약이 번지고 있습니다."

"셋째는?"

"백기춘이 회장님을 노리고 있습니다."

"넷째는?"

"제가 해운대파를 쥐고 싶습니다."

"또 있나?"

"없습니다."

질문 응답이 바로 이어져서 금방 끝났다. 이광이 소파에 등을 붙이더니 쓴웃음을 지었다.

"나한테 거부당하리라는 예상은 했나?"

"예, 했습니다."

"그때는 어떻게 될 것으로 생각했지?"

"아마 부산으로 돌아가지 못하겠지요."

"백기춘을 배신하는 것에 대한 죄책감은 없나?"

"없습니다."

"왜?"

"용도 폐기되는 놈들을 무수히 겪었기 때문이지요, 백기춘 옆에서 살아남으려면 당하지 않게 될 카드를 준비해 놓아야 했습니다."

"네 카드는 뭐였는데?"

"끊임없이 이익을 창출해내는 것이었습니다. 영업력을 인정받았지요."

"그 한계가 왔나?"

"아닙니다. 지금이 절정입니다."

"너, 나를 어떻게 생각해?"

"애국자이십니다."

"준비한 대사군, 또 있어?"

"부하를 공정하게 평가하십니다."

188

"계속해."

"부하를 이용하고 쓸모없으면 버리는 분이 아닙니다. 저한테는 그것이 가장 중요합니다."

"그 예를 들어 봐라."

"윤방철 전무가 그 증거입니다."

그때 이광이 윤방철과 백갑상, 오금봉까지를 차례로 보았다.

"셋이 결정해."

자리에서 일어서면서 이광이 말을 이었다.

"결정하고 결과만 나한테 말해줘."

두 시간쯤 후에 신촌의 룸살롱 아정에서 유스타상사 사장 곽영훈과 술을 마시던 이광에게 오금봉이 찾아왔다. 기다리고 있었다는 듯이 곽영훈이 인사를 하고 나갔을 때 오금봉이 그 자리에 앉았다. 오금봉의 얼굴에 쓴웃음이 번졌다.

"내가 절반쯤은 리스타상사 직원이 되었군요."

"오 국장님이 지금 자리를 찾고 있는 겁니다."

이광이 바로 대답했다.

"박영태가 말했던 것처럼 국가와 국민을 위해서 말이죠."

"박영태를 해운대파 회장으로 만들어 주는 것이 낫겠습니다."

오금봉이 정색하고 말을 이었다.

"이대로 백기춘을 놔둘 수는 없습니다. 이건 국가가 처리해야 될 문제인데."

오금봉의 얼굴이 일그러졌다.

"국가에서 처리하려면 연루된 정치인들, 관리, 금융계 인사까지 수백 명을 처리해야 됩니다."

"……."

"그러려면 방해 세력의 공작이 엄청날 것이고 사회는 더 혼란해집니다. 방해 세력은 그것을 이용하겠지요."

"……."

"먼저 백기춘을 기습적으로 제거하고 박영태를 후계자로 만든 후에 정리해 나가는 방법이 낫습니다."

이광이 머리를 끄덕였다. 이번 해운대파 작전은 야쿠자까지 대상인 것이다. 전면전으로 나가면 양측 피해가 엄청날 것이었다. 기습전이 적당하다. 기습적인 교체 작전이다.

"나하고 결혼하자."

아침에 식탁에서 이광이 불쑥 말했을 때 자리에서 일어서려던 강은서가 다시 앉았다. 눈동자 초점은 잡혔지만 입은 반쯤 벌어져 있다. 오전 7시 반, 둘은 식탁에서 마주 보고 앉아 있다. 물그릇을 든 이광이 강은서를 보았다.

"못 들었어?"

"들었어."

건조한 목소리로 말한 강은서가 다시 일어날 것처럼 꿈틀거렸기 때문에 이광이 말했다.

"결혼하자고 했어."

"안 돼."

제대로 앉은 강은서가 머리를 저었다. 그러나 시선은 주지 않는다.

"왜?"

“지난번에도 말했잖아.”

“뭐라고 했는데?”

“걍 이대로 살자고.”

“못 들은 것 같은데.”

“했어.”

“너하고 제대로 살고 싶어.”

“지금은 거꾸로 사나? 천장을 밟고 살아?”

“말 딴 데로 돌릴 거냐?”

이광이 목소리를 높였다.

“난 너하고 같이 살고 싶단 말이다, 정식으로. 그래, 아이도 낳고, 우리 부모한테 며느리가 가서 있다가 오고 나는 아래층 어머니한테 가서 인사도 하고.”

눈을 치켜뜬 이광이 강은서를 노려보았다.

“이게 제대로 사는 거냐고? 내가 올 때마다 상철이를 어머니한테 맡기고 오고, 어머니는 날 피해서 얼씬도 안 하고, 응?”

“그럼 오지 마.”

강은서가 외면한 채 말했다.

“안 오면 될 거 아냐?”

“그걸 말이라고 해?”

이광이 버럭 소리쳤다.

“너, 그런 식으로 말할 거야?”

그때 자리에서 일어선 강은서가 주방으로 다가가더니 개수대 앞에 섰다. 이광에게 등을 보인 자세다. 다시 이광이 등에 대고 소리쳤다.

“상철이 데리고 와도 우리 부모는 상관하지 않으실 거다. 내가 받아들이면 다 되는 거야. 너도 알겠지만 나, 상철이 잘 키울 거다. 글고 지난 일들은 다 잊는 거야, 평양에 있는 그 개자식은 잊어버리도록 해."

"……."

"그놈 물건이 내 절반밖에 안 된다면서? 글고 그놈은 넣었다 하면 1분이라면서? 그런데도 미련이 있냐?"

이건 거짓말이다. 분위기 바꾸려고 그랬다. 그렇게 나왔을 때 강은서는 미친놈 어쩌구 하면서 긴장을 풀었기 때문이다. 이광이 강은서의 등에 대고 말을 이었다.

"내가 곧 어머니 모시고 올 테니까 만날 준비해. 어머니는 물론 허락하실 것이고 그러고 나서 바로……."

그때 강은서가 몸을 돌렸다.

"나 그럼 집 나갈 거야."

그 순간 이광이 숨을 들이켰다. 강은서의 눈이 번들거리고 있었기 때문이다. 강은서가 말을 이었다.

"그러지 마. 오빠도 나도 둘 다 결혼 준비는 안 된 사람들이야. 난 오빠를 한 번 배신했고 그 대가도 치르지 못했어, 오빠가 그대로 받아들이는 바람에 말이야."

"이게 무슨 소리야?"

"잠자코 들어!"

강은서가 꽥 소리쳤을 때 눈물이 주르륵 흘러내렸다. 이광이 입을 다물었고 강은서가 말을 이었다.

"오빠, 또 실수하지 마. 내가 배신한다는 게 아니라 오빠는 정상적으로 가정을 꾸미고 살아갈 환경이 안 돼."

"……."

"지금처럼 내가 상대해줄게, 얼마든지. 하지만 결혼으로 날 묶지 마, 오빠도 스스로를 묶지 마."

"무슨 개뼉다귀 같은 소리인지."

"오빠를 사랑해."

"지랄해라."

"오빠가 다른 여자하고 결혼해도 난 지금처럼 대할 수 있어."

"이게 진짜 미쳤네."

"얼른 옷 입고 가."

다시 강은서가 몸을 돌렸기 때문에 이광이 자리에서 일어섰다. 가슴이 내려앉았지만 또 편안했다. 이렇게 만들어주는 여자는 강은서 하나뿐이다. 오늘 다시 한 번 확인했다.

리스타상사로 출근했을 때 비서실장 안학태가 따라 들어와 보고했다.

"샌디가 기다리고 있습니다."

샌디가 아카풀코에서 날아온 것이다. 그동안의 경과를 보고하려고 온 것이어서 이광은 바로 회장실로 불러들였다. 인사를 마친 샌디가 여느 때처럼 차분한 표정으로 자리에 앉았다.

"로메로가 멕시코시티의 라리슨 조직을 끌어들였습니다."

샌디의 검은 눈동자가 똑바로 이광을 응시했다,

"라리슨 조직원이 2백 명가량 아카풀코에 내려왔습니다."

그때 이광의 얼굴에 웃음이 떠올랐다. 소나기가 내릴 때는 아예 우산을 던지는 게 낫다. 어렸을 때 그런 기억이 떠올랐다. 젖을 바에 다 젖자.

방으로 들어선 오금봉이 머리를 숙여 인사를 하더니 잠자코 소파 끝쪽에 앉았다. 벽시계가 오후 6시 5분 전을 가리키고 있다. 이광이 오금봉을 보았다. 오금봉과는 오랜 인연이다. 이광이 과장이었을 때부터 강은서의 구명을 부탁한 관계였다. 이광의 성장 과정을 가장 가까운 곳에서 감시했고 도와주기도 했다. 물론 안기부 입장에서의 처치를 해준 것이지 개인적인 관계는 거의 없는 상태다. 이제 오금봉은 안기부 해외사업국장으로 서열 6위인 거물이 되었다. 그때 오금봉이 입을 열었다.

　"회장님을 모시겠습니다."

　그 순간 이광이 활짝 웃으면서 자리에서 일어섰다.

　"고맙습니다, 오 국장님."

　"아닙니다."

　당황한 오금봉이 따라 일어섰다. 이광이 다가가 오금봉의 손을 잡았다.

　"내가 오 국장님의 도움이 절실하게 필요합니다."

　"최선을 다하겠습니다."

　이광의 손을 두 손으로 움켜쥔 오금봉의 얼굴이 상기되었다. 만감이 교차했기 때문이다. 다시 자리에 마주 보고 앉은 이광이 입을 열었다.

　"유통 사장을 맡아 주시지요, 한국뿐만 아니라 전 세계의 유통 업무를 총괄하는 업무입니다."

　오금봉은 숨만 쉬었고 이광의 열띤 목소리가 이어졌다.

　"조직 구성에서부터 인사까지 전권을 맡기겠습니다."

　"제가 안기부에서 간부급 몇 명을 데리고 나올 계획입니다."

　"그럼 더 든든하지요."

　다시 이광이 활짝 웃었다. 지금도 박동찬, 고명규 등을 아카풀코에서 조직의 중심 간부로 활용하고 있는 것이다. 이광이 인터폰을 눌러 비서실장 안학태를 불렀다. 곧 안학태가 들어섰을 때 이광이 지시했다.

"오 국장이 우리한테 오시기로 했어, 유통 부분 사장을 맡기로 했으니까 도와드려."

"예, 회장님."

안학태의 얼굴에도 반가운 기색이 떠올랐다.

"즉시 시행하겠습니다."

이광이 기다리고 있었던 것을 알고 있는 터라 안학태도 서둘렀다. 이광이 길게 심호흡을 하고 나서 말했다.

"이제 시작이야."

오길용은 화재로 타 죽은 것이 아니다. 아나운서는 알면서도 다르게 말했을 것이다. 오길용은 익어서 죽었다. 밖에서 문을 잠근 상태에서 사우나 안의 온도가 150도까지 올랐으니 돼지를 삶은 것처럼 푹 익었던 것이다. 경찰은 일단 살인 혐의를 잡고 수사를 했다. 그러나 바깥 대기실에서 기다리던 경호원 셋은 복면을 한 괴한 다섯에게 맞아서 중상을 입은 터라 제대로 된 범인 윤곽이 나올 리가 없다. 수사는 유야무야되었고 수사관들이 서울까지 왔지만 이광 근처에는 오지도 못 했다. 거물 변호사 집단이 고문 변호사로 버티고 있는 데다 알리바이가 확실했기 때문이다. 김창배가 라운지의 밀실 안으로 들어서자 기다리고 있던 두 사내가 맞았다. 유석호와 조기남이다.

"유 형, 오랜만이오."

김창배가 먼저 유석호에게 손을 내밀었다.

"아이구, 김 형, 반갑습니다."

유석호는 1미터 90에 체중이 120이나 나가는 거인이다. 그러나 몸이 빠르서 별명이 쪽제비다. 생긴 것하고는 영 딴판이다. 조기남하고도 악수를 나눈 김창배가 자리에 앉았다. 조기남은 유석호의 심복인데 체격은 보통인데 못생겼다. 그러나 머리가 좋아서 별명이 에디슨이다. 뭘 발명을 한 적은 없지만 전략을 잘 짜고 돈 떼어먹고 도망친 놈을 귀신처럼 찾아내는 데다 문도 잘 따서 그렇다.

김창배가 둘을 번갈아 보았다. 방금 김창배는 서울에서 내려온 참이다. 오후 3시 10분, 어젯밤 유석호가 김창배에게 만나자는 전화를 해온 것이다.

"자, 들읍시다."

김창배가 재촉하듯 말하자 조기남이 헛기침을 했다. 나이가 30대 중반이지만 이마에 주름이 많았고 눈꺼풀이 늘어진 데다 입술이 두꺼워서 50대로 보인다. 그때 김창배가 조기남 앞에 대고 손바닥을 펴 보였다.

"조 형은 입 다물고."

"예."

놀란 조기남이 숨을 들이켜더니 입을 다물었다. 쪽제비 유석호는 대전 충장로파의 한쪽 귀퉁이를 맡은 서부역의 두목인 것이다. 지금 충장로파는 오길용이 삶아져 죽은 후에 춘추전국시대가 되었다. 무려 10명 가까운 중간 보스들이 일어나 제각기 뭉쳤다가 헤어지기를 반복했는데 이런 난장판이 없다. 아침에 손을 잡기로 합의를 했다가 점심때 다른 '파'하고 합의하고 다음 날 아침에는 또 다른 놈하고 연합하는 형국이다. 그 와중에 싸움이 일어나 두목급 셋이 병신이 되었는데 그렇다고 '대가리'가 줄어든 것이 아니라 오히려 늘어났다. 병신된 보스 조직에서 둘이, 셋이 대장하겠다고 나섰기 때문이다. 유석호도 그중 하나다. 그때 유석호가 입을 열었다.

"저를 밀어주시면 충장로파를 끌고 들어가지요. 그 말씀을 드리려고 만나자고 했습니다."

그러자 김창배가 쓴웃음을 지었다. 김창배는 백갑상의 부하로 유석호와 안면이 있다. 유석호의 시선을 받은 김창배가 입을 열었다.

"아시는지 모르겠는데 지금 충장로파에서 우리한테 연락 온 보스가 한둘이 아니오, 내가 알기로는 대여섯 명이오."

그리고 모두 유석호와 비슷한 이야기를 했을 것이다.

회장실 안에 이광과 오금봉, 백갑상과 김창배까지 넷이 둘러앉았다. 오후 6시 반, 방금 이광은 김창배한테서 유석호의 제의를 들은 것이다. 이광의 얼굴에 쓴웃음이 떠올라 있다. 해운대파 박영태에 이어서 충장로파도 자진해서 휘하로 들어오려고 하는 것이다. 이광의 시선이 오금봉에게 옮겨졌다.

"오 사장은 어떻게 생각하시오?"

아직 리스타유통이 설립되지도 않았지만 이광은 오금봉을 사장이라고 부른다. 오금봉이 입을 열었다.

"유석호를 지원하는 것이 낫겠습니다."

이광이 머리만 끄덕였고 오금봉이 말을 이었다.

"조직 문제는 가능한 빨리 처리하겠습니다."

기밀 이야기는 최고위 간부들이 모인 자리에서도 하지 않으려는 것이다. 만족한 이광의 얼굴에 웃음이 떠올랐다.

"내가 일본에 며칠 다녀올 테니까."

백기춘이 말하자 박영태는 숨을 들이켰다. 오후 8시 반, 저녁을 마친 둘은 해운대호텔을 나와 달려가는 중이다. 백기춘이 말을 이었다.

"다른 놈들한테는 내가 일본 갔다는 말 하지 마라."

"예, 회장님."

머리를 돌린 박영태가 백기춘을 보았다.

"언제 돌아오십니까?"

"내가 전화할게."

"예, 알겠습니다."

백기춘은 자주 일본을 다녀왔는데 가는 방법이 독특했다. 먼저 부산에서 배로 대마도까지 가고 나서 거기서 본토로 가는 것이다. 부산에서 대마도까지는 배로 45분밖에 걸리지 않는다. 백기춘이 혼잣말처럼 말했다.

"충장로파 짝이 안 나려면 내가 몸조심을 해야 돼."

"물론입니다, 회장님."

"넌 어떻게 생각하냐?"

"뭐 말씀입니까?"

"우리 회사 말이다."

박영태의 시선을 받은 백기춘이 말을 이었다.

"내가 사고가 났을 때 누가 나설 것 같으냐? 내 대타로 말이다."

"그럴 리가 있습니까?"

쓴웃음을 지은 박영태가 머리까지 저었다.

"우리 회사는 충장로파처럼 그렇게 호락호락 당하지 않습니다. 물론 영등포파하고도 다르지요."

"그럴까?"

"모두 방심했기 때문이지요, 제 구역이라고 경호를 철저하게 안 한 겁니다."

백기춘이 좌석에 등을 붙였다. 맞는 말이기는 하다. 조태완은 순댓국을 먹다가 손님으로 가장한 해결사에게 목이 잘렸고 오길용은 사우나 안에서 삶아져 죽었다. 모두 제 구역의 중심, 심장부에서 사건이 일어났다.

차 안에 잠깐 정적이 덮였다. 부산에 몇 대밖에 없는 벤츠는 소리 없이 질주하고 있다. 벤츠의 앞뒤로 경호차가 각각 2대씩 붙어 있어서 대통령 행차 같다. 벤츠 앞좌석에는 경호실장 겸 행동대장인 차석용이 타고 있었는데 백기춘의 최측근이다. 차석용의 별명은 그림자다. 일절 얼굴을 드러내지 않고 회의는 물론 술좌석에도 나타나지 않는다. 백기춘도 다른 보스들과 마찬가지로 2인자를 용납하지 않는 성품이어서 해운대파에도 2인자는 없다. 박영태도 영업장 전무일 뿐 고위급 회의에서는 10인자쯤으로 앉는 순서가 정해져 있다. 그래서 차석용의 서열을 더 높게 쳐준다. 그때 백기춘의 목소리가 정적을 깨뜨렸다.

"사전 점검을 안 한 거야, 기본을 잊었다고."

"그렇습니다."

그때 차가 속력을 줄였기 때문에 박영태가 머리를 들었다. 차가 폐차장 안으로 들어서고 있다. 국제폐차장이다. 해운대파의 사업장 중 하나로 공터가 넓고 폐차가 쌓여 있어서 이곳이 처형장으로도 사용되는 것이다. 차가 폐차장 안쪽 사무실 앞에서 멈춰 섰다.

"내리자."

먼저 문을 열고 내리면서 백기춘이 말했다. 따라 내린 박영태가 주위를 둘러보았다. 이곳은 낮에도 으스스한 곳이다. 폐차가 쌓여진 분위기도 그렇고 직원은 모두 해운대파 조직원이고 사장은 차석용의 부하다. 처형장으로 소문이 나서 조직원에게는 피하고 싶은 장소다.

사무실 안으로 들어선 백기춘이 낡은 소파의 상석에 앉더니 주위를 둘러보는 시늉을 했다. 사무실 직원은 보이지 않았고 안에는 넷이 들어와 있다. 백기춘과 박영태, 차석용과 백기춘의 보디가드 조남복이다.

"앉아라."

백기춘이 앞쪽 소파를 턱으로 가리키자 박영태가 조심스럽게 앉았다. 그 옆쪽에 차석용이 섰고 조남복은 백기춘의 옆쪽에 섰다. 사무실 천장에 붙여진 형광등 한 개가 껌벅이고 있다. 그때 백기춘이 웃음 띤 얼굴로 박영태를 보았다.

"너, 왜 여기 왔는지 짐작이 가지?"

그러자 박영태가 머리를 비틀었다.

"무슨 일이신데요?"

"네가 몰라?"

되물은 백기춘이 담배를 꺼내 입에 물었다. 조남복이 재빠르게 라이터를 켜 백기춘의 담배 끝에 불을 붙였다. 담배 연기를 깊게 빨아들인 백기춘이 길게 연기를 뱉었다. 연기 끝이 박영태의 얼굴을 훑고 지나갔다. 그때 백기춘이 표정 없는 얼굴로 박영태를 보았다.

"너 서울 갔다 왔지?"

"예, 회장님."

바로 대답한 박영태의 얼굴에 쓴웃음이 번졌다.

"그것 때문에 절 여기로 데려오신 겁니까?"

"서울 가서 누구 만났어?"

"누님 만났습니다. 아시잖습니까? 왕십리에 사는 누님."

"네 누나하고는 입을 맞췄는지 몰라도 네 매형은 모르고 있던데?"

"매형은 못 만났습니다."

"신촌의 북경장 짜장면은 나도 먹어본 적이 있어, 맛이 괜찮아."

"……."

"거기서 윤방철이 만났지?"

"……."

"너, 내가 감찰반 운용하는 거 알고 있지?"

다시 담배 연기를 길게 뿜은 백기춘의 얼굴에 쓴웃음이 번졌다.

"확실히 야쿠자 애들이 우리보다 조직 역사가 길어서 그런지 잘돼 있어."

"……."

"니시무라가 작년에 나한테 충고를 하더라고, 심복도 모르게 감찰반을 운용히라고 말이다. 조직 만드는 방법까지 알려주더라고."

"……."

"그 감찰반은 여기 있는 차 실장도 모른다, 내가 극비로 운용하고 있어서."

"……."

"그 감찰반에서 네가 윤방철이를 만났다고 보고를 하더라고."

"……."

"그다음 순서는 뻔하지, 이광을 만났겠지. 이광 만날 때는 감시가 철저해서 접근하지 못했다고 했어."

"……."

"자, 이만하면 내가 조태완이, 오길용이 꼴이 안 나는 건 확실하겠지?"

소파에 등을 붙인 백기춘이 지그시 박영태를 보았다.

"날 제거해 달라고 부탁했겠구나, 해운대를 잡으면 충성하겠다고."

"……."

"일본 조직과의 관계도 아는 대로 털어놓았겠지, 그래야 그놈들이 구미가 당길 테니까."

그러고는 백기춘이 길게 숨을 뱉었다.

"너 여기서 죽어야겠다."

"……."

"너도 잘 알지만 여기서 차하고 함께 녹여버리면 가루도 안 남아, 고철 덩어리가 팔리는 거지."

"……."

"할 말 있냐?"

그때 박영태가 내렸던 시선을 들고 백기춘을 보았다.

"할 말요?"

"그래, 마지막 말."

그러자 박영태가 길게 숨을 뱉더니 백기춘을 보았다.

"말 다 하셨지요?"

"내가?"

되물었던 백기춘이 이맛살을 찌푸렸다.

"이 새끼가 무슨 말을 하는 거야?"

"혹시 술술 풀린다는 생각은 안 하셨는지? 나에 대한 보고가 말요."

"뭐가 말이냐?"

"감찰반 오정식이가 보고를 했을 때 의심을 해본 적이 없으셨는지."

"뭐?"

"오정식이가 찍은 사진이 너무 잘 나왔다든가, 내 매형의 진술이 너무 확실한 것도 그렇고, 너무 초짜 같은 것이라 말이야."

백기춘이 눈을 치켜떴다. 박영태의 얼굴에 웃음이 떠올라 있었기 때문이다.

"내가 서울에 가기 전에 내 옆에 선 차석용이하고 네 옆에 있는 조남복이까지 다 합의를 마친 상태였다는 건 넌 상상도 하지 못했겠지?"

"뭐?"

숨을 들이켠 백기춘의 시선이 앞쪽에 선 차석용과 이어서 옆에 선 조남복까지를 스쳤다. 그러나 둘은 석상처럼 선 채 움직이지 않는다. 그때 박영태가 긴 숨을 뱉고 나서 말했다.

"네가 여기서 죽어야겠다."

"뭐?"

백기춘이 아직도 갈라진 목소리로 물었지만 움직이지 않았다. 몸이 굳어진 것 같다. 그때 박영태의 말이 이어졌다.

"네 옆에 선 조남복이가 손에 회칼을 쥐고 있어, 봐."

백기춘이 이를 악물었지만 보지는 않았다. 다시 박영태가 말을 이었다.

"자존심은 있구나, 그럼 그렇게 가."

"이, 이 자식이."

"조남복이가 목을 베면 30초면 가는 거야. 피는 분수처럼 뿜어지겠지만 고통은 없다는군."

그때 조남복이 백기춘의 뒤로 몸을 돌리더니 회칼을 목에 붙였다. 그 순간 백기춘이 눈을 부릅뜨고 두 손만 앞으로 뻗었다.

"살려줘!"

그러나 다음 순간 목이 잘렸다.

제5장
치정사건

"기존 조직을 없애면 그 공백을 메울 방법이 현재로서는 없습니다."

오금봉이 말을 이었다.

"따라서 이 조직들을 통합, 관리하는 것이 국가를 위해서도 가장 효율적입니다."

말을 그친 오금봉이 최도광을 보았다. 안기부장실 안에는 잠깐 정적이 덮였다. 오전 10시 반, 지금 오금봉은 최도광에게 사직서를 낸 이유를 설명한 것이다. 오늘로써 22년간의 안기부 생활을 마무리하게 되었다. 그때 최도광이 두꺼운 눈시울을 올려 오금봉을 보았다.

"이광 씨는 이 조직을 전 세계로 확장시키려는 것이지?"

"그렇습니다, 부장님."

오금봉의 두 눈이 번들거렸고 목소리에 활기가 띠어졌다.

"국제그룹은 우연히 인수했지만 제일그룹은 어쩔 수가 없는 상황이었습니다. 그러다가 다른 조직이 먼저 도전을 했고 고성규가 충동질을 하는 바람에 영등포, 대전, 부산의 조직들이 무너지게 된 것입니다. 자업자득이지요."

"……."

"이광 씨가 리비아에 용병단을 보내고, 멕시코에 CIA의 지원을 받아 아카풀코 마피아 패밀리와의 전쟁을 치르고 있는 것도 이번 한국전(戰)에 도움이 되었을 것입니다."

그때 최도광의 얼굴에 쓴웃음이 떠올랐다.

"지금 한국전(戰)이라고 했나?"

"예, 부장님."

따라 웃은 오금봉이 말을 이었다.

"물론 CIA는 이광 씨를 내세워서 마약을 들여오는 멕시코 패밀리를 압박하려는 의도였습니다. 그런데 그것이 예상외의 성과를 내었지요."

"……."

"지금 아카풀코 전쟁은 새로운 국면을 맞고 있습니다. 기존 3개 패밀리 중 2개가 이광 씨에게 제압당하자 나머지 하나가 멕시코시티의 마피아에게 도움을 요청한 상황이거든요."

"……."

"그건 진짜 전쟁이죠. 그런 전쟁을 겪고 있는 이광 패밀리에게 이곳 한국의 충장로파, 해운대파의 싸움은 동네 싸움 같은 것입니다."

"그렇겠군."

"제가 간부급 몇 명을 데리고 갑니다. 부장님, 이해해 주시기 바랍니다."

"오히려 그곳이 우리 업무를 더 활성화시킬 수도 있을 거야, 우리한테 도움이 될 테니까."

최도광이 머리를 끄덕이며 말했다.

"우리보다 규모도 더 크고 말이지, 더 큰일을 할 수가 있겠어."

"전 내일부터 리스타유통의 사장입니다, 부장님."

"알고 있어, 하지만 국가를 잊지는 말아주게."

"물론입니다."

자리에서 일어선 오금봉이 허리를 꺾어 절을 했다. 그러자 최도광이 손을 내밀었다. 최도광의 얼굴도 상기되어 있다. 이렇게 오금봉은 리스타유통의 사장이 되었다.

이광이 홍콩에 도착한 것은 저녁 무렵이다. 일행이 10여 명이나 되었기 때문에 전세기를 이용해서 온 것이다. 공항에는 린린이 마중 나와 있었는데 이광을 보더니 활짝 웃었다. 주위가 환해지는 것 같은 웃음이다. 따라 웃던 이광은 린린의 수행원으로 따라 나온 사내를 보고 나서 숨을 들이켰다. 린린의 남편이었기 때문이다.

"푸저우에서 화 서기님이 기다리고 계십니다."

린린이 옆에 붙어 걸으면서 말했다. 푸저우에서 화오방을 만나기로 한 것이다. 이제 중국 자본은 리스타투자에 1백억 불이 투자되었고 지난달에 투자 이익 8억 불이 지급되었다. 원금 1백억 불이 그대로 있는 상태여서 중국은 단숨에 국가 총생산 이익의 20퍼센트 가까운 이익을 낸 셈이다. 화오방은 신이 날 만했다. 중국의 총생산이 3백억 불, 이익은 40억 불 정도인 시기였기 때문이다. 공항건물 앞에 대기시킨 리무진에 올랐을 때 린린이 옆자리에 탔다.

"오늘 밤에 제가 방으로 가요?"

차가 출발하자 린린이 낮게 물었다. 리무진은 운전석과 칸막이가 되어 있어서 뒷좌석은 문 닫힌 방이나 같다. 가죽 의자는 넓고 안락한 것이 침대보다 낫다. 린린의 시선을 받은 이광의 얼굴에 저절로 웃음이 떠올랐다.

"린린, 더 아름다워졌구나."

"우리, 만난 지 너무 오래되었어요."

잔 지 오래되었다는 말이다. 이광이 손을 뻗어 린린의 손을 쥐었다.

"린린, 난 너처럼 아름답고 섹시한 여자는 지금까지 본 적이 없어."

"정말요?"

린린의 두 눈이 반짝였고 얼굴은 조금 상기되었다. 과연 황홀할 만큼 미인이다. 중국 황제들을 홀려 제국을 망해 먹었다는 미인들이 바로 이런 모습이었을 것이다. 황제들이 등신이나 천치겠는가? 눈앞의 여자가 요물이고 자꾸 이러다가는 나라가 결딴이 날 줄을 뻔히 알면서도 하루, 이틀, 차일피일 미루다가 박살이 나지 않았을까? 린린을 보면서 이광은 나라를 망해먹은 중국 황제들을 이해할 수 있었다.

"무슨 생각을 해요?"

이제 옆으로 바짝 붙어 앉은 린린이 손을 뻗어 이광의 사타구니를 쓸어 올리면서 물었다. 그것도 모자라 이광의 한쪽 손을 잡아 제 스커트 밑으로 쑤셔 넣는다. 이광은 숨을 들이켰다. 린린은 팬티도 입고 오지 않았다. 이광의 머릿속에 나라를 망해먹은 중국 황제의 이름이 그 순간에는 떠오르지 않았다.

이광을 호텔로 데려다준 린린이 사무실로 돌아왔을 때 아성이 방으로 따라 들어왔다.

"오늘 밤에 이 회장이 아파트에 올 건가?"

아성이 외면한 채 물었다.

"아니, 내가 호텔로 가기로 했어."

몸을 돌린 린린이 아성을 똑바로 보았다.

"그게 낫겠지?"

"아, 그럼."

여전히 외면한 채 아성이 쓴웃음을 지었다.

"내가 편하지."

아성이 린린의 남편이다. 홍콩 연락 사무소의 총무과 직원으로 등록되어 있지만 아성은 푸저우시 경제국 과장이다. 린린과 결혼한 지 5년째였고 4살짜리 딸이 있다. 그때 린린이 말을 이었다.

"1년에 서너 번이야, 아성. 견딜 수 있지?"

"그거야 각오하고 있었으니까."

이제는 아성이 시선을 들고 린린을 보았다.

"그런데 햇수로 벌써 3년째야, 2년쯤 홍콩 근무하다가 돌아간다고 하지 않았어?"

"아성!"

린린의 표정이 굳어졌다. 사무실 안에는 둘뿐이었지만 린린이 목소리를 낮췄다.

"홍콩 생활이 싫어?"

"싫다는 건 아냐, 린린."

"애를 위해서도 여기 사는 것이 낫다고 당신도 말하지 않았어?"

"린린!"

아성의 얼굴이 상기되었다.

"내 입장은 생각해 본 거야? 넌 즐기고 있는지 모르지만 난 그자가 올 때마다 잠을 못 잔다고."

"이제야 사실을 털어놓는군."

린린의 얼굴에 쓴웃음이 떠올랐다.

"그자라니? 이 회장 덕분에 내가 이렇게 출세하고 당신까지 홍콩으로 불러와서 장래가 촉망되도록 만들어 주었는데 이제는 잠을 못 잔다고?"

"글쎄, 2년만 몸을 팔기로 했지 않느냐고?"

"몸을 팔아?"

린린의 목소리가 높아졌다. 눈을 치켜뜬 린린이 아성을 노려보았다. 아성도 장래가 촉망되는 공산당원으로 젊은 나이에 시 경제과장에 임명되었다. 그래서 린린과 결혼하게 되었던 것이다. 처음에 린린이 이광의 안내역으로 선발되어 홍콩으로 발령이 났을 때 아성도 반겼다. 린린이 이광과 은밀한 관계인 것을 눈치채었지만 2년만 참자고 서로 약속했던 것이다. 그런데 지금은 린린이 이광과의 관계를 즐기는 것 같다. 린린이 뱉듯이 말했다.

"아성, 그렇다면 헤어져."

"뭐라고?"

"헤어져, 내가 내일 시 당국에 신고할 테니까. 시 당국에서도 즉각 이혼시켜 줄 거야."

"……."

"아이는 당신이 맡아, 내가 지금 그럴 형편이 아니니까. 내가 양육비는 충분히 보낼 테니까."

"……."

"당신 부모한테 맡기면 되겠지, 내가 매달 용돈과 양육비를 그쪽에 보내는 것이 낫겠다."

그러고는 린린이 몸을 돌리면서 말했다.

"아성, 나 바쁘니까 나가줘."

오후 6시 반이 되었을 때 안학태가 다가와 말했다.

"회장님, 푸저우 부시장 위천 씨가 드릴 말씀이 있다는데요."

부시장 위천은 린린의 직속상관이다. 안학태가 탁자 위의 전화기를 들어 이광에게 내밀었다. 이광은 저녁을 먹으러 가려고 린린을 기다리고 있는 중이다. 린린의 안내로 예약된 식당에 가려는 것이다. 전화기를 귀에 붙였을 때 귀에 익은 위천의 목소리가 울렸다.

"회장님, 안녕하셨습니까? 위천입니다."

"부시장께서 웬일이십니까?"

"예, 드릴 말씀이 있어서요."

잠깐 뜸을 들였던 위천이 말을 이었다.

"린린이 급한 용무 때문에 본국으로 왔습니다, 회장님."

"아, 그렇습니까?"

"대신 사무소의 행정실장 복진 과장이 수행하게 되겠습니다, 회장님."

"예, 상관없습니다."

"내일 오전 스케줄은 이상 없습니다. 푸저우 공항에서 뵙지요."

"알겠습니다."

전화기를 내려놓은 이광이 안학태에게 말했다.

"린린이 급한 용무로 본국에 갔다는군."

"저녁 예약한 식당에 가시지요."

린린이 어떻게 되건 식사는 해야 되지 않느냐는 투로 안학태가 말했다. 자리에서 일어선 이광의 얼굴에 웃음이 떠올랐다. 오늘 밤 린린은

211

호텔방에 오지 못하게 된 것이다. 그것이 아쉽기도 했고 한편으로는 홀가분한 느낌이 들기도 했다. 이것이 이광의 본심이다.

저녁을 마친 이광이 식당 앞에 주차시킨 차에 올랐을 때 옆자리로 린드버그가 따라 탔다. 그리고 보니 대기한 승용차는 연락사무소 차량이 아니다. 운전사도 다르다. 그때 린드버그가 말했다.

"비서실에서 렌트했습니다."

자주 있는 일이어서 이광은 머리만 끄덕였다. 그러나 비서실장 안학태 대신 린드버그가 옆에 탄 것이 보고 사항이 있는 것 같다. 차가 출발했을 때 린드버그가 입을 열었다.

"중국 정부가 홍콩 경찰의 입을 막아서 사건은 묻혔습니다."

이광의 시선을 받은 린드버그가 외면하고 말했다.

"린린이 살해되었습니다. 살해범은 린린의 남편 아성인데 딸과 함께 배를 타고 홍콩을 빠져나가 본토로 들어간 것이 확인되었습니다."

"……."

"홍콩 경찰은 사건을 파악했지만 중국 정부의 강력한 요청으로 보도 통제를 했습니다."

그때 이광이 입을 열었다.

"내 책임이 커."

시선을 든 린드버그를 향해 이광이 입을 열었다.

"린린도, 아성도 모두 피해자야."

다음 날 오후 4시, 푸저우시 시청사의 귀빈실에서 이광과 화오방이 마주 앉아 있다. 방금 푸저우성 당서기와 성장, 시장이 참석한 회의를 마치고 나서 둘이 독대를 하고 있는 것이다. 푸저우의 '푸저우 리스타 합영공장'은 중국 대규모 생산 공장의 모범이 되었다. 중국 최대가 아니라 세계 최대 섬유 생산 공장이 된 것이다. 단일 공장으로 3만여 명이 연간 3억 불의 섬유를 생산하고 있다. 등소평이 2번이나 방문해서 극찬을 한 공장이다. 양귀비 같은 여직원이 인삼차를 내려놓고 방을 나갔을 때 화오방이 입을 열었다.

"리스타투자에 후세인 대통령의 투자금이 150억 불 가깝게 되더군."

"그렇습니다, 화오방 동지."

"우리 중국 투자금보다 많아."

"예, 주주이기도 하니까요. 하지만 투자금이 많다고 해서 주주의 영향력이 큰 것이 아닙니다."

"이 회장이 대주주니까 당연하지."

머리를 끄덕인 화오방이 말을 이었다.

"이 회장 주변에 CIA 사람들이 많더군."

"예, 그렇습니다, 화오방 동지."

선선히 시인한 이광의 얼굴에 웃음이 떠올랐다.

"도움을 많이 받고 있지요."

"서로 돕는 관계겠지."

"당연합니다."

"이번에 안기부 고위층을 계열사 사장으로 영입했더군."

"그렇습니다. 꼭 필요한 인물이지요."

"그럴 거야."

머리를 끄덕인 화오방의 얼굴에도 웃음이 떠올랐다.

"그래서 나도 미국 측에 보내는 메시지를 간접적으로 이 회장을 통해 보내기로 했네.”

알고 있었지만 대답하기 거북한 말이어서 이광은 듣기만 했다. 위축될 일은 없다. 엄밀하게 말한다면 중국 대 이광의 입장에서 보면 칼자루는 이광이 쥐고 있는 것이다. 아쉬울 것도 없다. 그때 화오방이 다시 말했다.

“CIA 후버 국장한테 내 말을 구두로 전해주게.”

“예, 서기 동지, 말씀하시지요.”

“중국과 미국의 비밀 고위급 회담을 제안하네. 중국 측에서는 등소평 동지의 지시를 받아서 내가 나갈 것이고 미국은 부통령급이 맡아야겠지.”

“예, 서기 동지, 전해 드리겠습니다.”

“예비회담 대표는 외교부장을 보내겠네. 그렇게 전해주게.”

“알겠습니다.”

“한 달 안에 고위급 회담이 열리기를 바란다고도 전해주게.”

“예, 서기 동지.”

화오방이 둘이서 이야기하자고 한 이유가 이것이다. 화오방이 찻잔을 내려놓았을 때다. 이광이 입을 열었다.

“서기 동지.”

화오방의 시선을 받은 이광이 어깨를 폈다.

“부탁드릴 일이 있습니다.”

“말하게.”

“개인적인 일입니다.”

“가능하면 들어주지.”

화오방의 얼굴에 웃음이 번졌다.

"이 회장답지 않은 부탁이군."

"외람된 말씀입니다만 린린의 남편 아성에게 관용을 베풀어 주시지요."

순간 화오방이 표정 없는 얼굴로 시선만 주었고 이광이 말을 이었다.

"저에게도 책임이 있습니다. 이제 아성까지 벌을 받으면 둘 사이에 낳은 어린 딸이 가엾게 됩니다."

"……."

"아성이 아이와 함께 중국에 들어갔다고 들었습니다."

그때 화오방의 얼굴에 희미하게 웃음이 떠올랐다.

"린린을 좋아하지 않았나?"

이광은 숨만 들이켰고 화오방이 혼잣소리처럼 말을 이었다.

"린린을 좋아했다면 그런 말을 안 할 텐데, 의외로군."

"좋아했지만 그렇다고 아성을 미워할 수는 없습니다."

이제는 이광이 똑바로 화오방을 보았다.

"다 끝난 일이니까요, 그래서 부탁을 드리는 것입니다."

그러자 이광의 시선을 받으며 화오방이 한동안 침묵을 지켰다. 그러다가 화오방의 눈동자 초점이 멀어졌다. 이윽고 화오방이 길게 숨을 뱉더니 눈동자의 초점이 잡혔다.

"내가 부족했어."

화오방의 낮은 목소리가 방을 울렸다.

"이 회장의 생각이 맞네. 다 끝난 일을 감정적으로 처리하면 안 되지."

"……."

"아성도 애국자였지, 제 처를 나라에 내놓은 것이나 같았지."

화오방이 머리를 끄덕이며 이광을 보았다.

"잘 처리하겠네, 신경 써줘서 고맙네."

"저도 잘 처리하겠습니다."

이광이 답례했다. 주면 받는 것이다. 린린을 좋아하지 않았느냐고 물은 건 참 바보 같았다.

"무슨 이야기 하셨어요?"

돌아가는 차 안에서 옆자리에 앉은 정남희가 물었다. 정남희는 들뜬 표정이다. 얼굴에 웃음이 떠올랐고 눈동자는 반짝인다. 이광이 홀린 듯한 표정으로 정남희를 보았다. 아름답다. 그때 이광의 입에서 불쑥 말이 나왔다.

"정 사장, 너 결혼해야지."

"네?"

놀란 정남희의 얼굴이 상기되었다. 더 아름답다.

"린린이 죽었어."

이광이 말했을 때 정남희는 눈만 깜박였다가 3초쯤 지나서야 반응했다.

"네?"

"린린이 살해당했다."

숨을 들이켠 정남희가 먼저 운전석을 보았다. 푸저우 리스타상사 소속 승용차지만 운전사는 중국인이다. 정보원일 가능성이 97퍼센트쯤 될 것이다. 한국어로 대화를 한다고 해도 녹음될 테니 금방 보고된다. 그때 이광이 말을 이었다.

"남편 아성이 살해했어. 그러고는 4살짜리 딸을 데리고 본토로 도망

왔다는군."

"……."

"그래서 내가 화 서기님한테 아성 구명을 부탁했어, 그랬더니 도와
주시겠다는 약속을 해주셨어."

"……."

"아성까지 잡혀가면 딸이 불쌍하지, 어린 딸이."

"……."

"고맙더군."

"……."

"내가 책임이 있다고 했어."

차가 속력을 떨어뜨리고 있었지만 이광은 상관하지 않았다. 정남희
는 이제 앞쪽만 응시한 채 숨도 죽이고 있다. 정남희는 이광과 린린의
사이를 알고 있는 것이다. 이광이 말을 이었다.

"아성은 홍콩 연락사무소의 총무부 직원으로 근무하고 있었어, 난
최근에야 알았다."

"그래서 저한테 결혼하라고 하신 건가요?"

머리를 돌린 정남희가 이광을 보았다.

"충격을 받으셨군요."

"아니, 내가 진즉 린린을 놓아주었으면 이런 일이 일어나지 않았다
는 생각이 들었어."

정남희의 시선을 받은 이광이 쓴웃음을 지었다.

"난 네가 다른 남자하고 결혼을 해도 회사를 맡길 거야."

"난 아직 계획 없어요."

정남희가 굳어진 표정으로 대답했다.

"그리고 부담 느끼지 마세요, 남자가 있으면 저는 바로 말을 할 테니까요."

"그래야지."

"제가 몸을 미끼로 이 자리에 온 것은 아니잖아요?"

"그런 뜻이 아닌 것 알고 있잖아?"

"제가 린린하고 다르다는 것도 알고 계시잖아요?"

"화났어?"

"그래요."

정남희가 외면했으므로 이광은 길게 숨을 뱉었다. 덥석 너 결혼하라고 말을 꺼낸 것부터 잘못되었다. 다 놓아주겠다는 표현이었지만 그것도 너무 일방적이다. 정남희의 감정은 전혀 배려하지 않았다. 그러나 지금의 찢겨져 너덜거리는 가슴은 어떻게 정리한단 말인가? 한 시간, 두 시간, 세 시간, 하룻밤이 지나면서 린린이 안쓰럽고 아성에게 미안했고 4살짜리 딸이 불쌍했다. 린린이 그리워졌고 그 환한 웃음이 떠오르면 가슴이 미어졌다. 그렇다. 반쪽 생활이었지만 린린은 나를 사랑해주었다. 그런데 나는 그 반의반의 반이라도 린린을 배려해주었는가? 그런 생각에 정남희한테 불쑥 너는 결혼하라는 말이 나와 버렸다.

"오늘 푹 쉬세요."

그때 정남희가 낮게 말하더니 이광의 손을 쥐었다. 부드럽고 섬세한 손가락이다. 그리고 따뜻했다. 앞쪽을 응시한 채 정남희가 말을 이었다.

"회장님은 참 좋은 분이세요."

"이기적인 장사꾼이지."

"사랑받을 자격이 있는 분이죠."

"과분하다."

그때 머리를 돌린 정남희가 이광을 보았다.

"전 회장님 한 분으로 만족해요."

"안 돼."

"린린도 아마 행복했을 거예요."

이광은 정남희의 두 눈이 반들거리는 것을 보았다. 이광의 손을 쥔 채 정남희가 말을 이었다.

"린린은 절대 회장님을 원망하지 않았을 겁니다, 그건 제가 보증해요."

"그건 아니야."

이광이 머리를 저었지만 목이 메어 말이 이어지지 않았다. 린린의 감정은 둘째 문제다. 그것으로는 절대로 도움이 되지 않는다. 내 자신의 문제인 것이다. 나 자신을 속일 수는 없다. 그때 정남희가 쥔 손에 힘이 실렸다. 꽉 쥔 것이다.

"린린 대신 제가 잘해드릴게요."

아아, 이광은 어깨를 늘어뜨렸다. 나는 왜 이렇게 이기적인가? 정남희의 말에 기운이 일어나는 나를 좀 보아라.

다음 날 아침, 호텔 식당에서 같이 아침 식사를 하면서 황학수 회장이 말했다.

"중국이 지금 일어나고 있어. 뭘 해보겠다는 열기가 달아오르고 있네."

황학수가 주름진 얼굴을 들고 이광을 보았다.

"우리가 게으름을 피우면 20년쯤 후에는 추월당할지 몰라."

"그렇습니까?"

"저력이 있어."

황학수는 중국 정부의 의뢰를 받아 각 지방을 다니면서 조언을 해주고 있는 것이다. 한국 정부와는 별개의 활동이다. 황학수가 말을 이었다.

"아직 대부분의 지방이 깨어나지 못했지만 우리가 방심하면 안 돼."

황학수만큼 중국 내부 상황을 아는 한국인 기업가도 드물 것이었다. 이광이 머리를 끄덕였다.

"우리는 회장님 같은 분이 큰 재산이죠, 회장님이 자랑스럽습니다."

푸저우에서 홍콩에 도착한 이광이 공항에서 바로 해밀턴과 통화를 했다. 이광한테서 화오방의 전갈을 들은 해밀턴이 말했다.

"알겠습니다. 바로 보고하지요."

그러더니 조금 들뜬 목소리로 덧붙였다.

"이 회장이 중개역할을 하셨군요."

"그렇게 되도록 만들어 주셨지 않습니까? 혼자서 되는 일이란 없습니다."

덕담으로 대답했지만 이광의 가슴도 보람으로 뿌듯해졌다. 어느덧 날아가는 화살처럼 세월이 흐르고 있다. 20대 후반에 들어와 뒤늦게 사회생활을 시작했지만 이광도 이제 30대 중반이 되어 있다. 해밀턴과 통화를 마친 이광이 일행과 함께 다시 쿠웨이트로 출발했다.

"이제는 조직으로 운영이 됩니다."

공항에 마중을 나온 리스타투자 사장 하사드가 말했다. 둘은 리무진에 앉아 시내로 들어가는 중이다.

"뛰어난 인재가 투자를 좌지우지하던 시대는 지났습니다. 모두 정보와 통계를 모으고 확률을 따집니다. 이제는 누가 조직을 잘 운용하느냐가 성공의 관건입니다."

"내가 너한테 항상 배운다."

이광이 머리를 끄덕이며 말했다.

"네가 내 선생님이다."

"바로 그런 자세지요."

하사드가 이를 드러내고 웃었다.

"저는 요즘 매일 한 시간씩 수양을 하고 있습니다."

"무슨 수양?"

"정신수양입니다. 욕심을 버리게 되고 안정시키는 데 도움이 됩니다."

"투자에서 이익이 크게 나기는 글렀군."

"수양을 하고 나서 이익이 더 늘어났습니다."

하사드가 다시 웃었다.

"욕심을 버렸더니 눈에 새로운 것이 보이더라고요."

"나도 수양을 해야겠다."

둘의 웃음소리가 차 안을 울렸다.

리스타 쿠웨이트 상사는 리스타상사의 원조(元祖)다. 리스타 쿠웨이트 상사에서 이광의 사업이 도약했기 때문이다. 리스타 쿠웨이트 상사는 처음에 후세인과 동업으로 시작했지만 물량이 늘어나고 계열사가 늘어나면서 지분이 적어졌다. 그러나 이광은 후세인의 지분을 지켜주고 있다.

"전쟁이 언제 끝날지 알 수 없습니다."

두바이에서 날아온 진남철이 말했다. 상사 회장실에는 하사드와 카이로에서 온 나영찬, 암만의 타미란 등이 둘러앉아 있다. 진남철이 말을 이었다.

"무역상들의 정보가 빠릅니다. 모두 군수물자와 연결이 되어 있기 때문이죠."

지금 진남철은 영어로 말하고 있다.

"전쟁 배후에서 무기상들이 정치권을 움직이고 있는 것이 보입니다."

"그렇습니다."

무기상인 타미란이 쓴웃음을 짓고 말을 받았다.

"이라크에 러시아제 무기가 들어가고 있습니다. 그런데 미국 무기상하고 서로 결탁을 했더군요."

모두의 시선을 받은 타미란이 말을 이었다.

"이건 비밀도 아닙니다. 무기상들은 다 알고 있는 사실이죠. 미국 무기가 제 시간에 공급이 안 되면 러시아제가 비슷한 가격으로 들어갑니다. 대신 러시아는 미국 측에 수수료를 주지요."

장사에는 적이 없다는 말이나 같다. 국적은 무시되고 이득이냐 손해냐만 계산된다. 이광이 천천히 머리를 저었다.

"가능하면 신의를 지키도록 해."

이광의 시선이 하사드를 스치고 지나갔다.

"욕심 부리지 말고."

지금 이광은 리스타 그룹의 원칙을 말하는 중이다. 이광의 말이 이어졌다.

"적과 아군이 없는 세상이지만 우리는 고객의 등을 찌르지 않는다, 모두 명심하도록."

"카이로에 들르지 않으세요?"

회의가 끝나고 모두 방을 나갔지만 안 나가고 어물거리던 나영찬이 물었다. 나영찬의 시선을 받은 이광이 빙그레 웃었다. 나영찬은 카이로 법인의 사장이 되어 있다. 카이로 법인은 여행사와 관광업이 주력 사업이다. 나영찬은 발군의 기업 경영력을 발휘하고 있었는데 과감했고 치밀했다. 리스타 카이로 법인의 매출액은 해마다 2배 이상 상승하고 있다.

"카이로에 가서 네가 이룬 공적을 자랑하고 싶은 거냐?"

이광이 되묻자 나영찬이 정색했다.

"형님이 일부러 돈 내라고 하신 거, 이제는 어머니도 아세요."

그 순간 이광의 얼굴에 쓴웃음이 번졌다.

10년 가깝게 된 먼 옛날이다. 그때 나은현의 어머니가 헤어지라고 했을 때 돈을 줘야 헤어진다고 했었다. 그 돈으로 안창문의 집안 가게를 차리게 해주었던가? 그때 나영찬이 말을 이었다.

"그냥 누나나 한번 만나주시죠."

"왜?"

"그럼 미안한 감정이 풀릴 것 같아서요, 누나나 어머니도."

지금 나은현과 어머니까지 카이로에서 산다. 이광의 눈이 흐려졌다. 먼 곳을 보는 것 같다.

쿠웨이트에서 파리로 날아가는 전용기 안에서 이광이 창밖을 내다보고 있다.

"시간은 모든 것을 해결해주는 만능열쇠와 같다."

이것은 요즘 들어서 이광이 느끼기 시작한 인생관이다. 인간에게 '경험'만큼 비중 있는 교육은 없다. 본인이 실제로 겪었기 때문에 그 어떤 위인이나 명사의 가르침보다 낫다. 이광은 카이로에 가지 않았다. 10년 가까운 세월은 상처를, 기쁨을 흐리게 만든다. 감동이 줄어들면서 그 이면을 주목하게 된다. 노인에게 웃음이 줄어든 것은 감동의 이면 (裏面)을 겪었기 때문이다. 순수함은 경험이 적은 것과 비례한다. 노인의 순수함은 뇌가 죽기 시작했기 때문이다. 이광의 얼굴에 웃음이 떠올랐다. '욕심'은 인간의 '활기'나 같다. 욕심이 많은 인간 중에서 게으른 인간은 드물다. 게으른 욕심쟁이는 금방 도태되기 때문이기도 하다. 나는 욕심쟁이였다. 그러나 이제는 변신했다. 욕심이 불법, 불의로 옮겨가기 전에 차를 갈아탄 것이다. 내 차는 이제 '새로운 세상'으로 가는 중이다. 30대 초반에 놀랄 만한 성장을 이뤘으니 30대 중반부터는 그것을 기반으로 '새 세상'을 만들리라. 그러기 위해서는 구습(舊習)에서 벗어나야 될 것이다.

파리에 도착했을 때는 오후 6시 반이다. 공항에 마중 나온 린드버그가 잠자코 이광을 옆에서 수행했다. 비서실장 안학태 또한 린드버그와 이광의 관계를 아는 터라 다른 차로 옮겨 탔다. 이광이 필요하면 같이 타라고 불렀을 것이다. 차가 출발했을 때 린드버그가 입을 열었다.

"마르카가 사귀는 남자는 장피에르라는 역사 교수입니다. 파리 출신으로 38세, 미혼입니다."

이광이 머리만 끄덕였고 린드버그가 들고 있던 서류 봉투를 내밀었다.

"가난한 교수인데 실력도 있고 성실합니다. 마르카하고 만난 지는 5개월쯤 되었습니다."

봉투에서 사진을 꺼낸 이광의 얼굴에 웃음이 떠올랐다. 공원에서 마르카와 사내가 껴안고 있는 장면이다. 마르카의 웃는 얼굴은 아름다웠다. 환한 얼굴이다. 린드버그가 말을 이었다.

"한 달쯤 전부터 마르카의 아파트에서 둘이 동거하고 있습니다. 장피에르는 그때까지 월세방에서 살고 있었지요."

"……."

"마르카는 장피에르와의 관계를 하사드에게 말하지 않았습니다. 지난달 하사드가 파리에 왔을 때 집으로 데려가지도 않았지요. 관계가 발각될까 봐 그런 것 같습니다."

"……."

"둘이 사랑하는 관계인 것 같습니다."

이광이 의자에 등을 붙이자 린드버그가 말했다.

"만일 하사드가 알면 무슨 일이 벌어질 것입니다. 아랍식으로 말하면 마르카가 불륜을 저지른 것이나 같으니까요."

"……."

"어떻게 하실 겁니까?"

이광이 눈동자의 초점을 잡고 린드버그를 보았다.

"마르카를 만나기로 하지."

마르카에게 남자가 생겼다는 보고를 받은 것은 서너 달 전이다. 그래서 마르카에게 연락도 하지 않았던 것이다. 오늘 파리에 온 것도 말하지 않았는데 만날 약속을 잡으라고 했다.

오후 5시가 되었을 때 이광의 방 안으로 사내 2명이 안내되어 들어섰다. 이곳은 인터컨티넨탈호텔 스위트룸, 방 안에서 기다리던 이광과 비서실장 안학태가 둘을 맞았다. 정중하게 인사를 나눈 사내는 리비아 정보국의 부국장인 쿠샤브다. 리비아에서 여러 번 만난 터라 이광은 웃음 띤 얼굴로 바로 물었다.

"대령, 파리에서 만나자는 이유는 뭡니까?"

이광이 파리에 온 목적이 이것이다. 그때 쿠샤브의 옆에 앉은 사내가 이광 앞에 서류 봉투를 놓았다. 이광이 봉투에서 시선을 떼었을 때 쿠샤브가 말했다.

"저는 지도자 각하의 지시를 받아서 이 회장께 정보를 드리려고 온 겁니다."

쿠샤브가 눈으로 서류를 가리켰다.

"봉투 안에 오카다 겐지의 신상 자료와 그자가 상담한 무사크파 대리인 하브라와의 대화가 녹음된 테이프가 있습니다."

이광의 이맛살이 찌푸려졌고 안학태는 숨을 들이켰다. 이광이 머리만 끄덕였을 때 쿠샤브가 말을 이었다.

"무사크파는 아랍권을 떠나 리비아에서 머물고 있지만 활동을 중지한 것이 아니지요."

무사크파는 아랍권 테러단체로 극렬한 반미주의자들이다. 베이루트, 시리아를 중심으로 활동하던 무사크파는 미국과 연합군의 공세에 밀려 조직이 축소되었고 결국 리비아, 이라크, 아프가니스탄 등지로 흩어졌던 것이다. 그 무사크파 대리인을 오카다 겐지라는 일본인이 만난 자료라는 것이다. 그때 쿠샤브가 이광에게 물었다.

"어떤 내용인지 짐작이 가십니까?"

이광의 얼굴에 쓴웃음이 번졌다.

"오카다가 이나카와회의 대리인이지요?"

"변호사더군요. 오카다가 하브라를 알렉산드리아에서 만났습니다. 하브라가 연락을 받고 이집트의 알렉산드리아까지 간 것이지요."

"이나카와회가 무사크파하고 거래관계가 있습니까?"

"전(前)에 무사크파를 통해 마약을 사들였지요."

쿠샤브의 얼굴에도 쓴웃음이 번졌다.

"우리가 무사크파에게 지지를 제공해주고는 있지만 이 회장님과 관계되는 일에는 눈을 감아줄 수가 없었습니다. 그래서 지도자 동지의 지시를 받고 온 것입니다."

"마르카."

자리에서 일어선 이광이 마르카를 맞았다. 오후 6시 반, 호텔방이다. 두 손을 벌리고 다가간 이광이 마르카의 손을 잡았다. 예전에는 안 그랬다. 지금 방에는 둘뿐이다. 보는 사람도 없는 터라 마르카는 달려와 이광의 목을 감고 매달렸을 것이다. 마르카는 몸무게가 좀 나간다. 그래서 이광은 단단히 두 발을 딛고 서서 허리를 감아 안았을 것이다. 그런데 지금 마르카는 주춤주춤, 비틀비틀 다가와 이광이 내민 두 팔에 두 손을 맡긴다. 얼굴에 웃음이 떠올라 있었지만 입술 끝이 희미하게 경련을 일으키고 있다. 얼굴색이 처음에는 붉어졌다가 지금은 노래졌다. 표시가 난다, 죄를 지은 표시, 어색함. 그때 이광이 마르카의 손을 끌고 소파에 앉혔다. 이것도 다른 때 같으면 긴 쪽 소파에 나란히 앉았을 것이다. 거기서 밀어 넘어뜨렸던 때가 많았으니까. 그러나 지금은 마르카를 긴 쪽에 앉히고 나서 이광은 1인용 자리에 앉았다.

"마르카, 아름답구나."

홀린 듯한 표정으로 마르카를 보면서 이광이 말했다.

"넌 시간이 지날수록 더 예뻐지는 것 같다."

사실이다. 마르카한테서 빛이 나는 것 같다. 마르카가 두 손으로 볼을 감쌌다가 내리면서 물었다.

"리, 그동안 바빴어요?"

"그래, 마르카. 연락도 못 해서 미안해."

"나도 미안해요, 리."

"하사드한테서 들었어, 정교수가 되었다고?"

"네, 하지만 아직 수습이라 1년쯤 지나야 돼요."

"네 부친께서도 자랑으로 여기신다고 하더라."

"모두 리 덕분이죠."

"그럼 벗을래?"

이광이 불쑥 말하고는 웃었다.

"네 알몸을 보고 싶다, 홀랑 벗은 몸을."

그때 마르카가 심호흡을 하더니 자리에서 일어섰다. 두 눈이 조금 충혈되었고 입술은 꾹 물려져 있다. 이광의 얼굴에 웃음이 떠올랐다.

"너하고의 섹스가 어쨌는지 도무지 생각이 나지 않아서 말이야."

마르카는 가만히 서 있었고 이광이 한숨을 뱉었다.

"네 몸을 봐야 어떤 섹스였는지를 기억할 수 있을 것 같다."

"……."

"너도 짐작하고 있겠지만 내가 여자가 많아서 그래."

"……."

"그래서 앞으로는 사진을 찍어놓고 기억을 하려는데, 어때?"

마르카가 시선을 내리더니 입은 더 꾹 다물었다. 이광이 길게 숨을 뱉더니 손을 들어 보였다.

"린린, 자리에 앉아."

그 순간 이광이 어깨를 추켜올렸다가 내렸다.

"이런, 또 실수를 했군."

다른 여자 이름을 불렀다는 말이다. 이제 마르카는 하얗게 굳어진 얼굴로 시선을 내렸고 이광이 입맛을 다셨다.

"마르카, 할 이야기가 있어."

"……."

"내가 오늘은 그냥 너하고 즐기고 나서 내일 아침에 이야기하려고 했는데 욕심은 그만 부려야겠다."

"……."

"내가 곧 결혼해야 될 것 같다. 상대는 물론 한국인이야."

"……."

"마르카, 미안해. 내가 보상을 어떻게 해주면 되겠냐? 말해봐."

"……."

"너한테 가장 미안한 것 같다."

"……."

"이게 내 본성이야, 결혼 이야기는 너하고 즐긴 후에 내일 아침에 할 계획이었던 것."

이광의 얼굴에 쓴웃음이 번졌다.

"내가 하사드한테도 이야기하겠다. 하사드가 화를 내겠지만 내가 설득해야겠지."

"……."

"린린, 아니 마르카 정말 미안해."

그때 마르카가 자리에서 일어섰다. 두 눈이 번들거리고 있다.

"저 가도 되죠?"

"아, 그럼."

따라 일어선 이광이 길게 숨을 뱉었다.

"마르카, 미안해, 잘살아라."

마르카가 방을 나갔을 때 샌디가 들어섰다. 샌디는 멕시코 사업의 연락관 역할이다. 시치미를 뚝 뗀 얼굴로 다가온 샌디가 이광 앞에 섰다.

"보스, 오카다 겐지가 지금 홍콩에 있습니다."

이광의 시선과 부딪치자 샌디가 얼른 외면했다. 그러나 말은 잇는다.

"홍콩 리버티호텔에 투숙하고 있는데 주위에 아랍인 둘이 있습니다."

"……."

"무사크파 연락책인 것 같습니다."

쿠샤브한테서 들은 정보를 린드버그를 통해 CIA에 전했고 지금 서울에 있는 오금봉한테도 연락을 한 것이다. 머리를 끄덕인 이광이 샌디를 보았다.

"샌디, 무사크파와 이광과의 싸움인가?"

그때 시선을 든 샌디가 이광을 보았다. 이광도 샌디의 검은 눈동자에 박힌 자신의 얼굴을 보았다. 샌디가 입을 열었다.

"무사크파는 리스타를 당할 수 없습니다."

샌디는 이광을 리스타로 표현했다. 어깨를 부풀렸다가 내린 샌디가 말을 이었다.

"리스타는 아직 조직이 갖춰지기 전이지만 무사크파가 큰 실수를 한 것이지요, 내막을 알았다면 청부를 받지 않았을 것입니다."

그렇다, 청부다. 테이프에 다 기록되어 있다.

오금봉이 녹음기의 버튼을 눌렀다. 저장된 테이프는 파리에서 전화 상으로 보내온 것을 다시 서울에서 녹음한 것이다. 주위에는 하동일 상무, 권기택 상무가 둘러앉아 있다. 둘은 안기부 간부 출신으로 이번에 오금봉과 함께 리스타유통으로 옮겨온 것이다. 곧 녹음기에서 목소리가 울렸다.

"그럼 3백만 불로 합시다."

굵은 사내의 목소리다. 얼굴은 보이지 않았지만 양고기를 주식으로 삼는 아랍계 성대로 짐작이 된다. 그때 일본식 억양으로 사내 목소리가 들렸다.

"좋습니다. 선금으로 1백만 불, 성공하면 2백만 불을 드리지요."

"장소는 파리, 두바이, 홍콩, 이 세 군데 중 하나로 잡지요."

"우리가 그자 스케줄을 보내 드릴 테니까 당장 시작해 주세요."

"좋아요, 스케줄은 정확합니까?"

"그자 비서실에 정보원이 있어요."

"그럼 됐군."

"계좌 번호를 주세요."

녹음이 끊기자 오금봉이 둘을 번갈아 보았다.

"우선 비서실의 간첩을 찾아."

"한 시간 안에 찾지요."

권기택이 표정 없는 얼굴로 말했다.

"회장님 스케줄을 볼 수 있는 인물이 몇 명 안 됩니다. 찾아내겠습니다."

"그럼 그건 권 상무가 맡고."

오금봉이 하동일을 보았다.

"하 상무는 특공팀을 만들어라, 권 상무가 한 시간 걸린다고 했으니까 너도 한 시간 준다."

전용기는 대서양 위에 떠 있다. 목적지는 뉴욕, 앞쪽 전용실의 침대에 누워 있던 이광이 잠에서 깨어났다. 비행기는 흔들리지도 않고 떠 있었기 때문에 호텔방에 누워 있는 것 같다. 이윽고 침대에서 일어난 이광이 옆쪽 세면장으로 들어가 씻고 나왔다. 4시간쯤 잔 것이다. 창밖은 환한 햇살이 비취고 있다. 옷을 갈아입은 이광이 버튼을 누르자 스튜어디스가 들어왔다. 금발에 아담한 체격의 스튜어디스가 웃음 띤 얼굴로 인사했다.

"잘 주무셨어요? 커피 드릴까요?"

"고마워, 그리고 샌디와 미스터 안을 불러줘."

"네, 미스터 리."

몸을 돌린 스튜어디스가 풍만한 엉덩이를 흔들면서 방을 나갔다.

잠시 후에 이광은 안학태, 샌디하고 셋이 둘러앉아 있다. 셋 앞에는 커피 잔이 놓여서 방 안은 커피 향에 싸였다. 이광이 입을 열었다.

"조직이 필요해."

안학태와 샌디가 긴장한 듯 움직임을 멈췄다. 한 모금 커피를 삼킨 이광이 말을 이었다.

"이번 사건으로 깨달았어, 조직이 없으면 남한테 목숨을 맡기고 사는 것이나 같다.”

“……”

“카다피 측에서 이번 정보를 주지 않았다면 나는 함정 속을 다니는 꼴이 되었겠지.”

이광의 시선이 샌디에게로 옮겨졌다.

“샌디, CIA 측 반응은 어때?”

“놀랍다고 했습니다.”

샌디가 반짝이는 눈으로 이광을 보았다.

“알렉산드리아에서 무사크파 대리인과 일본 야쿠자 대리인이 협상을 하는 것까지는 파악할 수 없었으니까요.”

샌디의 얼굴에 쓴웃음이 번졌다.

“오카다 겐지는 감시 대상 인물도 아니었고 하브라는 육로로 리비아에서 건너왔습니다.”

“CIA도 한계가 있어, 그렇지?”

불쑥 이광이 묻자 샌디가 머리를 끄덕였다.

“물론입니다.”

“그 어느 국가의 정보기관도, 그렇지?”

“그렇습니다.”

이광이 입을 다물었기 때문에 방 안은 잠깐 정적으로 덮였다. 비행기의 옅은 엔진음만 고막을 울리고 있다. 조직이 필요하다는 말은 정보가 중요하다는 말이나 같다. 그래서 각 국가마다 정보기관을 가장 중요한 부서로 취급하는 것이다. 그것은 기업도 마찬가지다. 이광처럼 세계 각지에, 그것도 위험요소가 많은 기업체를, 더구나 국가를 대리해서 사업을 하는 기업가에게 정보는 생명과 직결되는 것이다. 이윽고 이광이 안학태에게 물었다.

"지금 홍콩 시간은?"

"예, 오후 8시 반입니다."

안학태가 시계도 보지 않고 대답했다. 그것은 이광과 같은 생각을 하고 있었다는 증거다.

본토라고 부르는 중국 대륙의 요리는 수백 가지가 되지만 오카다는 본토 요리 중 샤브샤브를 좋아했다. 그것도 매운 양념을 넣은 육수에 쇠고기를 데쳐 먹는 것을 특히 좋아했다. 오늘 저녁에도 오카다는 엘리스와 함께 로얄식당의 룸에서 샤브샤브를 먹는다.

"엘리스, 이 식당 샤브샤브가 제일 낫다."

고기를 삼킨 오카다가 감탄했다. 이마의 땀을 물수건으로 닦은 오카다가 지그시 엘리스를 보았다. 엘리스는 어젯밤 클럽에서 건진 홍콩 아가씨다. 물론 콜걸이지만 오뚝 선 콧날에 장신에 글래머 체격의 몸매다. 오카다가 좋아하는 스타일이다.

"오카다 씨, 잠시 후에 더 맛있는 고기를 가져온다고 했어요."

엘리스가 눈웃음을 치면서 말했다. 원탁에서는 펄펄 끓는 육수에 고기가 익어 갔고 오카다는 70도짜리 고량주를 다섯 잔이나 마셨다. 오늘 밤 엘리스와의 시간을 상상하면 온몸에서 기운이 솟는 것 같다.

"자, 엘리스, 한 잔 마셔."

오카다가 엘리스의 잔에 술을 따랐을 때 종업원 둘이 고기가 담긴 수레를 밀고 들어왔다.

"오, 훌륭해."

수레에 담긴 고기 접시를 본 오카다가 얼굴을 펴고 웃었다. 붉은 고기가 먹음직스럽게 깔려 있다. 식탁 중앙의 냄비 안에는 육수가 펄펄 끓고 있다. 그때 종업원 하나가 고기 접시를 오카다 앞에 놓았다.

"옳지, 신선하구나."

고기 한 점을 젓가락으로 집은 오카다가 끓는 육수에 넣으면서 다시 감탄했다.

"맛있겠다."

그 순간이다. 오카다는 목 안으로 얼음 날이 지나가는 느낌을 받았다. 그래서 입을 딱 벌리고 소리를 질렀지만 소리가 뱉어지지 않았다. 동시에 오카다의 치켜뜬 눈이 옆쪽에서 번뜩이는 칼날을 보았다. 칼날에 피가 잔뜩 묻어 있다. 그리고 종업원의 손에 칼이 쥐어져 있다. 얼굴은 무표정하다. 오카다의 시선이 앞쪽에 앉은 엘리스에게로 옮겨졌다. 엘리스는 일어나고 있다. 그러면서 옆쪽 종업원에게 말하는 소리가 선명하게 들렸다.

"저 가도 되죠?"

오카다는 다시 비명을 힘껏 질렀다.

"으아악!"

그러나 잘린 성대에서는 소리가 나지 않았고 대신 핏줄기가 앞쪽으로 뿜어졌다. 피가 끓는 육수 그릇에 떨어져 붉게 익는다. 선짓국이 된다. 그다음 순간 그 육수 그릇이 종업원 하나에게 들려지더니 오카다의 머리 위로 쏟아졌다.

"으아악!"

다시 입만 벌리면서 소리 없는 외침을 뱉은 오카다가 얼굴이 익은 채 식탁 위로 엎어졌다. 이제는 눈도 보이지 않는다.

"저놈이구나."

박영태가 앞쪽을 보면서 말했다. 오후 9시 반, 박영태는 심복 최근상과 함께 광안리의 횟집 골목에 서 있다.

"저놈이 여기서 놀고 있었군."

혼잣소리처럼 박영태가 말했을 때 최근상이 잠자코 골목 밖으로 나갔다. 최근상의 뒤를 7, 8명의 부하가 따라 나간다. 어두운 골목 안에 10여 명이 들어와 있었던 것이다. 밖으로 나간 최근상이 길 건너편의 식당 안으로 들어가더니 곧 손님들이 뛰어나오는 소동이 일어났다. 엎어지고 자빠지면서 손님 10여 명이 쏟아져 나오더니 사방으로 정신없이 도망쳤다. 이어서 최근상이 부하들과 함께 사내 둘을 끌고 나왔다. 두 사내는 이미 얻어맞아서 얼굴이 피범벅이 된 데다 제대로 걷지도 못 한다.

"가자."

일이 쉽게 끝났지만 박영태는 긴장을 풀지 않은 표정으로 말했다. 발을 뗀 박영태가 다가온 최근상에게 소리치듯 말했다.

"폐차장으로 데리고 가."

며칠 전 백기춘이 폐차와 함께 쇳덩이가 된 곳이다.

고춘성은 손가락이 4개 절단되었을 때 입을 열었다. 한 번 입을 연 후에는 장마 때 수문이 열린 것처럼 말이 쏟아져 나왔는데 마약 공급자와 도매상을 다 불었다. 고춘성이 죽은 백기춘의 마약 총괄책이었던 것이다. 박영태로부터 보고를 받은 오금봉의 얼굴에 쓴웃음이 떠올랐다. 오후 10시 반이다.

"고춘성을 살려놓도록 해, 박 사장."

"예, 사장님."

박영태로서는 오금봉의 지원이 천군만마를 얻은 것이나 같다. 고춘성의 존재를 알게 된 것도 오금봉이 정보를 주었기 때문이다. 오늘 오후까지도 박영태는 고춘성을 알지도 못 했던 것이다. 그만큼 백기춘이 마약 사업을 극비로 진행시켰다.

"그놈이 이나카와회하고 연결되는 놈이니까 말이야."

오금봉이 말을 이었다.

"오늘 밤 안에 여기서 사람들이 내려갈 거야, 박 사장이 협조하도록 해."

"물론입니다, 사장님."

박영태의 생사가 달린 문제나 같은 것이다. 마약 사업으로 백기춘은 재산을 늘렸고 이나카와회와 동맹관계를 맺어 기반을 굳혔다. 마약 조직을 궤멸시키지 않으면 백기춘의 조직은 다시 일어난다. 전화기를 내려놓은 오금봉이 권기택을 보았다.

"자, 네가 내려가서 끝내."

린드버그와 샌디는 같은 CIA 요원이지만 전에는 한 번도 만난 적이 없다. 이광 때문에 알게 된 것이다. 린드버그는 해외작전국장 해밀턴의 지시로 이광에게 임대(?)된 신분이고 샌디는 파견된 입장인데 린드버그가 3년쯤 경력이 많은 데다 이광한테 온 지도 1년쯤 빠르다. 오늘 둘은 뉴욕으로 날아가는 전세기 안에서 마주 보고 앉아 있다. 30인승 전세기 안에 절반쯤 탄 터라 빈자리도 많고 갖가지 편의시설이 구비되어 있어서 호텔 같다. 린드버그가 입을 열었다.

"아시죠? 회장이 KCIA 고위층 하나를 리스타유통 사장으로 영입한 것 말입니다.”

“알아요.”

샌디가 똑바로 린드버그를 보았다.

“제가 서울에 있을 때였어요.”

“이제 리스타 그룹에서 KCIA 같은 조직이 만들어지는 겁니다.”

“필요하기도 해요.”

“리스타 그룹에서 KCIA는 물론 CIA에 정보 요청이나 도움을 필요로 하지 않게 될 겁니다.”

샌디가 입을 다물었고 린드버그의 말이 이어졌다.

“이 회장의 인맥이 후세인, 카다피, 중국에까지 넓어지는 마당에 정보 기능까지 강화되면 막강한 힘이 생길 겁니다.”

“……”

“더구나 리스타는 한국의 조폭계에 기반을 굳힌 데다 멕시코에 이어서 야쿠자하고도 얼굴을 맞대게 되는 상황이 되었어요.”

그때 샌디가 물었다.

“린드버그 씨, 무슨 말씀을 하시려는 거죠?”

린드버그가 빙그레 웃었다.

“샌디, 짐작하고 계실 텐데.”

“리스타 그룹으로 옮겨가겠다는 건가요?”

“그렇습니다.”

“회사는 어떻게 하고요?”

“직속상관 해밀턴은 반대하지 않을 겁니다.”

“리스타에 근무하면서 지금처럼 일하기를 기대한다는 겁니까?”

“아마 그러겠지.”

샌디의 얼굴에도 웃음이 떠올랐다.

"가능할까요?"

"불가능하지만 어쩔 수가 없지."

"그걸 지금 나한테 말하는 이유는 뭐죠?"

"그것도 짐작하고 계실 텐데, 샌디."

"난 못 갑니다."

"이유는?"

"난 린드버그 씨만큼 꿈이 크지 않아요. CIA에서 내 맡은 일이나 할 겁니다."

"당신 능력이 필요한 사람이 찾는다면?"

"누군데요?"

"이 회장."

"이 회장이 시켰나요?"

"아니, 전혀."

"그럼 포로처럼 날 끌고 들어가서 가격을 올리겠다는 계산인가요?"

"그것 좋은 생각이군."

머리를 끄덕인 린드버그가 지그시 샌디를 보았다.

"샌디, 남자친구가 일본인이었지요?"

"과연 최고 수준의 정보원이시군요."

샌디가 눈을 좁혀 뜨고 웃었다.

"그건 아무도 모를 줄 알았는데."

"미안, 샌디. 아픈 데를 건드릴 의도는 아니었는데, 사과하지요."

정색한 린드버그가 처음으로 샌디와 시선을 마주쳤다. 린드버그가 유리알 같은 눈으로 응시하면서 말을 이었다.

"샌디, 요즘 샌디가 보스 옆에 머무는 기회가 많아서 묻는데, 보스의 여자관계를 아시지요?"

"일부분만."

샌디가 쓴웃음을 지었다.

"린드버그 씨, 내가 또 짐작해도 돼요?"

"이번에는 잘못 짚으실 것 같은데."

따라 웃은 린드버그의 시선이 비껴 났다.

"그럼 샌디, 그 짐작을 말해 보시든지."

"내가 동양 남자 스타일이라고 생각하시는군요."

"저 봐."

린드버그가 다시 웃었다.

"내가 내민 가짜 미끼를 덥석 물었네, 샌디."

"나도 해밀턴 씨가 보냈지만 미인계는 아니었어요, 린드버그 씨."

"보스가 미인계에 넘어갈 위인은 아니지."

"난 오줌통 역할은 체질에 안 맞아요."

"글쎄 틀렸다니까."

그때 샌디가 정색했다.

"아까부터 계속 리를 보스라고 부르시는데 이미 마음을 굳히셨군요."

"그래요, 샌디."

"그럼 나에게 하고 싶은 말을 해 보시죠, 뜸은 그만큼 들였으면 충분하니까."

"샌디, 보스의 보좌관이 돼줘요."

그 순간 샌디가 풀썩 웃음을 터뜨렸다.

"섹스 보좌관?"

"뭐 그렇게 돼도 상관없겠지만."

"사양합니다."

"샌디가 리스타유통과 CIA, 또는 KCIA의 정보를 적절히 분석, 분배해 줄 적임자요."

샌디의 시선을 받은 린드버그가 말을 이었다.

"난 리스타유통의 CIA 관계 업무를 책임질 예정이거든, 그래서 샌디하고 호흡을 맞출 수 있을 겁니다."

이제 샌디는 입을 다물었다.

비행기가 뉴욕에 도착하기 30분 전이라는 기장의 방송이 나왔을 때 이광은 앞쪽 전용실에서 안학태, 린드버그와 셋이 앉아 있었다. 방금 린드버그는 이광에게 리스타로 옮기겠다는 결심을 말한 것이다. 말이 끝났을 때 이광이 머리를 끄덕였다.

"고마워, 린드버그. 널 리스타유통의 중역으로 받아들이지. 바로 오 사장한테 연락을 하겠어."

"샌디에게도 권했습니다."

정색한 린드버그가 말을 이었다.

"보좌관으로 채용하시지요. CIA, KCIA 관계 업무 조정역에 적격입니다. CIA 근무 경력이 필요하거든요."

"본인이 오해할 것 같은데, 린드버그."

이광이 웃음 띤 얼굴로 말을 이었다.

"미인에다 매력이 있거든. 본인은 그것 때문에 보좌관으로 추천을 받은 것으로 알 거야."

"그래서 그럼 어떠냐고 했습니다. 이제는 그것을 스스로 인정하고 부딪치라고 했습니다."

"자격지심이 강해. 억지로 끌어들일 필요는 없어."

머리를 저은 이광이 말을 이었다.

"내가 피곤해져, 린드버그."

"알겠습니다, 보스."

선선히 시인한 린드버그도 머리를 끄덕였다.

"기회가 오겠지요."

공항에는 해밀턴이 마중 나와 있었는데 이젠 그만큼 이광의 위상이 높아졌다는 의미가 될 것이다. 차가 공항을 빠져나오기도 전에 해밀턴이 이광에게 말했다.

"일주일 후에 국무장관 매킨지가 중국 외교부장 요진을 만날 겁니다."

이광의 시선을 받은 해밀턴이 이를 드러내고 웃었다.

"15일 후에는 우리 부통령이 화오방 서기를 만나기로 일정이 잡혔습니다."

"빠르군요."

"서로 필요하니까요."

해밀턴이 말을 이었다.

"이 회장 덕분입니다. 그리고 등소평 동지하고 우리 대통령은 푸저우에서 만나기로 했어요."

푸저우다.

뉴욕 맨해튼의 워싱턴호텔은 작지만 초특급 호텔이다. 모두 스위트

룸이어서 외국 고위 관리나 대기업 총수가 투숙하는 호텔인데 오늘 이광이 손님으로 와 있다. CIA 국장 후버가 예약을 해놓은 것이다. 밤 11시 반, 응접실에 앉아 있던 이광에게 안학태가 다가왔다.

"회장님, 전화 왔습니다."

안학태가 외면한 채 탁자 위에 놓인 전화기를 손으로 가리켰다.

"받으시는 게 나을 것 같습니다. 파리의 마르카 씨입니다."

안학태는 이광과 마르카 사이를 아는 것이다. 마르카가 하사드의 누나라는 것도 안다. 이광이 전화기를 들자 안학태는 서둘러 방을 나갔다. 파리는 오전 5시 반일 것이다. 이광이 송화구에 대고 말했다.

"마르카, 무슨 일이야?"

"리, 미안해요."

마르카가 가라앉은 목소리로 말했다.

"집에 돌아와서 생각했어요, 당신한테 연락이 안 되어서 하사드한테 부탁했죠."

"……."

"하사드가 당신 전화번호를 알려주더군요."

"아, 그랬어?"

"리, 미안해요."

"글쎄, 마르카, 네가 미안할 이유가 없다니까, 내가 오히려 미안하지."

"당신은 일부러 그랬어요."

"무슨 말이냐?"

"리, 집에 있던 장피에르를 내보냈어요, 어젯밤에 나갔습니다."

"……."

"날 자유롭게 놓아주려고 그런 줄 알아요, 미안해요. 리, 제가 잘못했

243

어요."

"……."

"당신을 기다리고 살겠어요, 리."

"……."

"다시는 당신을 배신하지 않겠어요. 그 이유는……."

마르카의 목소리에 울음이 섞였다.

"당신을 사랑하기 때문이에요, 리. 장피에르하고 있을 때도 항상 불편하고 허전했어요."

"……."

"지금은 안정이 되네요."

"……."

"잘못했어요, 리."

"……."

"언제까지라도 기다릴게요."

그러고는 통화가 끊겼다. 이광이 전화기를 내려놓으면서 이 사이로 말했다.

"역효과를 냈어."

어깨를 늘어뜨린 이광이 다시 혼잣소리를 잇는다.

"그냥 둘 걸 그랬어."

응접실에 혼자 있는데도 이광이 목소리를 낮췄다.

"그래, 내가 미련이 있었던 거야. 그것을 마르카가 눈치를 챈 것이고"

기제의 스핑크스 앞에 선 하브라가 선글라스를 벗더니 얼굴의 땀을 닦았다.

"알무, 가자. 너무 덥다."

"그러지요."

알무는 하브라의 경호원이다. 오후 6시에 베이루트로 출발하는 비행기 시간까지 여유가 있었기 때문에 하브라는 기제의 스핑크스, 피라미드 구경을 나온 것이다. 앞장을 선 하브라가 다시 투덜거렸다.

"차라리 집에 있을 걸 괜히 나왔다."

대절해 온 택시는 나무 그늘 밑에서 기다리고 있었기 때문에 둘은 서둘러 걸었다. 오후 1시 반이다.

"알무, 시내에 가서 다시 홍콩에다 전화를 한번 해봐."

차로 다가가면서 하브라가 말을 이었다. 베이루트, 시리아에서 파견한 해결사들이 도착할 시간이 된 것이다. 택시로 다가간 둘은 서둘러 뒷자리에 올랐다. 에어컨을 켜놓은 택시 안이 시원했기 때문에 하브라의 얼굴에 웃음이 떠올랐다.

"좋군."

"갑시다."

알무가 말했을 때 택시 운전사가 머리를 돌려 그들을 보았다. 웃음띤 얼굴이다.

"어?"

놀란 하브라가 눈을 크게 떴고 알무는 경호원답게 동작이 빨랐다. 서둘러 점퍼 안의 권총 손잡이를 쥐었을 때다. 뒤쪽 창가로 다가온 사내 둘이 내민 권총 총구가 보였다. 소음기를 낀 총구가 길다.

"퍽, 퍽, 퍽, 퍽, 퍽, 퍽, 퍽."

2개의 총구에서 발사음이 계속해서 울렸고 뒷좌석의 둘은 총탄에 맞을 때마다 몸이 펄떡거리더니 총격이 그치자 시체가 되어서 늘어졌다. 한낮이다. 그러나 주위에는 더위를 피해 다들 흩어져 있었기 때문에 아무도 신경을 쓰지 않았다.

그 시간의 홍콩은 오후 7시 반이다. 구룡반도의 로얄호텔 뒤쪽 골목에 위치한 일식당 오사카 방에 둘러앉은 네 사내가 막 저녁 식사를 시작하고 있다. 식탁 위에는 회와 튀김에다 초밥까지 가득 요리접시가 놓였는데 사내들의 젓가락질이 서툴렀다. 사내들은 모두 양복 차림이었지만 중동계였기 때문이다.

"포크를 달라고 해야겠다."

마침내 사내 하나가 말하더니 벨을 눌러 종업원을 불렀다. 포크 4개를 시킨 사내가 쓴웃음을 지었다.

"난 이해를 못 하겠어. 꼭 젓가락, 포크를 써야 되나? 훌륭한 손가락이 있는데 말이야."

그때 방문이 열렸으므로 모두 웃음 띤 얼굴로 문 쪽을 보았다. 그 순간이다.

"타타타타타타타타, 탁탁탁."

소음기를 낀 기관총 발사음이 그렇게 울렸다. 종업원 복장의 사내 둘이 기관총을 난사하고 있는 것이다.

"타타타타타타탁탁탁!"

다음 날 오전 10시가 되었을 때 이광의 방으로 손님들이 찾아왔다. CIA 부장 후버와 해외작전국장 해밀턴이다. 인사를 마치고 응접실에는 넷이 둘러앉았다. 이광과 비서실장 안학태, 후버와 해밀턴이다. 후버가 웃음 띤 얼굴로 이광을 보았다.

"여기서 멕시코로 가신다고요?"

"예, 부장님."

"거기, 위험할 텐데, 괜찮겠습니까?"

"아카풀코에는 기반이 조금 굳어져서요."

이광과 후버가 이야기를 주고받는 동안 비서실 소속의 여직원 둘이 마실 것을 내려놓고 돌아갔다. 말을 그친 후버가 돌아가는 여직원의 엉덩이를 홀린 듯이 보더니 이광에게 물었다.

"우리 요원이 리스타 비서실에 투입되어 있지요?"

"누구 말입니까?"

이광이 되묻자 해밀턴이 대답했다.

"샌디 말입니다."

"아, 샌디."

그때 후버가 말을 이었다.

"린드버그란 요원은 사직서를 내었는데 샌디는 CIA에 남겠다고 했다는군요."

"아, 예."

"그래서 어젯밤에 해밀턴이 샌디한테도 리스타로 옮기라고 했습니다."

이광의 시선을 받은 후버가 빙그레 웃었다.

"리스타를 도와 드리라고 한 것이죠."

"감사합니다, 부장님."

"나는 미스터 리를 믿습니다."

정색한 후버가 말을 이었다.

"리스타 정도면 정보관리 체제를 갖추는 것이 기업 경영에도 유리하고 우리한테도 득입니다."

"……."

"리스타의 기업 방향이 우리하고 맞기 때문이기도 하지요."

한국과 미국은 동맹국 관계인 것이다. 한국의 안기부가 정보수집, 작전까지 맡고 있지만 범위에 제한이 있다. 그러나 리스타유통은 얼마든지 폭을 넓힐 수 있는 것이다. 시장조사, 시장개척의 명분으로 KCIA가 접근하지 못한 지역에도 진출해 있는 상황이다. 이제 리스타유통이 활성화되면 거대한 정보기구가 탄생되는 것이다.

"감사합니다."

이광이 후버에게 앉은 채로 머리를 숙여 사례했다. 샌디를 이곳에 보내겠다는 것은 동맹관계를 맺자는 말이나 같다. 후버는 CIA나 리스타유통의 동맹을 확인하는 의미로 방문했다고 봐도 될 것이다.

후버를 배웅한 이광이 다시 방으로 돌아왔을 때 안학태가 웃음 띤 얼굴로 말했다.

"회장님, 샌디가 기다리고 있습니다."

이광이 머리를 끄덕이자 곧 안학태가 샌디를 데리고 들어왔다. 샌디가 이광의 시선을 받더니 조금 얼굴이 붉어졌다. 샌디가 외면하고 말했다.

"저, 리스타유통으로 옮겨가고 싶습니다."

"조금 전 후버 부장이 네 이야기를 하고 갔어."

이광이 정색하고 샌디를 보았다.

"널 받아 달라고 부탁했어."

"……."

248

"그건 뭘 의미하는지 알겠지?"

"알고 있습니다."

"CIA와 리스타유통의 동맹관계야."

"예, 회장님."

"리스타를 위해서 CIA를 이용할 수 있다는 증거이기도 해."

"……."

"하지만 후버 씨하고 나는 CIA와 리스타의 이해가 달랐을 때의 경우는 말하지 않았어."

이광의 얼굴에 쓴웃음이 떠올랐다.

"그때의 샌디 입장에 대해서도 우리는 언급하지 않았다고."

"……."

"그때는 샌디가 결정을 해야겠지."

그때 시선을 든 샌디가 이광을 보았다.

"당장은 멕시코 업무에 최선을 다하겠습니다."

이광이 머리를 끄덕였다. 샌디는 본래 멕시코 업무 보조역으로 파견된 것이다.

오후 1시가 되었을 때 오금봉의 전화가 왔다. 이광이 응접실에서 전화를 받는다.

"카이로에서 무사크파의 대리인 하브라가 사살되었습니다."

오금봉이 신문기사를 읽는 것처럼 말을 이었다.

"같은 시간인 어제 오후 7시 반에 홍콩에서 무사크파 해결사 4명이 식당에서 사살되었습니다."

"그런가?"

"린드버그를 리스타유통의 해외사업국 상무로 임명했습니다."

"잘했어요."

전화기를 고쳐 쥔 이광이 말을 이었다.

"오전에 후버 부장이 왔는데 샌디를 리스타에 보낸다고 했어요. 오 사장이 리스타유통에 보직을 주도록."

"예, 리스타유통 부장급으로 회장 보좌역을 맡도록 하겠습니다."

오금봉이 바로 대답한 것은 예상하고 있었다는 증거다. 린드버그하고도 이야기를 했을 것이다.

"난 내일 멕시코로 들어갑니다."

이광이 오금봉에게 다시 확인하듯 말하고는 통화를 끝냈다. 오금봉의 리스타유통은 아직 완전하게 구성되지 않았지만 조직이 자리 잡고 있다.

그날 밤 아직 이광을 수행하고 있는 린드버그가 응접실에서 보고했다. 리스타유통 해외사업국장 신분으로 보고하는 것이다. 배석자는 비서실장 안학태와 이제 보좌관이 되어 있는 샌디까지 넷이다.

"카이로에서 작전을 마친 용병단 넷은 리비아로 돌아갔습니다, 회장님."

린드버그가 말을 이었다.

"조금 전 조백진 씨에게 사례금을 보냈습니다."

이광이 머리를 끄덕였다. 이제는 리스타유통이 직접 해결한다. 홍콩의 무사크파 해결사들도 마찬가지다. 조백진이 킬러 공급을 맡고 있는 것이다.

250

"오카다는 리스타에서 처리한 겁니다."

이또가 말하자 니시무라는 잠자코 찻잔을 들었다. 이나카와회 회장 니시무라는 격식을 좋아해서 차를 먹는데도 찻잔과 주전자, 찻잔 받침까지 제대로 놓여야 한다. 니시무라가 가장 존경하는 도요토미 히데요시의 다도를 10년 가깝게 연구했고 다도회까지 만든 니시무라. 이또가 말을 이었다.

"리스타에서 우리를 노리고 있다고 봐야 될 것 같습니다, 회장님."

이또는 니시무라의 심복으로 이나카와회 고문이다. 니시무라는 심복 3명을 각각 고문으로 임명해서 지역을 나눠주고 조직을 관리시켰는데 야쿠자 조직 중 가장 체계가 잡혔다는 평을 받았다. 그 평은 일본 경찰의 평이다. 한 모금 차를 삼킨 니시무라가 머리를 세워 차가 목구멍으로 부드럽게 흘러가도록 했다. 니시무라는 56세, 38세부터 이나카와회를 이끌었으니 올해로 18년째다. 반백의 머리에 붉은 얼굴, 주름살이 없고 팽팽한 피부, 골프로 단련된 날씬한 몸, 중키에 둥근 얼굴이어서 마음씨 좋은 빵집 아저씨 인상이지만 잔인하고 차가운 성격이라 별명이 쇠갈쿠리다. 젊었을 때 쇠갈쿠리로 사람을 찍었기 때문이기도 하다. 찻잔을 내려놓은 니시무라가 이또를 보았다.

"무사크파 연락책하고는 연락이 안 되나?"

"죽은 오카다만 압니다, 회장님."

"오카다 목을 그은 건 리스타, 아니 이광이 고용한 중국 놈들이겠지?"

"삼합회 쪽을 알아봤는데 아직 정보가 안 나옵니다. 그쪽은 홍콩에도 수십 개 조직이 퍼져 있어서요."

다시 찻잔을 든 니시무라가 눈을 가늘게 떴다.

"이광이 푸저우에 대규모 공장을 운영하고 있어. 중국 정부 관리들하고도 관계가 좋고."

"나까무라가 열심히 조사하고 있습니다."

"그 자식이 백기춘이도 죽였겠지?"

"글쎄요."

이또가 머리를 기울였다. 백기춘은 실종 상태인 것이다. 그러나 마약 조직은 붕괴되었다. 하급 소매상 몇 명만 돌아다니는 모양이지만 중간상 도매상은 모두 실종되거나 병신이 되었다. 이것도 모두 이광의 짓이다.

"어떻게든 그놈을 죽여야 돼."

마침내 니시무라가 눈을 크게 뜨고 말했다. 찻잔은 이미 내려놓았다.

"그놈이 원흉이야."

"지금 파리에 있는 것 같습니다."

"리스타 정보를 어디서 듣나?"

"서울에 사업장이 많으니까요. 본사 놈들이 자주 다니는 유흥업소에서 정보를 모으고 있습니다."

"그것으로는 부족하다, 이또, 이 자식아."

"알고 있습니다, 회장님."

그때 응접실로 사내 하나가 들어섰다. 또 한 명의 고문 사사끼다. 사사끼는 거인으로 유도 선수 출신이다. 니시무라의 경호와 감찰업무를 맡고 있었는데 정보팀과 행동대를 지휘하는 이또와 함께 니시무라의 양쪽 팔 역할이다.

"회장님, 경호팀을 2개 조 더 늘렸습니다."

앞쪽 자리에 앉은 사사끼가 거구를 들썩이며 말을 이었다.

"30명이 3교대로 근무하도록 했습니다."

총리의 측근 경호보다도 세다.

제6장
소피아의 실종

"이것이 니시무라의 도쿄 저택입니다."

서기홍이 벽에 붙은 스크린을 손으로 가리켰다. 대형 스크린에는 2층 저택이 붉은 선으로 그려져 있었는데 정원까지 갖춰진 대저택이다. 주택가 복판에 위치해 있고 앞쪽 도로는 1차선 일방통행이다. 서기홍이 말을 이었다.

"이건 일본 경시청에 보관된 사진을 CIA가 가져온 것인데 이번에 도쿄 CIA에 요청해서 가져왔습니다."

"잘했어."

오금봉이 쓴웃음을 짓고 말했다. 서기홍도 안기부 출신으로 리스타 유통의 부장이 되었다. 안면이 있는 CIA 요원을 통해 자료를 빼낸 것이다. 물론 CIA 후버 부장의 적극적인 지원 지시가 없었다면 불가능한 일이다. 상황실 안에는 간부들이 모여 있었는데 그중 절반이 안기부 출신이다. 마치 안기부 회의 같았지만 분위기는 밝고 활기에 차 있다. 오금봉이 저택을 응시한 채 말을 이었다.

"저택 구조야 그대로겠지만 현재의 경호상태, 니시무라의 동향을 알아야 돼.”

“예, 곧 파악될 겁니다.”

서기홍이 말을 이었다.

“지금쯤 니시무라도 오카다가 살해되고 무사크파하고도 연락이 끊긴 것을 다 알고 있을 테니까 대책을 세우고 있을 겁니다.”

그때 간부 하나가 말했다.

“이쪽으로도 정보원들을 집중시켰을 것입니다.”

다른 간부가 거들었다.

“이나카와회는 조직이 잘되어 있습니다. 조직 간 싸움에서 선수를 치는 것에 능하다고 소문이 났습니다.”

오금봉이 머리를 끄덕였다.

“생선 머리 자르기라고 하더군.”

“해결사를 보내는 건 쉽습니다만.”

서기홍의 목소리가 방을 울렸다.

“그 이후의 대책이 있어야 될 것 같습니다.”

“그렇지.”

오금봉의 얼굴에 웃음이 떠올랐다.

“바로 이것이 조직 회의야.”

손목시계를 본 오금봉이 간부들을 둘러보면서 말했다.

“그런데 곧 회장님이 뉴욕에서 멕시코로 들어가실 예정이야.”

모두 숨을 죽였고 오금봉의 말이 이어졌다.

“나도 내일 일찍 멕시코로 들어간다. 회장님보다 먼저 들어가서 준비를 해야 돼.”

오금봉의 시선이 서기홍에게 옮겨졌다.

"서 부장, 그동안 일본 작전은 준비를 해놓도록."

옆쪽에 앉아 있던 백갑상과 윤방철은 이것이 진짜 작전회의라는 생각이 들었다. 둘은 각각 국제그룹, 제일그룹의 중역으로 오늘은 옵서버로 회의에 참석한 것이다.

이광이 서류를 폈다. 샌디의 신상 명세서다. 린드버그가 조사해온 자료였으니 샌디의 일생이 다 담긴 자료라고 봐도 될 것이다.

"샌디 길포드, 30세, 스페인계 혼혈, CIA 입사경력 5년, 해외작전국 소속으로 멕시코 마피아 담당, 가족은 LA에 모친과 남동생 거주."

다음 장을 넘겼더니 샌디의 신상이다.

"27세 때부터 컴퓨터회사 직원인 일본인 노부사다와 2년간 교제, 1년 전에 헤어짐, 노부사다가 실직하고 방황한 것이 이유인 것 같음."

서류에 사내하고 같이 식사하는 사진이 붙여져 있다. 다시 서류를 넘기자 샌디의 성격, 활동 내역이 기록되어 있다.

"치밀하고 섬세한 성격, 조사활동은 A급, 멕시코 마피아 조사는 완벽함, 미모여서 남자들의 유혹을 많이 받으나 남자관계도 깨끗함. LA의 모친과 남동생의 생활비를 보조해 줌. 특히 남동생 마르코는 마약 거래로 교도소에 2번, 3년 동안 수감되었고 현재 LA에서 식당 종업원으로 근무하지만 끊임없이 샌디에게 돈을 요구함."

이광이 서류를 덮었다. 이광이 나이 들면서 느낀 점은 모든 사람이 걱정거리를 갖고 있다는 것이다. 걱정거리가 없는 사람은 없다. 다만 그것을 내색하지 않고 처리하는 사람과 대놓고 걱정하고 불만을 터트리는 사람으로 나누어져 있을 뿐이다.

샌디는 전자(前者)인 것 같다.

오전 10시 반이 되었을 때 린드버그와 샌디가 방으로 들어섰다. 안학태는 이번 이광의 멕시코 방문에 동행하지 않고 아침 일찍 서울로 돌아갔다. 이광의 지시로 본사 일을 처리하려는 것이다. 린드버그가 먼저 입을 열었다.

"유통 오 사장 일행이 오늘 저녁 무렵에는 아카풀코에 도착할 예정입니다."

샌디가 말을 받았다.

"아카풀코에 라리슨 조직원이 대거 투입되어서 상황이 더 나빠졌습니다. 산체스 조직은 로메로와 라리슨 패가 장악하고 있습니다."

샌디의 얼굴에 쓴웃음이 번졌다.

"둔한 것 같았던 로메로가 두각을 나타내고 있는 셈이지요."

"위기에 강한 인간이 있지."

머리를 끄덕인 이광이 말을 이었다.

"이제는 로메로가 아카풀코의 강자로 부상하고 있는 것 같군."

"라리슨 조직의 마뉴엘에게 충성을 맹세했겠지요."

샌디가 반짝이는 눈으로 이광을 보았다.

"라리슨 조직원을 끌어들이기 전에 로메로가 마뉴엘에게 충성맹세를 했을 겁니다."

"그런가?"

"마뉴엘이 그런 조건 없이 기동대를 보내는 인간이 아닙니다."

"오 사장이 전쟁을 치르겠군."

"전쟁이 격렬해질 것입니다."

샌디가 말을 이었다.

"라리슨 조직원은 대부분이 연고가 없는 용병단인 데다가 대부분이 마약 중독자니까요.”

“…….”

“총 몇 방 맞아도 좀비처럼 덤벼듭니다. 약이 마취작용을 하니까요.”

“나쁜 놈이군, 라리슨이. 부하들에게 약을 먹이고 전쟁에 보내다니.”

“전통입니다.”

이광이 린드버그와 샌디를 번갈아 보았다.

“내가 리스타유통을 설립한 이유를 아나?”

둘은 시선만 주었고 이광의 말이 이어졌다.

“조폭 조직의 영업장을 빼앗으려는 것이 아냐.”

이광의 얼굴에 쓴웃음이 번졌다.

“조폭 소유의 영업장을 정직하게 세금을 납부하는 건강한 기업으로 만들려는 것도 아니고.”

“…….”

“난 새로운 세상을 꿈꾸고 있어.”

“…….”

“아마 CIA 고위층에서는 짐작하고 있을지도 몰라, 내가 꿈꾸는 세상을.”

린드버그는 시선만 주었고 샌디는 입안에 고인 침을 삼켰다. 이광이 말을 이었다.

“리스타유통은 전 세계에 뿌리를 뻗은 정보회사가 될 거네.”

“…….”

“내 국적은 한국이니까 한국인이 경영하는 정보회사, 그 정보회사의 바탕은 세계 각지에 뻗어 있는 조폭 조직이야.”

“…….”

"리스타유통의 본부는 멕시코의 아카풀코에 둘 거야, 그곳에서 세계로 뻗어 나가는 것이지."

이광의 시선이 다시 샌디에게로 옮겨졌다. 웃음 띤 얼굴이다.

"기업체를 확보한 정보회사, 전 세계의 조폭 집단을 장악하고 기업체를 건강하게 운영하면서 정보를 관리하는 거야. CIA가 기업체를 운영하는 것이라고 봐도 되겠지."

이광의 방을 나온 린드버그가 샌디에게 물었다.

"샌디, 어때요?"

"뭐가요?"

"회장님의 꿈."

둘은 호텔 복도에 멈춰 서서 서로의 얼굴을 보았다. 린드버그의 시선을 받은 샌디가 천천히 머리를 끄덕였다.

"가능성이 있다는 생각이 들어요."

"난 조금 예상을 했습니다."

심호흡을 한 린드버그가 말을 이었다. 항상 흐렸던 두 눈이 번들거리고 있다.

"이건 미국의 CIA를 능가하는 세계 경찰, 새로운 체계가 될 겁니다. 난 가슴이 뜁니다."

저택 안채의 다도방에 앉은 니시무라가 정좌하고 사사끼를 보았다. 오후 3시, 정원의 푸른 잔디 위에 밝은 햇살이 쏟아지고 있다.

"당분간 골프는 취소야, 모임도 연기를 해."

"예, 회장님."

앉은 채로 거구를 굽혀 보인 사사끼가 쓴웃음을 지었다.

"경호팀이 당분간 바쁘지 않게 되었습니다."

"이 자식아, 저택 경호는 일 아니냐?"

"이 저택은 총리관저보다도 안전합니다, 회장님."

자리를 고쳐 앉은 사사끼가 정색하고 니시무라를 보았다.

"총리 경호실에 있던 가와사끼가 이곳에 들렀다가 감탄을 했습니다. 저택 구조부터 방어에 완벽하다는 것입니다."

"가와사끼 그놈은 일 잘하더군, 고베 북쪽을 맡겼더니 매출이 부쩍 올랐어."

찻주전자를 든 니시무라가 찻잔에 차를 따랐다. 다도방 안에는 둘이 마주 보고 앉았고 뒤쪽으로 경호원 둘이 벽에 붙어 서 있다. 옛날 영주 시대의 칼잡이 시동 역할이다. 그리고 앞쪽에도 둘이 서 있었지만 니시무라의 시야에는 잡히지 않는다. 저택 안에는 오늘도 14명이 근무하고 있었는데 1일 3교대여서 바깥채의 경호원 숙사에는 20여 명이 휴식 중이다. 총리관저 경호원이었다가 야쿠자가 된 가와사끼가 감탄할 만했다. 찻주전자 구멍이 막혔는지 기울여도 찻물이 나오지 않기 때문에 니시무라가 뚜껑을 열었다. 그 순간이다.

"으악!"

니시무라의 입에서 저도 모르게 낮은 외침이 터졌다. 주전자 안에 뱀이 들어 있었기 때문이다. 뚜껑을 열자 뱀이 머리를 쳐들고 빠져나왔다. 주전자를 내동댕이친 니시무라가 뒤로 물러나 앉으려다가 옷자락에 걸려 벌러덩 자빠졌다.

"악!"

그때서야 뱀을 본 사사끼가 당황해서 겨드랑이에 낀 권총을 뽑아들었다. 그러나 뱀을 쏠 수는 없어서 권총을 휘두른 채 소리쳤다.

"뱀! 뱀 잡아라!"

뒤쪽의 시동 둘이 달려왔지만 허둥대는 사이에 뱀이 다다미방을 달아나기 시작했다. 다다미 위로 검은 뱀이 꿈틀거리며 달려가는 모습이 끔찍했다.

"잡아라!"

사사끼가 외쳤는데 얼굴이 하얗게 굳어졌다. 그때서야 니시무라가 제대로 다시 앉았지만 가쁜 숨을 몰아쉬고 있다. 그때 앞쪽 경호원 하나가 구두를 신은 채 달려오더니 구둣발로 뱀을 밟았다. 그러나 꼬리를 밟는 바람에 뱀 머리가 솟더니 경호원의 다리를 물었다.

"으악!"

뱀에 물린 경호원이 뒤로 물러섰다가 주저앉았고 그때까지 권총만 휘두르던 거구의 사사끼가 마침내 뱀을 향해 권총을 발사했다.

"탕! 탕! 탕! 탕!"

네 발째에 몸통에 탄알이 박힌 뱀이 두 동강이가 났다.

"아이구!"

그때 뱀의 독이 퍼진 경호원이 사지를 뻗으며 경련을 일으켰다.

"의사! 의사!"

사사끼가 다시 소리쳤다.

"저택에 살모사 8마리를 넣었습니다."

이필승이 정남수에게 말했다.

"그중 니시무라의 찻주전자에 넣은 놈하고 주방 단무지 통에 넣은 2마리는 발견되었지만 아직 6마리는 남아 있습니다."

"니시무라가 식겁을 하고 있겠군."

정남수가 웃지도 않고 말했다.

"그 새끼, 제 저택이 철통 요새라고 자랑하고 다니더만 지금 얼굴을 보고 싶다."

"아마 집 밖으로 튀어나올 것 같은데요?"

"아냐, 못 나올 거야."

머리를 저은 정남수가 말을 이었다.

"그놈 오늘 골프 약속도 취소했고 내일 경제인 모임에도 몸이 아프다는 핑계를 대고 못 나간다고 했어, 줄줄이 약속을 취소했다고."

이필승은 니시무라의 저택에 배달되는 음식 공급 책임자다. 13년 동안 공급해왔기 때문에 저택에 자유로 출입하는 몇 명 중의 하나인 것이다. 이필승의 일본명은 다이하치, 재일 동포다.

"무려 13년 동안의 인연이 끊기게 되었어요."

쓴웃음을 지은 이필승이 정남수에게 말했다. 방금 이필승은 저택 주방에 전화를 걸어서 상황을 파악한 것이다. 아직 정신을 못 차린 주방 보조는 이필승에게 저택에서 일어난 소란을 다 말해주었다. 이필승의 짓인지 아직 파악을 못 한 상태다.

"이봐, 필승이. 조금만 기다려, 길어야 몇 달만."

정남수가 정색하고 말을 이었다.

"곧 전화위복이 될 테니까 말이야, 그럼 필승이 자네가 그까짓 니시무라 집안에 식자재 공급하는 것보다 1백 배는 큰 업체에 공급하게 될 테니까."

정남수가 들고 온 가방을 이필승에게 내밀었다.

"자, 약속대로 1천만 엔이네."

"아이구, 고맙습니다."

두 손으로 가방을 받은 이필승이 허리를 꺾어 절을 했다. 이곳은 도쿄 신주쿠의 작은 요릿집 방이다. 정남수는 민단 측 간부로 부동산 업자였지만 발이 넓다고 소문이 난 인물이다. 이필승은 정남수한테서 용역을 받은 것이다. 정남수가 말을 이었다.

"그 돈을 갖고 한국에 가서 한두 달 쉬었다가 와, 그 안에 세상이 변해있을 테니까 말이야."

"예, 지금 바로 갑니다."

이필승이 쓴웃음을 짓고 말했다.

"처자식은 이미 부산에 가 있어요."

"잘했어."

이필승의 어깨를 가볍게 친 정남수가 자리에서 일어섰다.

"난 바빠서 먼저 갈게."

"이것 봐, 로메로, 정신 똑바로 차려."

가리발디가 쓴웃음을 띤 얼굴로 말했다.

"지금 술 마시고 놀 때가 아니란 말이야."

오후 8시 반, 아카풀코 서북쪽에 위치한 헤수스호텔은 오늘도 흥청거리고 있다. 지하 1층의 클럽과 지상 16층의 옥상 라운지는 아카풀코 최고의 유흥장이다. 외국 관광객뿐만 아니라 멕시코시티의 돈 많은 남녀가 놀다 가는 필수 코스로 명성을 떨치고 있는 것이다. 지금 로메로는 지하 클럽의 안쪽에서 술을 마시는 중이었는데 벌써 3시간째다. 로메로가 앞에 놓인 위스키 잔을 들어 한 모금에 삼켰다.

"쓸데없는 걱정 마, 가리발디. 아카풀코는 내가 잘 안다."

"잘 알기는, 클럽 기집애들이나 잘 알겠지."

가리발디가 주위를 둘러보며 말했다. 40대 중반의 가리발디는 배가 나왔고 대머리에 키가 160밖에 되지 않는다. 별명이 포크인데 사람을 포크로 찌르는 버릇 때문이다. 가리발디가 말을 이었다.

"곧 한국 놈들이 올 거야, 지금은 잠깐 분위기를 파악하는 상황이란 말이야."

"네가 알아서 해, 가리발디."

로메로가 의자에 등을 붙이며 말했다.

"이곳은 너한테 일임했으니까."

"빌어먹을 놈, 도움이 돼야지."

투덜거린 가리발디가 손짓으로 문 근처에 앉은 부하를 불렀다. 부하가 다가와 서자 가리발디가 지시했다.

"9시 반에 소피아가 올 거야, 뒤를 마르켈이 책임지겠지만 경계 철저히 해."

"알겠습니다."

"아마 손님들 중에 페르난도나 리스타 정보원 놈들이 있을 거다."

가리발디가 다시 클럽 안을 둘러보면서 웃었다. 지하 클럽은 5백 평 규모로 손님이 벌써 3백 명이 넘는다. 피크 시간인 10시 이후에는 1천 명도 넘을 것이다. 부하가 돌아가자 가리발디가 다시 소리치듯 로메로에게 말했다.

"로메로, 산체스가 이곳을 잘 만들어 놓았어. 여기가 아카풀코의 중심이 될 거야."

이곳이 산체스 패밀리의 본거지나 마찬가지였던 것이다. 클럽과 나이트를 운영하는 데다 1, 2, 3층의 카지노까지 장악하고 있어서 혜수스에서만 월 1천만 불의 영업 이익금을 걷어갔다. 가리발디가 말을 이었다.

"물론 우리 라리슨이 질서를 잡아야지."

가리발디가 라리슨 패밀리의 마뉴엘이 파견한 '대리인'인 것이다.

전화기를 고쳐 쥔 오상만이 말했다.

"소피아는 놔둬, 그건 건드릴 필요가 없어."

쓴웃음을 지은 오상만이 말을 이었다.

"그 기집애는 뭘 모르는지 무서운 것이 없는 모양이군."

전화기를 내려놓은 오상만에게 전대일이 물었다.

"소피아가 누굽니까?"

"멕시코 최고 스타지, 나도 TV에서 봤는데 괜찮더군."

"괜찮아요?"

"섹시했어."

"이사님도 그런 말 할 줄 아세요?"

"야, 이 새꺄."

쓴웃음을 지었던 오상만이 벽시계를 보았다. 오후 9시가 되어가고 있다. 이곳은 한국 건설의 공사 현장 사무소다. 사무실은 24시간 근무였기 때문에 오상만은 이곳을 본부로 사용하고 있는 것이다. 컨테이너로 만든 노동자 임시 숙소는 40피트짜리를 1백여 개 쌓아 놓아서 장관을 이루고 있다. 공사장 노동자 6백여 명의 숙소다. 오상만이 말을 이었다.

"소피아는 라리슨 조직의 보스 마뉴엘 애인이야."

전대일이 숨을 들이켰고 오상만의 얼굴에 다시 쓴웃음이 번졌다.

"마뉴엘이 시위를 하는 거지. 제 애인을 보내 '아카풀코에 내가 기반을 굳히고 있다'라고 말이야."

"그, 소피아는 알까요?"

"글쎄, 아카풀코에서 제1조직의 보스 산체스가 폭사하고 페르난도가 리스타하고 동업 관계라는 것은 알겠지, 언론에도 보도되었으니까."

"라리슨 놈들이 소피아는 경호하고 있겠지요?"

"10여 명이 따라다닌다는 거야, 그리고 헤수스호텔에는 라리슨 놈들이 1백 명이나 깔려 있어, 로메로 일당 30여 명하고."

"거기에다 폭탄 한 발만 터뜨리면 될 텐데."

오상만이 입맛만 다시고는 대답하지 않았다. 이제 오상만도 리스타 유통 소속의 이사가 되었다. 행동대를 이끄는 중역이다. 그때 전화벨이 울렸고 사무실 직원 하나가 받았다.

"예, 계십니다."

직원이 대답하더니 전화기를 오상만에게 내밀었다.

"이사님, 사장님 전화 왔습니다."

유통 사장 오금봉이다. 서둘러 다가간 오상만이 전화기를 귀에 붙였다.

"예, 사장님, 오상만입니다."

"오 이사, 헤수스에 소피아가 도착했나?"

오금봉은 지금 LA에 도착해 있다. 내일 오전에 아카풀코에 올 예정이다.

"예, 사장님, 10분쯤 전에 지하 1층 클럽에 들어갔습니다."

"오늘 밤 헤수스에 투숙하겠군."

"예, 스위트룸 예약을 해놓았습니다. 그리고 1층 카지노 VIP룸도 예약했습니다."

"알았어, 다시 연락할 테니까 대기하게."

"예, 사장님."

전화기를 내려놓은 오상만이 전대일에게 지시했다.

"대원 모두 비상 대기시켜."

벌떡 일어선 전대일이 방을 나갔을 때 오상만이 혼잣소리를 했다.

"이제 시작이군."

LA의 컨티넨탈호텔방에는 5명이 둘러앉아 있다. 밤 9시 반, 상석에 앉은 이광, 좌우의 소파에 오금봉과 하동일, 린드버그와 샌디가 나눠 앉은 것이다. 모두 리스타유통의 간부들이다. 뉴욕에 있던 이광이 LA에서 기다리고 있던 오금봉과 만난 것이다. 이제 적진에 들어가기 직전의 회의다. 오금봉이 입을 열었다.

"아카풀코에 멕시코시티의 라리슨 조직이 진입함으로써 전쟁은 멕시코 전역으로 번진 분위기가 되었습니다."

오금봉이 말을 이었다.

"현지 정보에 의하면 산체스 조직을 라리슨 조직이 수습하는 중이고 거의 70퍼센트 정도를 끌어들였다고 봐도 될 것 같습니다."

"……."

"라리슨 조직에서 파견된 대리인은 가리발디라는 인간인데 조직력, 순발력이 뛰어납니다. 로메로를 적절하게 활용해서 기반을 굳히고 있습니다."

이광이 머리만 끄덕였고 오금봉이 다시 서류를 읽는다.

"그동안 우리도 페르난도와 함께 산체스 조직을 흡수했는데 아카풀코 지역은 이제 라리슨, 로메로 조직과 리스타와 페르난도 합병 조직으로 나누어졌고 그 비율은 6 대 4 정도입니다."

"아카풀코 주지사 아사도르는 우리에게 우호적이오."

이광의 시선이 넷을 훑고 지나갔다.

"우리가 대의(大義) 면에 있어서는 우위에 선 입장이오. 멕시코 정부가 우리를 지원하지는 못 하겠지만 이해는 하게 될 겁니다."

그러나 이것으로는 부족하다. 정의가 이긴다는 보장도 없는 것이다. 오히려 불의가 판을 치는 세상이다. 이광이 심호흡을 했다. 정치적인 문제는 자신이 나서야 되는 것이다. 그것이 회장의 역할이다. 오금봉은 실무를 책임지고 집행하는 직책이다. 그가 외부 압력을 받지 않도록 만드는 것이 이광의 역할인 것이다. 이광이 말을 이었다.

"내가 내무장관 피요트로하고 면담 약속이 되어 있어요. 난 내일 멕시코시티로 갑니다."

"알겠습니다. 저는 아카풀코에서 전쟁을 시작하겠습니다."

오금봉이 차분한 표정으로 말을 이었다.

"먼저 조금 후에 헤수스호텔을 치겠습니다."

이광의 시선을 받은 오금봉의 얼굴에 웃음이 떠올랐다.

"마뉴엘은 제 애인 소피아를 아카풀코의 헤수스호텔에 보내 위세를 과시할 계획입니다. 소피아가 마뉴엘의 애인이라는 것도 멕시코인이 모두 알고 있으니까요."

"소피아는 어떻게 할 거요?"

"현장에 있는 오상만 이사가 정공법으로 공격할 것입니다. 먼저 혼란에 빠뜨리고 호텔을 포위하면 라리슨 조직원은 당황할 겁니다."

오금봉이 말을 이었다.

"제가 현장의 오 이사도 모르게 호텔 안에 특공대 40명을 투입해 놓았습니다. 전쟁이 시작되면 오 이사하고 손발을 맞추게 될 것입니다."

그러고는 덧붙였다.

"소피아는 납치하겠습니다."

이광이 심호흡을 했다. 이런 작전은 오금봉 소관이다. 옆에 앉은 하동일 그리고 린드버그 등은 정보기관원으로 전문가들이다. 이광이 머리를 끄덕였다.

"난 내무장관하고 타협을 하지."

"여기서 한 시간만 더 놀다가 카지노로 가겠어요."

소피아가 마르켈에게 말했다.

"가서 자리 잡아 놓으세요."

"예, 마담."

고분고분 대답한 마르켈이 몸을 돌렸을 때다. 갑자기 클럽 전체가 정전이 되는 바람에 여자들이 비명을 질렀고 이곳저곳에서 웃음소리가 났다.

"이런 젠장."

투덜거린 마르켈이 버럭 소리쳤다.

"빨리 불 켜!"

완전 정전이다. 아예 비상등도 켜지지 않는 정전이다. 사방이 암흑이다.

"불!"

이곳저곳에서 외치는 소리가 났고 그보다 큰 소리로 웃음소리, 여자들의 간드러지는 비명 소리가 이어졌다. 어둠을 틈타 남자들이 장난을 치는 것이다. 마르켈이 더듬거리며 소피아의 테이블로 다가왔다.

"소피아 양, 괜찮습니까?"

주위가 소란했기 때문에 마르켈이 목소리를 높였다.

"소피아 양! 괜찮습니까?"

그때 웃음소리와 함께 여자들의 비명이 와자하게 일어났다. 남녀들이 이 상황을 즐기고 있는 것이다. 마르켈이 와락 소리쳤다.

"몬트! 바이락! 비아차!"

소피아 측근 경호를 맡고 있는 부하들이다.

"예!"

부하 하나가 바로 옆에서 대답했기 때문에 마르켈이 깜짝 놀랐다.

"이 빌어먹을 자식아! 왜 소리를 질러!"

그때 이곳저곳에서 촛불이 켜지고 라이터 불이 켜지고는 있었지만 전기는 들어오지 않았다. 긴 것 같았지만 정전이 된 지 3분쯤밖에 지나지 않았다.

"소피아!"

마르켈이 다시 소리친 순간이다.

"꽈꽝!"

엄청난 폭음과 함께 천장에서 불길이 퍼지더니 불덩어리가 아래로 쏟아졌다.

"으악!"

이제는 1천여 명의 남녀가 일제히 비명을 질렀다.

"꽈꽈꽝!"

천장의 샹들리에가 폭발한 것이다. 유리 파편이 폭죽처럼 사방으로 쏟아졌고 비명과 아우성은 더 커졌다. 마르켈도 옆쪽에서 사람들이 밀려오는 바람에 바닥으로 넘어졌다. 그때다.

"타타타타타타타!"

총소리가 요란하게 울렸다.

"탕! 탕! 탕! 타타타타타! 탕!"

한두 정이 아니라 수십 정의 총소리다. 불이 꺼진 클럽 안은 이제 아수라장이 되었다. 엎어졌던 마르켈도 사람들이 뒤로 엎어지고 밟는 바람에 비명을 질렀다.

"아이구, 나 살려!"

"사망자는 없습니다."

현장 책임자인 소안트라 경감이 산타나 서장에게 보고했다.

"부상자는 많습니다. 천장 샹들리에가 박살이 나서 유리 파편을 떨어뜨려서요."

"근데, 소피아는 지금 어딨어?"

산타나가 묻자 소안트라가 머리를 기울였다.

"멕시코시티로 돌아갔다네요. 이 난리 통에 헤수스에 투숙할 기분이 나겠습니까?"

"그건 그렇지."

이맛살을 찌푸린 산타나가 소안트라를 보았다.

"그런데 라리슨 패들이 소피아를 찾고 다녔다면서? 야단법석이었다는데."

"당연하지요, 소피아가 클럽에 들어왔을 때 정전이 되고 폭발이 일어났으니까요."

둘은 헤수스호텔 현관 앞에 마주 보고 서서 이야기를 나누는 중이었

271

는데 사방에 경찰이 깔려서 경찰 천지였다. 밤 12시, 클럽은 폐쇄되고 앰뷸런스도 다 떠났다. 16층 라운지와 1, 2, 3층 카지노는 정상 운영이 되는 중이었지만 손님은 몇 명밖에 되지 않는다. 총격전과 폭발 소란에 모두 도망을 친 것이다.

"리스타가 도전을 한 것이지요."

소안트라가 담배를 꺼내 입에 물면서 말했다. 장신에 거구인 소안트라는 50대 중반으로 산타나보다 경찰 경력이 길다.

"이제 곧 라리슨 놈들이 리스타의 공사 현장을 습격할 겁니다. 조직의 위신이 걸린 문제거든요."

"이봐, 소안트라, 내가 조금 전에 주지사한테서 전화를 받았어."

주위를 둘러본 산타나가 소안트라에게 바짝 다가가 섰다.

"리스타 공사 현장을 경찰 병력이 경비를 단단히 하라는 거야, 곧 주방위군 1개 중대 병력을 파견한다는군. 군 병력과 함께 경비를 서라는 거야."

"리스타에서 로비를 했군요."

"아사도르의 명분도 그럴 듯했어, 리스타 공장이 건립되면 주의 재정이 획기적인 발전을 한다는 것이지. 마약으로 떼돈을 버는 조직 놈들은 세금을 한 푼도 내지 않잖아?"

소안트라가 시선만 주자 산타나는 어깨를 부풀렸다가 내렸다.

"소안트라, 갑자기 웬 교과서 같은 소리를 하느냐는 얼굴이군."

"내 얼굴이 본래 이렇습니다."

"아냐, 넌 속으로 날 욕하고 있어. 너도 리스타의 로비를 받았구나 하고."

"용건이 뭐요? 산타나."

20년 전에 산타나는 소안트라의 부하였다. 소안트라의 부하로 1년간 지내다가 산타나는 경위시험에 합격하고 떠나갔다. 소안트라의 시선을 받은 산타나가 어깨를 펴고 웃었다.

"소안트라, 네가 리스타 공장 경비를 맡아, 경찰 측 지휘관이 되란 말이야."

"난 바쁜데, 서장."

"너한테 가장 좋은 보직을 준 거야, 소안트라. 지금 당장 마카트한테서 경찰 경비팀을 인계받고 공장으로 가."

"서장."

그때 산타나가 몸을 돌리면서 말했다.

"얼마 전에 마리아를 만났더니 앙겔의 대학등록금 걱정을 하더군."

"당신은 누구죠?"

소피아가 묻자 사내가 빙그레 웃었다.

"전 호세라고 합니다, 소피아 양."

"그런데 지금 뭐 하시는 거죠?"

"예, 소피아 양, 저는."

호세라고 자신을 소개한 사내가 몸을 조금 숙였다.

"여기서 소피아 양이 불편하신 점이 없도록 돌보라는 지시를 받았습니다."

소피아는 주위를 둘러보았다. 이곳은 대형 요트의 3층 라운지 안이다. 사방이 유리로 싸인 라운지에서는 바다가 보였는데 왼쪽 육지의 불빛이 아카풀코였다. 지금 소피아는 태평양에 떠 있는 요트에 탑승하고 있다. 밤 12시 반, 헤수스호텔에서 납치되었을 때는 겁이 났지만 곧 리무진에 태워졌다가 다시 헬기를 타고 이 요트로 날아온 것이다. 오는 동안 소피아는 자신을 납치한 인간들이 라리슨 조직과 경쟁 관계라는 것을 알 수 있었다. 그러나 시간이 지날수록 두려움이 가셔졌고 이제는 호기심이 일어났다. 사내들이 자신을 며칠만 모셨다가 돌려보내 드리겠다고 여러 번 약속했기 때문이기도 했다. 멕시코 최고 스타인 소피아를 어떻게 할 리가 있겠느냐고도 했다. 라리슨의 마뉴엘에게 경각심만 주려는 것이라고 누누이 설명을 했던 것이다. 호세가 말을 이었다.

"이 요트는 소피아 양 요트로 생각하셔도 됩니다. 필요하신 건 무엇이든 준비해 드리겠습니다. 이 요트 안은 어디든 가셔도 됩니다."

"바는 어디 있어요?"

마침내 소피아가 물었다.

"술 마시다 말았어요, 내가."

"예, 바로 아래층에 있습니다, 소피아 양."

호세가 정색하고 앞쪽 문을 가리켰다.

"밴드와 가수도 준비시키겠습니다, 소피아 양."

응접실의 이광 앞으로 다가선 샌디가 보고했다.

"소피아는 이자벨호에 있습니다."

"반항 안 해?"

이광이 묻자 샌디의 얼굴에 웃음이 떠올랐다.

"낙천적인 성격 같습니다. 지금 요트의 바에서 가수의 노래를 들으면서 술을 마시고 있습니다."

"요트가 큰가?"

"예, 1천 톤급으로 세계에 몇 척밖에 안 되는 초호화 요트입니다. 마뉴엘의 요트는 50톤급이지요."

샌디가 반짝이는 눈으로 이광을 보았다.

"허영심이 강한 여자는 흠뻑 빠지게 될 만큼 모든 것이 갖춰져 있지요."

이것은 오금봉의 작전이다. 이광은 보고만 받는 것이다.

"여기서 리무진으로 갈아탄 것은 확인했습니다."

가리발디가 말한 순간이다. 마뉴엘이 던진 술병이 어깨에 맞았다. 술병이 대리석 바닥에 떨어지면서 깨지는 요란한 소리가 났다. 가리발디는 술병을 피할 수 있었지만 어깨를 들이대고 일부러 맞은 셈이었다. 이것이 가리발디가 마뉴엘의 심복이 된 비결 중의 하나다. 이렇게 마뉴엘의 분노를 일부분 깎아 먹은 것이다. 물론 술병이 대가리를 향해 날아왔다면 피했을 것이다. 그런데 이번은 옆으로 날아갈 것을 어깨를 들이대어 일부러 맞았다.

"야, 이 새꺄, 그럼 거기서부터 행방을 모른단 말이냐!"

"곧 찾습니다, 보스."

어깨를 바로 세운 가리발디가 한 걸음 다가가 섰다. 이곳은 헤수스호텔 옆쪽의 비치호텔이다. 소피아가 납치당했다는 보고를 받고 마뉴엘은 헬기를 타고 날아왔다. 지금도 마뉴엘의 부하들이 속속 도착하는 중이다. 가리발디가 말을 이었다.

"놈들은 소피아를 어떻게 하지 못합니다, 보스. 다만 소피아를 이용해서 함정을 파거나 협상을 할 가능성이 있습니다."

"너, 이 새끼."

마뉴엘이 주머니에 넣고 다니던 리볼버를 꺼내 겨누었다. 장난감처럼 가볍게 꺼내 장난같이 겨누지만 저러다 쏜다. 실제로 작년에 경호원 하나를 쏴 죽여서 사막에 묻었다.

"보스, 진정하시지요. 사건 해결하고 죽겠습니다, 보스."

"그렇다면 소피아가 지금 어디 있을 것 같으냐?"

"아카풀코는 떠났습니다."

가리발디가 이미 탁자 위에 펴놓은 지도를 손끝으로 짚었다. 두 군데다.

"이쪽 카리브해 쪽으로 갔거나 아니면 아카풀코만의 바다 쪽으로 갔을 것입니다."

"왜?"

"바다로 빠지면 감시하기가 쉬운 데다 이동이 편하거든요. 그래서 어젯밤에 아카풀코 주변에서 뜬 비행기를 체크하고 있습니다."

"……."

"특히 헬기가 이동에 편리하니까 헬기를 조사하는 중입니다."

그때 마뉴엘 옆쪽에 앉아 있던 소로토가 나섰다.

"가리발디, 넌 말만 잘하지 실속이 없어."

"예, 고문님."

"못 찾으면 죽어야 된다."

"예, 고문님."

어깨를 부풀린 소로토가 마뉴엘을 보았다. 소로토는 제2인자로 마뉴엘의 사촌동생이다. 오입질은 마뉴엘 못지않은 데다 술을 좋아해서 지금도 술 냄새를 풀풀 풍기고 있다. 45세, 근육질 체격의 호남으로 실권이 없는 2인자다. 마뉴엘은 2인자를 키우지 않는 독재자인 것이다.

"보스, 그럼 내가 공장을 가지요."

"그래, 소로토."

숨을 고른 마뉴엘이 의자에 등을 붙이면서 말했다.

"루이스가 데리고 온 60명하고 옥시트의 부하 30명을 데리고 가."

"다 죽일까요?"

"병신아, 죽이지는 말고 막사, 사무실을 다 태워버려라."

"알겠습니다."

자리에서 일어서던 소로토가 술기운이 넘쳐서 비틀거렸다. 다른 때 같았으면 욕을 바가지로 얻어먹었을 테지만 마뉴엘은 모른 척했다.

"바쁘시군요."

이광과 인사를 나누고 자리에 앉았을 때 피요트로가 말했다. 멕시코시티의 정부청사, 내무장관 피요트로는 56세, 미국에서 박사 학위를 받은 변호사로 멕시코 파스토 정권의 실세다. 검은 머리칼에 검은 눈동자로 스페인계 백인이다.

"예, 바쁩니다."

피요트로의 시선을 받은 이광이 빙긋 웃었다. 장관실 안에는 이광과 보좌관 역할의 샌디 그리고 피요트로와 보좌관까지 넷이 둘러앉았다. 오전 10시 반, 이광은 9시에 멕시코시티에 도착해서 곧장 이곳으로 온 것이다. 피요트로가 다시 말을 이었다.

"자, 이 회장이 날 만나자는 이유를 들읍시다."

탁자 위의 담배를 집어 든 피요트로가 이광에게 권했다. 사양한 이광이 정색하고 입을 열었다.

"짐작하고 계시겠지만 아카풀코에서 건설 중인 리스타 공장의 보호를 부탁하려는 것입니다."

277

"그건 당연한 일 아닙니까?"

담배 연기를 길게 뿜은 피요트로가 눈을 가늘게 떴다.

"그런 일은 주지사, 아니 시장에게 부탁할 일 같은데 내무장관한테까지 찾아옵니까?"

"그거야."

이광이 피요트로의 시선을 받은 채 말을 이었다.

"장관께서 저를 만나 주시리라고 믿었기 때문이지요."

"아, 그래요? 왜 내가 만나주리라고 믿었지요?"

"장관께선 지난주에 미국 록펠러재단 이사장의 면담 신청도 거절하셨지요."

"정보가 빠르시군."

"미국 제1의 재단 이사장 면담 신청도 거부하신 분입니다. 그건 국익에 도움이 안 되었기 때문이죠."

"리스타는 국익에 도움이 된다고 내가 믿는 것 같습니까?"

"예, 많이."

그러자 피요트로가 어깨를 늘어뜨리면서 보좌관을 보았다. 그러고는 스페인어로 물었다.

"이 회장이 몇 살이지?"

"예, 서른여섯입니다."

보좌관이 바로 대답했다.

고개를 든 피요트로가 이광을 보았다.

"이 회장님, 우리 국익에 도움이 될 일은 뭡니까?"

"이 일을 경제장관한테 말해서 대통령께 보고하도록 하는 것이 순서겠지요."

이광이 한마디씩 말하는 동안 피요트로가 긴장한 듯 몸을 굳혔다. 어떤 내용인지 예상하고 있는 것 같았다. 이광이 말을 이었다.

　"이라크에 곡물과 기름, 철강 등 건설자재, 기계류 27억 불 물량을 수출했다가 바스라에 하역시키고 나서 결재를 받지 못했지요?"

　피요트로와 보좌관이 서로의 얼굴을 보았다. 그렇다. 멕시코가 이란에도 곡물을 수출한 것을 비난한 이라크 정부는 물품 수령을 거부하고 대금 지급을 안 한 것이다. 현재 두 달 동안 물품이 이라크 항구에 쌓여 있는 상황이고 멕시코 기업은 차례로 부도를 내고 있다. 27억 불이면 엄청난 금액이다. 멕시코 경제가 휘청거리고 있다. 그때 피요트로가 헛기침을 했다.

　"이 회장, 용건이 뭡니까?"

　"내가 이라크 정부가 멕시코 물품을 인수하고 대금 27억 불을 이달 말까지 지불하도록 만들어 드리지요."

　그 순간 숨을 들이켠 피요트로가 다시 보좌관을 보았다. 보좌관은 어처구니없다는 표정을 지었고 피요트로의 얼굴에 쓴웃음이 번졌다.

　"이 회장이 후세인 대통령과 친밀한 사이라는 건 압니다, 우리도 정보국이 있으니까요."

　피요트로가 말을 이었다.

　"그런데 너무 오버하시는 것 아닙니까? 그건 우리 장관이 두 번이나 이라크에 다녀왔고 한 번은 총리가 이라크 총리를 만났는데도 거부당했어요."

　"압니다."

　"그런데도 이 회장이 해결할 수 있단 말인가요?"

　"어쩌면요."

"그 대가로 뭘 바라시오? 어쩌면 해결이 된다면 말이지요."

"리스타상사의 적극적인 보호. 리스타상사는 멕시코에서 연간 30억 불의 매출을 올리는 기업이 될 겁니다. 그것도 5년 안에 말이지요."

"과장된 것 같은데."

"제가 장관님을 만난 이유를 말씀드릴까요? 해당 경제장관을 제치고 말입니다."

"말씀하시지요."

"장관께서 멕시코의 차기 대통령이 되실 가능성이 많다고 생각했기 때문입니다."

"이런 영광이……."

쓴웃음을 지은 피요트로가 다시 보좌관을 보더니 말을 이었다.

"그래서요? 나하고 친해지는 것이 미래에 대한 투자라고 생각하셨나?"

"아닙니다. 이대로 가면 총리인 가다니스에게 밀리실 겁니다. 현재 까지는 7 대 3으로 가다니스가 유력하지요."

"여론조사에는 6 대 4던데, 내가 유력하고."

"그게 가다니스 작전이라는 건 장관께서도 아실 겁니다."

"실례지만 이 회장 나이가……."

"조금 전에 보좌관이 36세라고 했지만 35세입니다. 석 달 후에 36세 가 되지요."

"스페인어를 아시는군."

"배우는 중입니다."

"이번에 나를 도우면 내가 대통령 후보로 유력해질까요?"

"대통령의 신임을 받게 되실 테니까요."

대통령 파스토의 임기는 4개월 남았고 3개월 후가 대통령 선거다. 그리고 한 달 후에 대통령 후보 선거가 있는 것이다. 여당 대통령 후보는 파스토가 지원해 주면 된다. 그때 피요트로가 지그시 이광을 보았다.

"이 회장, 시간이 다 되었습니다. 이만 끝냈으면 좋겠는데요."

"그러시지요."

머리를 끄덕인 이광이 샌디를 보았다.

"그만 일어나지."

"알겠습니다."

샌디가 먼저 일어났을 때 피요트로가 보좌관에게 말했다.

"현관까지 모셔다드려."

"예, 장관님."

"아닙니다. 저희들은 20분 후에 총리님하고 약속이 있습니다."

샌디가 웃음 띤 얼굴로 말하자 피요트로가 미간을 좁혔다.

"20분 후에 총리하고 약속을 하셨다고?"

"예, 장관님."

자리에서 일어선 이광에게 힐끗 시선을 준 샌디가 말을 이었다.

"현관까지 나오시지 않아도 됩니다. 여기서 바로 총리실로 갈 테니까요."

"그러시군."

"자, 그럼 만나서 반가웠습니다."

이광이 머리를 숙였을 때 피요트로가 물었다.

"총리께도 같은 말씀을 하실 계획인가요?"

"예, 장관님."

이광이 얼굴을 펴고 웃었다.

"장관께서 동의하신다면 총리께는 말씀드릴 필요가 없겠지요."

"……."

"그럼 실례하겠습니다."

"아, 잠깐만."

쓴웃음을 지은 피요트로가 손을 저어 말리는 시늉을 했다.

"좀 앉으십시다. 총리실은 여기서 5분밖에 안 걸립니다."

이광과 샌디가 다시 자리에 앉았을 때 피요트로가 헛기침을 했다.

"그 구체적인 방법을 말해 주셨으면 좋겠는데……."

"아니요."

이광이 정색하고 머리를 저었다.

"제가 마음을 바꿨습니다."

장관실을 나왔을 때는 10분쯤이 지난 후다. 무안을 당한 피요트로는 입을 열지 않았고 이광도 말을 덧붙이지 않았기 때문에 어색한 정적만 흐르다가 자리에서 일어선 것이다. 총리실은 복도 끝이다. 총리실로 다가가면서 샌디가 이광에게 물었다.

"어떻게 하실 건데요?"

그때 이광이 되물었다.

"보좌관 의견을 듣자, 어떻게 하는 것이 낫겠나?"

샌디의 검은 눈동자를 보면서 이광이 빙긋 웃었다.

"피요트로는 계속 보좌관의 눈치를 보더군. 난 그것을 보고 마음을 바꿨어."

"보좌관이 애인입니다."

"다행이야."

"뭐가 말씀입니까?"

"자, 네 의견을 듣자."

걸음을 늦추면서 이광이 묻자 샌디가 대답했다.

"역시 사람은 만나서 직접 이야기해 봐야 됩니다. 피요트로는 보좌관에 의지하는 것이 아니라 주관이 없고 의심이 많습니다. 파트너로 부적합합니다."

"총리하고 우리가 손을 잡으면 보복하지 않을까?"

"보복 못 하게 만들어야죠."

"오늘 당장부터 피요트로가 선수를 칠 가능성이 있어."

"총리하고 면담 끝나면 바로 조치하겠습니다."

"아니, 지금."

이광이 샌디의 팔을 잡았다.

"넌 총리 면담에 갈 필요가 없어. 지금 조치해."

"알겠습니다, 보스."

샌디가 이를 드러내고 웃었다.

"우린 피요트로와 보좌관하고의 관계가 아녜요, 보스."

가다니스 총리는 63세, 스페인계 백인과 인디오와의 혼혈인 메스티소로 고등학교를 졸업하고 광부가 되었다가 노조 활동으로 두각을 나타낸 인물이다. 5선 의원이 된 후에 대통령의 지명으로 총리가 되었지만 사사건건 대통령과 반목했는데 국민들의 지지율은 높았다. 반면에 기업가나 부유층에게는 융통성이 없는 노조 출신 정치인으로 배척을 받았다.

"아, 이 회장, 피요트로 만난 건 잘 되었소?"

가다니스가 인사를 마치자마자 대뜸 물었다. 반백의 머리에 주름진 얼굴, 인디오와의 혼혈이라 피부는 흑갈색이지만 동양인 비슷하다. 가다니스는 비서를 합석시켰는데 이광이 혼자인 것을 보더니 내보냈다. 가다니스의 시선을 받은 이광이 쓴웃음을 지었다.

"잘 안 됐습니다, 총리 각하."

"저런, 조건이 맞지 않았나?"

"예, 그런 셈이지요."

내무장관 면담 후에 총리 면담을 신청한 것을 알고 있는 것이다. 이광이 말을 이었다.

"이라크에 억류된 물품 대금을 받게 해드린다고 제의했는데 믿지 않으시는 것 같았습니다."

"그것보다 당신의 요구 조건이 맞지 않았기 때문이 아닐까?"

"리스타상사의 적극적인 보호를 요청했을 뿐입니다. 게다가 5년 안에 연간 30억 불 매출을 올린다고 했거든요."

"이틀 전에 아카풀코의 헤수스호텔에서 리스타하고 라리슨 패밀리가 부딪쳤던가?"

"저는 모르는 일입니다."

"피요트로가 그 일로 부담을 느끼는 것 같군. 그러니까 사람은 빚을 지고 살면 안 돼."

"무슨 부담 말씀입니까?"

"피요트로가 마뉴엘한테서 엄청난 도움을 받고 있거든. 모르고 있었나?"

"저는 잘……."

시치미를 떼었지만 정치인, 관료 중 라리슨 패밀리로부터 자금 지원을 받지 않은 인물은 드물다. 직접 받지 않았을 뿐이지 다 연결되어 있다. 이광의 시선을 받은 가다니스가 얼굴을 주름살투성이로 만들며 웃었다.

"그래, 나도 좀 먹었어, 아주 조금."

"……."

"내가 쓰지는 않았어. 내 부하들, 그놈들도 가족을 먹여 살려야 되니까, 월급 가지고는 안 돼."

"……."

"피요트로한테 간 것이 잘못이야. 내가 그렇게 융통성이 없는 인간이 아니라고."

"제가 총리께 부탁하려는 것을 알 겁니다, 각하."

"보복하겠지."

"제 후원자가 돼 주시지요."

"어떻게 해줄 건데?"

"27억 불을 이달 말일까지 입금시키도록 하지요, 총리 각하."

"이달 말일까지? 가능합니까?"

"노력해 보겠습니다."

"조건은 리스타 공장 보호뿐이오?"

"그렇습니다. 라리슨과 기타 압력으로부터 보호해 주십시오."

"내가 대통령이 되어야겠지."

"이번 대금을 받으면 대통령이 되실 것입니다."

"피요트로가 파스토 대통령의 지원을 받고 있어."

"대비를 해야지요."

"이 회장이 도와주면 가능성이 있을 거야."

"총리께서 다시 이라크에 가셔서 입금을 받도록 하시는 것이 나을 것 같습니다."

"그럼 더 좋고."

심호흡을 한 가다니스가 지그시 이광을 보았다.

"지금쯤 머리 좋은 피요트로가 우리 둘의 합의를 예상하고 작전을 구상하고 있지 않을까?"

"그럴 것 같습니다, 각하."

"피요트로의 타깃은 우선 손쉬운 이 회장이 될 것 같은데."

"그렇습니다, 각하."

그러자 가다니스가 머리를 끄덕였다.

"참 살벌한 세상이야."

"지금 공항에 있다고?"

놀란 피요트로가 버럭 소리를 질렀다. 옆에 선 보좌관이며 애인인 게니스가 한 걸음 다가와 섰다. 그때 수화구에서 하로그의 목소리가 울렸다.

"예, 장관 각하, 지금 막 전용기에 오르고 있습니다."

"당장 이륙을 금지시켜!"

"장관 각하."

"공항도 내 지휘권 안이야! 내 지시라고 하고 이륙을 중지시키란 말이야!"

"각하, 그것이……."

하로그는 멕시코의 경찰청 정보국장으로 피요트로의 심복이나 같다. 최근 2년 동안 2계급이나 승진한 데다 피요트로가 대통령이 되면 경찰청장은 물론이고 내무장관까지 보장을 받았다. 올해로 48세, 눈앞에 찬란한 미래가 펼쳐진 하로그가 지금 버벅거리고 있다.

"뭐야!"

피요트로가 이제는 고함치듯 묻는다. 이광이 장관실에서 나와 바로 총리 면담을 하는 동안 피요트로 측은 재빠르게 움직였다. 하로그를 시켜 이광이 투숙한 임페리얼호텔을 기습, 이광을 마약 사범으로 체포할 계획을 세운 것이다. 그래서 트렁크에 3킬로나 되는 마약을 넣어놓고 호텔에서 이광이 돌아오기를 기다렸다. 그런데 이광이 호텔에 돌아오지 않은 것이다. 총리실에서 나와 현관 주차장으로 갈 줄 알고 기다렸다가 허탕을 쳤다. 행방을 감춘 것이다. 그러다가 공항에 나타나 전용기에 오르고 있는 중이다. 그때 하로그가 대답했다.

"각하, 이광이 총리 경호실의 경호를 받고 있습니다."

피요트로가 숨을 들이켰다. 하로그의 말이 이어졌다.

"공항에서 검문하던 정보국 요원 셋이 체포되었습니다. 그것이……반역 혐의로 체포되었다는데요."

"뭐? 반역 혐의?"

"예, 총리 지시를 받은 이광을 저지하려고 했다는 것입니다."

"가다니스, 이 여우 같은……."

"각하, 이광이 탄 비행기가 이륙하고 있다고 합니다."

"……."

"어떻게 할까요? 현재로서는 저지할 방법이 없습니다."

"철수해."

마침내 어깨를 늘어뜨린 피요트로가 말했고 게니스가 무의식중에 벽시계를 보았다. 낮 12시 반이다. 이광을 이곳에서 10시 반에 만났으니 2시간이 지났을 뿐이다.

순항 고도에 오른 전용기가 공중에 멈춰 서 있는 것처럼 떠 있을 때 샌디가 이광의 방으로 들어섰다.

"회장님, 공장 건설 현장에 주 방위군 1개 중대 병력과 경찰 1개 중대가 투입되었습니다."

이광이 머리만 끄덕였고 앞쪽 소파에 앉은 샌디가 말을 이었다.

"공장 근처로 집결했던 라리슨 조직원들이 흩어지고 있습니다."

정부군과 전쟁을 벌이는 마피아 집단은 없다. 정부군과 경찰 병력 보고를 받은 마뉴엘은 심장이 내려앉았을 것이다. 머리를 든 샌디가 이광을 보았다.

"회장님, 이자벨호가 5시간 후에는 미국 영해에 들어옵니다."

소피아가 탄 요트다. 이자벨호는 어젯밤부터 북상하고 있었던 것이다.

"소피아는 매니저한테 지금 휴가 중이라고 연락했습니다. 전에도 마뉴엘과 밀회를 즐기느라고 1주일쯤 연락을 끊었을 때도 있었으니까요."

"……."

"회장님, 소피아를 만나 보시지요."

이광의 시선을 받은 샌디가 눈도 깜박이지 않고 말을 이었다.

"소피아는 다이아몬드를 좋아합니다."

"……."

"두 달쯤 전에 소피아가 마뉴엘에게 맞아서 눈에 멍이 들고 이가 빠

288

져서 치과에 다녔습니다. 소피아를 끌어들이시지요."

이광의 시선이 샌디의 눈에서 목으로 가슴에서 아래쪽까지 내려갔다. 그것을 의식한 샌디가 두 무릎을 붙였고 눈 밑이 조금 붉어졌다.

오금봉의 얼굴에 쓴웃음이 떠올랐다.

"마뉴엘이 안달이 났겠군."

"예, 지금 비치호텔에 있는데 부하들이 수시로 들락거려서 손님들이 불안해하는 상황입니다."

박성길이 보고했다. 이곳은 시내에서 3킬로쯤 떨어진 3층짜리 저택이다. 전에는 광산업자의 저택이었는데 메이슨이 구입했다가 이번에 리스타 그룹에 양도한 것이다. 오금봉의 시선이 앞쪽에 앉은 페르난도에게로 옮겨졌다.

"페르난도, 마뉴엘 조직의 2인자는 로베르타인가?"

로베르타는 마뉴엘의 사촌동생이다. 페르난도가 머리를 기울였다가 잠시 후에 대답했다.

"글쎄요, 그 자식은 이곳에까지 바보라는 소문이 났는데요. 마뉴엘의 심복들한테 무시를 당한다고 들었습니다만……."

페르난도는 오금봉이 한국의 정보기관 고위층 출신이라는 것을 아는 터라 인사를 한 후에 조심스럽게 처신하고 있다. 오금봉이 머리를 저었다.

"아냐, 로베르타는 영리한 놈이야. 비밀리에 심복을 키웠고 지금은 경쟁 조직인 라파엘과 자주 만나고 있어, 욕심이 많은 놈이지."

페르난도가 숨을 들이켰다. 처음 듣는 정보인 것이다. 한국에 있었으면서 어떻게 알고 있을까?

아카풀코시 오른쪽 구역이 로메로의 영역이지만 지금은 의미가 없어졌다. 산체스가 폭사하고 페르난도가 리스타 그룹과 연합함으로써 아카풀코 3대 패밀리는 붕괴된 것이다. 지금은 리스타와 로메로가 끌어들인 라리슨파와의 대결이 되었다. 페르난도와 로메로는 거인의 등에 업혀가는 아이 꼴이다. 따라서 아카풀코는 지역 구분이 모호해지면서 로메로 지역에 산체스 조직원이 들어와 마약을 파는 상황이 되었다. 로메로가 라리슨파의 보호를 받고 있는 터라 제 구역 관리를 제대로 할리가 없다.

"당분간이야."

로메로가 악문 이 사이로 말했다. 이곳은 로메로 지역의 중심인 라돈나클럽, 이곳에서 마약 거래 대부분이 이루어졌고 로메로가 성장했다. 지금도 로메로 지역에서 가장 안전한 요새 노릇을 한다. 로메로가 둘러앉은 이스냐, 마리오를 훑어보면서 말을 이었다.

"라리슨 패들은 이곳에 기반을 굳힐 수 없어, 아예 멕시코시티에서 떠난다면 몰라도. 이곳 정리가 되면 떠나기로 나하고 합의가 되었어."

어깨를 부풀렸다가 내린 로메로가 앞에 놓인 술잔을 들었다.

"그렇게 되면 내가 아카풀코를 지배하게 돼. 물론 라리슨한테 지분 얼마쯤은 떼어주겠지만 말이야. 그렇게 되면 전화위복이지."

클럽 안은 소란해서 로메로가 목소리를 높여야만 했다. 안쪽 테이블에서는 클럽 내부가 다 보인다. 플로어에서 춤을 추던 남녀들 사이에서 웃음소리가 울렸다.

"그렇지요, 전화위복이지요."

이스냐가 맞장구를 쳤다. 인디오인 이스냐는 미들급 복서 출신으로 라돈나클럽의 관리자다. 휘하에 인디오 부하 50여 명을 거느리고 있었는데 모두 일당백의 용사들이다. 라돈나클럽이 로메로의 자존심이나 마찬가지인 것이다. 이스냐가 말을 이었다.

"보스, 소문 들었습니까? 소피아를 리스타 놈들이 납치해 갔다는 겁니다. 헤수스호텔을 정전시키고 말이지요."

"들었어, 이스냐."

"그거, 마뉴엘이 개망신당한 거 아닙니까? 소피아를 빼앗기다니요?"

"확실하지 않아, 소피아가 다른 놈하고 잠적했는지. 전에도 그랬다가 마뉴엘한테 맞아서 이가 빠진 적이 있거든."

"리스타 공사 현장에 주방위군, 경찰 병력이 경비를 맡아준 것도 말이 많아요, 보스."

"뭐 말이냐?"

로메로가 이맛살을 찌푸렸다. 스페인계 백인인 로메로는 이스냐를 무시하는 경향이 있다. 라돈나클럽을 장악한 이스냐를 견제하기 위해서 심복 마리오를 영업부장으로 임명한 것도 그렇다. 그때 이스냐가 말을 이었다.

"보스, 애들한테서 소문이 퍼지고 있습니다."

시선을 든 이스냐가 누런 이를 드러내며 웃었다.

"보스가 마뉴엘한테 우리 조직을 다 넘기고 월 1백만 불씩 받기로 했다는데요."

"말도 안 돼."

버럭 소리친 로메로가 인디오를 노려보았다. 전 같으면 감히 이런 말을 면전에서 내놓을 수가 없다. 그랬다가는 당장에 총 맞는다.

"이 인디오 새끼, 날 뭐로 보고."

"보스, 애들이 다 이쪽을 보고 있습니다."

"뭐?"

눈을 치켜떴던 로메로가 주위를 둘러보았다. 과연 손님들 사이에 낀 부하들이 이쪽을 주시하고 있다. 이스냐의 부하들인 인디오도 있고 로메로 부하들도 모두 이쪽을 본다. 이스냐가 황갈색 얼굴을 펴고 다시 웃었다.

"내가 보스하고 중대한 대화를 하니까 모두 보라고 했거든요."

"미친 인디오 새끼."

"그 소문이 나서 라리슨 패 또는 리스타 정보원들까지 우리를 보고 있을 겁니다."

"닥치고 있어, 네 누런 이는 보기 싫으니까."

"더 이상 보지 못할 거요, 보스."

"잘됐다, 이 자식아."

그 순간이다. 이스냐가 벌떡 일어서는가 했는데 손에 쥔 긴 칼이 보였다. 인디오들이 나뭇가지를 쳐낼 때 쓰는 날이 넓은 칼이다. 길이도 40센티 가깝게 되어서 칼날이 번쩍였다.

"어!"

로메로가 짧은 외침만 뱉은 순간이다. 이스냐가 장도를 휘둘러 로메로의 목을 쳤다.

"꺄아악!"

날카로운 비명은 옆 테이블의 여자가 질렀다. 로메로의 머리통이 잘라져서 테이블 위로 떨어졌기 때문이다.

"으악!"

비명이 이어서 났다. 그것은 옆에 앉아 있던 마리오의 등을 인디오

종업원이 칼로 찔렀기 때문이다.

"꺄아아악!"

여자들의 비명이 연달아서 났다. 머리통이 잘린 로메로는 그대로 의자에 앉아 있었고 잘린 목에서는 피가 분수처럼 치솟고 있다. 장관이다. 그리고 클럽 도처에서 살육이 일어나고 있다. 이스냐의 부하들이 로메로의 부하들을 죽이는 것이다. 가끔 총소리가 났지만 음악 소리에 묻혔고 비명도 소음에 가려졌다.

"로메로가 부하들과 함께 살해되었습니다."

가리발디가 외면한 채 보고했다. 비치호텔방이다.

"라돈나클럽 안에서 이스냐한테 머리통이 잘렸다고 합니다."

마뉴엘이 어깨를 부풀리면서 가쁜 숨을 쉬었지만 움직이지는 않았다. 이번에는 가리발디가 마뉴엘의 눈치도 보지 않고 말을 잇는다.

"이스냐 부하들이 로메로 심복인 마리오와 경호원들까지 다 죽였습니다."

그리고 덧붙였다.

"그러고는 그 자리에서 리스타와 연합한다고 선언했습니다."

제7장
아카폴코 장악

"마뉴엘이 멕시코시티로 돌아가고 있습니다."

해밀턴이 보고하자 후버가 풀썩 웃었다.

"대단하군, 이광이."

"뛰어납니다."

"그럼 아카풀코는 리스타가 장악한 건가?"

"아직입니다."

해밀턴이 정색하고 후버를 보았다.

"잔뜩 어질러 놓았으니까 이제 대청소를 해야 됩니다. 마뉴엘이 돌아갔지만 라리슨 조직원은 남아 있거든요."

"대청소라고?"

후버가 웃음 띤 얼굴로 말을 이었다.

"진공청소기가 필요하겠군, 빗질로는 어려울 거야."

"그렇습니다."

이곳은 랭글리의 CIA 본부다. 부장실에는 둘이 앉아 있었는데 마치 영화 관람 평을 하는 것 같은 분위기다. 남은 생사의 기로를 헤매지만 타인 입장에서는 그저 이야깃거리일 뿐이다. 그리고 그것이 자극적일수록 더 재미가 있다. 후버가 물었다.

"지금 이광은 어디에 있나?"

"예, LA에 있습니다."

머리를 끄덕인 후버가 다시 물었다.

"소피아는?"

"LA에서 1백 마일 떨어진 해상입니다."

후버의 눈이 가늘어졌다.

"그런데 이광이 우리 뜻대로 움직여 줄까?"

"그렇게 될 것입니다."

바로 대답한 해밀턴이 똑바로 후버를 보았다. 후버는 65세, 25년 전 CIA의 부장이 되고 나서 전 세계를 장악한 정보기관을 만드는 데 심혈을 기울였다. 그리고 25년간 장기 집권을 하면서 CIA를 최고 정보기관으로 만들었다. 해밀턴에게는 후버가 스승이자 교주 같은 존재다. 55세로 30년 경력인 해밀턴은 CIA 수뇌부 중 하나지만 후버에게는 어린아이일 뿐이다. 후버가 초점이 멀어진 눈으로 해밀턴을 보면서 말했다.

"앞으로는 국경이 없는 제국이 일어나게 돼, 해밀턴."

소피아는 난간에 서서 헬기에서 내리는 일행을 내려다보았다. 요트 후미에 헬기장이 있는 것이다. 헬기에서는 5명이 내렸다. 여자 하나와 남자 넷, 동양 남자 하나를 중심으로 움직이고 있다. 50미터쯤 떨어져 있었지만 잘 보인다. 동양 남자는 장신의 호남이다. 캐주얼 양복 차림이 잘 어울렸고 건장한 체격, 옆에 붙어 걷는 여자는 날씬한 미모의 백인, 스페인계 같다. 그리고 셋은 수행원, 마뉴엘의 수행원 무리도 보았지만 이쪽은 국가 기관의 경호원 같다. 이윽고 그들이 통로 안쪽으로 사라졌을 때 뒤에서 인기척이 났다.

"마담, 가시지요. 회장님이 일찍 오셨습니다."

호세다. 지금 헬기에서 내린 동양인이 리스타 회장 이광인 것이다. 언론에도 여러 번 보도되었지만 마뉴엘이 옆에서 부하들과 하는 이야기를 들어서 잘 안다. 아랍권 독재자들과 거래를 하는 한국인, 36세, 엄청난 재력, 멕시코 언론은 그의 재산을 2백억 불로 추정했고 3백억 불이라고 하는 언론도 있다. 마뉴엘은 1억 불 정도일까? 아니, 그것보다 안 된다. 이미 옷을 차려입고 있었던 터라 소피아는 호세를 따라 홀로 내려갔다. 심장 박동이 커져서 마치 10년 전에 TV 오디션을 보러 갈 때가 떠올랐다. 그때하고 비슷하다. 떨린다.

"어서 오세요."

소파에 앉아 있던 이광이 로비로 들어서는 소피아를 맞았다. 소피아와 시선이 마주친 이광이 숨을 들이켰다. 아름답다. 녹화된 필름으로 소피아를 보았지만 실물이 더 낫다. 날씬하고 아담한 체격, 검은 눈동자, 검고 긴 머리, 풍만한 젖가슴을 반쯤 드러낸 몸에서 풍기는 엄청난 성적 매력, 저절로 입안에 침이 고였고 재채기가 나오려고 한다. 이광이 소피아가 내민 손을 잡았다. 가늘고 부드러운 손가락, 중지에 1캐럿짜리 다이아 반지가 끼워져 있다. 검정색 실크 드레스로 몸을 감싼 소피아한테서 짙은 향내가 맡아졌다.

"아름답습니다."

이광이 소피아의 눈을 똑바로 응시하면서 말했다.

"만나서 영광입니다, 소피아."

"고맙습니다."

흰 이를 드러내고 웃은 소피아가 이광 옆에 선 샌디를 보았다. 재킷에 바지를 입고 단화를 신었지만 샌디도 날씬한 몸매에 미인이다. 머리는 짧고 화장기가 없는 데다 가슴도 조금 빈약한 편인데도 여자는 여자를 알아본다. 소피아의 시선을 본 이광이 샌디를 소개했다.

"이쪽은 내 보좌관 샌디, 내 분신 같은 존재지요."

이광이 '분신 같은'이라고 표현했을 때 샌디의 어깨가 조금 올라갔다가 내려왔다.

"내가 3백만 불을 내지요, 그러니까……."

마뉴엘이 말했지만 피요트로는 머리를 저었다.

"마뉴엘 씨, 위험해요. 그러니까 당분간 가만있는 것이 낫겠어, 지금 돈이 문제가 아냐."

"아니, 장관 각하."

이맛살을 찌푸린 마뉴엘이 얼굴을 일그러뜨리며 웃었다.

"지금 와서 몸을 사리시겠다는 겁니까?"

"마뉴엘 씨, 상황이 조금 변했어요."

방에는 둘뿐이었지만 피요트로가 목소리를 낮췄다.

"총리가 그놈하고 붙었단 말이오."

"총리가 말입니까?"

마뉴엘의 얼굴이 순식간에 굳어졌다.

"언제부터?"

"어제부터."

어깨를 늘어뜨린 피요트로가 긴 숨을 뱉었다.

"총리가 어제저녁에 대통령하고 만났는데 분위기가 좋지 않아, 마뉴엘 씨."

피요트로와 헤어져서 차에 올랐을 때 마뉴엘의 머릿속에 꽉 찬 생각이 있다. '잘못 걸렸다'는 생각이다. '사람 잘못 보았다'라는 생각도 있다. 젊었을 때 시비를 걸었다가 한두 대 먼저 때렸지만 상대방의 엄청난 파워에 혼비백산했던 경험이 떠올랐다. 상대가 내지른 펀치 한 방에 나가떨어졌던 것이다. 그리고 자빠진 자신을 향해 다가오던 사내를 볼 때의 기분이 지금 같았다.

"어디로 모실까요?"

운전사 피타가 물었을 때 마뉴엘이 생각에서 깨어났다.

"아, 리노로 가자."

"예, 보스."

차가 출발했을 때 운전사 옆자리에 앉은 소로토가 머리를 돌려 마뉴엘을 보았다.

"보스, 누구를 준비시킬까요?"

여자를 묻는 것이다. 나이트클럽인 리노에는 아가씨가 250명이나 있다.

"놔둬."

한마디로 자른 마뉴엘이 문득 물었다.

"로베르타는 지금 어디 있는 거냐?"

"로베르타 말입니까?"

되물은 소로토가 머리를 기울였다.

"모르겠는데요, 그 바보는."

298

소로토와 로베르타도 사촌 간이다. 마뉴엘까지 셋은 같은 할아버지 자손으로 각각 아버지가 형제간인 것이다. 밤 9시 반이다. 아카풀코에서 온 후에 내무장관과 밀담까지 나눈 터라 마뉴엘은 피곤했다. 그러나 상체를 세운 마뉴엘이 피타에게 지시했다.

"산디엔으로 가."

산디엔은 로베르타가 운영하는 카페다. 변두리에 위치한 데다 시설도 좋지 않아서 고속도로를 오가는 뜨내기들이 들르는 곳이다. 그러나 마약의 중간 도착지여서 라리슨 조직에는 중요한 장소다. 마뉴엘이 탄 방탄 승용차가 앞장을 섰고 뒤를 경호차 2대가 따른다.

멕시코의 수도 멕시코시티에는 5개 패밀리가 있다. 모두 역사와 전통을 자랑하는 패밀리지만 그중 가장 오래되고 큰 패밀리가 가쵸 패밀리다. 가쵸 가문은 스페인이 멕시코를 차지한 16세기부터 뿌리를 뻗었다고 하지만 기록은 없고 1800년대에 목화밭을 경영했던 때부터 족보가 시작된다. 그리고 본격적인 패밀리 비즈니스를 창업했을 때는 2차 세계대전이 끝났을 때인 1945년경이다. 가쵸의 3대 보스인 빅 가쵸가 저녁 식사를 마치고 바론에 들어섰을 때는 10시가 넘어갈 무렵이다. 빅 가쵸는 별명으로 본명은 제레니 가쵸다. 체격이 컸기 때문에 빅으로 불린다.

"어서 오게, 빅."

기다리고 있던 국회의원 몬타나가 가쵸를 맞았다. 몬타나는 여당인 민중당 원내총무로 정권의 실력자다. 58세, 6선 의원으로 내무분과 위원장이기도 하다. 바론은 회원제 살롱으로 정치인, 고위관료, 기업체 사주가 출입하는 곳이다. 가쵸가 소파에 털썩 앉더니 몬타나에게 말했다.

"몬타나, 마뉴엘이 이번에는 일어나지 못하도록 해."

"알고 있다니까."

시가를 입에 문 몬타나가 붉은 얼굴을 펴고 웃었다.

"그 자식이 피요트로한테 매달리겠지만 힘들 거야."

"그놈만 누르면 내가 당신한테 월 15만 불씩 지원하지, 물론 현금으로."

"언제는 현금 아니었나?"

시가 연기를 길게 뿜은 몬타나가 지그시 가쵸를 보았다. 가쵸는 48세, 가업을 이어받은 지 12년째다. 그런데 부친과 조부가 모두 암살되었다. 경쟁 조직에 당한 것이다.

"이봐, 빅, 마뉴엘이 제거되면 엄청난 이득이 날 텐데 겨우 한 달에 15만이야?"

몬타나가 묻자 가쵸가 쓴웃음을 지었다.

"몬타나, 들어가는 곳이 많아. 자넨 내 친구라 A급 대우를 해주는 거야."

"A급이 월 15만인가? 특급은 없어?"

"둘이야."

"누군지 알 만하군, 그자들은 월 얼마인데?"

"20."

"A급은 몇 명이야? 나 같은 놈."

"여섯."

"많군."

"동지가 많은 것이 좋지."

"그렇지, 그래야 안전하지."

머리를 끄덕인 몬타나가 다시 구름 같은 시가 연기를 내뿜었다.

"그런데 빅, 리스타의 이광이란 놈 배경이 좋아."

가쵸의 시선을 받은 몬타나가 소파에 등을 붙였다.

"오전에 가다니스를 만나고 갔어."

"총리를?"

가쵸가 눈썹을 모았다.

"피요트로를 만난 것이 아니었어?"

"피요트로를 만나고 바로 총리를 만난 거야."

"그렇게 할 수도 있나?"

"그만큼 로비에 강한 거지."

"그래서?"

"총리를 만나고 바로 비행기를 타고 떠났는데 말이야, 이상한 일이 있어."

몬타나의 얼굴에 웃음이 떠올랐다.

"피요트로가 제 심복 정보국장 하로그를 시켜 이광을 저지하려다가 실패했어. 알고 보았더니 이광을 마약 사범으로 엮으려다가 실패했더군."

"……."

"이광이 미국으로 떠나니까 피요트로가 발등의 불이 떨어진 것처럼 야단법석을 떠는 거야, 왜 그런지 짐작이 가나?"

"리스타 측에 약점이 잡힌 건가?"

"피요트로는 별명이 개코야, 상황 판단이 빠르지. 위기를 빨리 눈치 챈단 말이지."

"그래서 도망이라도 친다는 건가?"

"다 손을 떼겠지, 첫째로 마뉴엘하고도."

"그렇군."

"그럼 마뉴엘도 끈 떨어진 연 신세지."

"내가 몬타나 당신을 특A급으로 올려주지."

"그럼 특A가 셋인가?"

시가를 비벼 끈 몬타나가 이를 드러내고 웃었다.

"아니, 형님."

놀란 로베르타가 어벙한 표정을 지으면서 마뉴엘을 맞았다. 산디엔의 안쪽 사무실에서 로베르타는 혼자 술을 마시는 중이었다.

"너희들은 다 나가 있어."

따라 들어온 경호원, 사촌 소로토까지 방에서 내쫓은 마뉴엘이 옆쪽 의자에 앉았다.

"앉아."

옆에서 주춤거리는 로베르타에게 앞자리를 가리킨 마뉴엘이 탁자 위의 술병을 쥐었다.

"로베르타, 너 몇 살이지?"

"예, 서른다섯입니다, 형님."

"너 바보 별명 듣기 좋아?"

불쑥 마뉴엘이 묻자 로베르타가 싱긋 웃었다.

"괜찮습니다."

로베르타는 웃으면 동안이 된다. 큰 키, 검은 눈동자, 코가 컸고 입술이 두툼해서 둔해 보이지만 대학 때는 축구 선수였다. 로베르타가 바보가 된 것은 조직 일을 하면서부터다. 병째 한 모금 술을 삼킨 마뉴엘이 눈을 가늘게 뜨고 로베르타를 보았다.

"로베르타, 너, 내 사업장이 몇 개인지 알지?"

"예?"

"알 거다."

로베르타가 숨만 쉬었고 얼굴이 굳어졌다. 마뉴엘의 사업장이 몇 개인지는 아무도 모른다. 회계사가 4명이나 있는데 서로 누군지를 몰라서 함께 결산을 한 적도 없는 것이다. 사업장은 마뉴엘 혼자서만 안다. 그때 마뉴엘이 말을 이었다.

"네가 바보가 아니라는 건 나 혼자 알지. 그래, 네 엄마인 숙모도 아시겠구나."

"……"

"2인자를 가만 안 두는 내 성격을 아니까 네가 바보 행세를 한 것이지, 죽지 않으려고."

"형님."

"네가 라파엘하고 자주 만난다는 것도 안다. 라파엘이 소개시켜 준 여자, 헤나라던가? 그년 조심해라, 라파엘의 정부고 정보원이다."

이제 얼굴이 하얗게 굳어진 로베르타에게 마뉴엘이 한마디씩 찍듯이 말했다.

"잘 들어, 로베르타."

"……"

"내 조직, 라리슨을 지금부터 네가 인수해."

숨만 들이켠 로베르타를 향해 마뉴엘이 말을 이었다.

"넌 머리가 좋으니까 기억해라, 내일 아침 일찍 아카풀코의 리스타로 전화를 해, 알아들었어?"

"형님."

"전화를 해서 라리슨 조직의 마뉴엘로부터 조직을 인계받은 로베르타라고 밝힌 다음에……."

호흡을 가눈 마뉴엘이 말을 이었다.

"아카풀코에서 손을 떼겠다고 해라. 라리슨 조직의 대표로서 약속한다고, 네 말을 녹음해도 좋다고 해라."

"형님, 그, 그러면……."

"난 오늘 밤 이후로 나타나지 않겠지만 다른 간부들에게 일일이 연락해서 네 지휘를 받으라고 지시하겠다."

"……."

"그리고 소로토는 내가 데리고 가지. 아주 없애버리든지 어쩌든지 내일부터는 나타나지 않을 거다."

"형님, 그러시면……."

"대충 짐작이 가느냐?"

"예, 형님."

"옳지, 과연 넌 바보가 아냐. 너무 영리해서 바보 행세를 한 거야."

다시 한 모금 삼킨 마뉴엘이 말을 이었다.

"내가 전면에 나서면 라리슨 조직은 치명상을 입는다. 날 타깃으로 정부가 겨누고 있어, 그러니 잠시 배후로 물러나 있는 거다."

이자벨호 침실은 호텔 특등실보다 낫다. 침실에서 나온 이광이 가운 차림으로 응접실로 들어서자 샌디가 일어섰다.

"회장님, 보고 드릴 것이 있어서요."

오전 7시 반, 이른 시간이다. 보고할 것이 있다면서 샌디가 깨운 것이다. 머리만 끄덕인 이광이 소파에 앉자 샌디가 앞쪽 자리에 앉았다.

"조금 전에 아카풀코 리스타 법인 대표 앞으로 전화가 왔습니다."

이광은 시선만 주었고 샌디가 말을 이었다.

"자신이 라리슨 조직의 대표 로베르타라고 하면서 어젯밤 마뉴엘로부터 조직을 인계받았다고 했습니다."

"……."

"그리고는 오늘부로 라리슨은 아카풀코에서 손을 떼겠다고 선언했습니다. 이 약속을 녹음해도 된다면서 두 번이나 되풀이했다는군요."

샌디의 두 눈이 반짝였다.

"그리고 실제로 아카풀코에 있던 라리슨 조직원이 모두 철수했습니다. 그것을 페르난도가 확인해주었습니다."

"마뉴엘이 재빠른 놈이군."

이광이 쓴웃음을 짓고 말했다.

"배후로 숨은 거야."

그때 샌디가 이광을 보았다.

"소피아는 어떻게 하죠?"

"아, 소피아."

이광의 얼굴에 다시 웃음이 떠올랐다.

"다이아 목걸이는 아직 갖고 있지?"

"네, 회장님."

샌디의 얼굴에도 웃음이 떠올랐다.

"1백만 불 가깝게 들었는데 잘되었네요."

"아니, 샌디."

"네?"

시선을 든 샌디를 향해 이광이 머리를 저었다.

"다이아 목걸이를 그대로 주자고."

"소피아한테요?"

샌디가 머리를 기울였다.

"마뉴엘의 약점을 잡으려고 주는 것 아니었나요?"

"그래."

"그럼 그럴 필요가 없어졌으니까 다이아 목걸이는 안 줘도 되는 것 아녜요?"

"그대로 주기로 하자."

"알겠습니다."

샌디가 곧 머리를 끄덕였지만 시선은 내렸다.

"그럼 아침 식사 후에 주는 것으로 하죠, 예정대로 말씀입니다."

자리에서 일어선 샌디가 방을 나갔다. 차분한 표정이었지만 시선은 주지 않았다.

바다 한복판에 떠 있는 이자벨호의 3층 식당에서는 사방이 다 보인다. 원탁에 둘러앉은 셋이 아침 식사를 하고 있다. 메뉴는 소피아가 좋아하는 랍스타에 스파게티, 부드럽고 달콤한 프랑스제 빵과 우유, 스위스제 치즈다. 아침이지만 샴페인도 곁들였는데 소피아는 샴페인을 다섯 잔이나 마셨다. 식사가 거의 끝나갈 무렵에 이광이 샌디를 보았다.

"샌디, 준비한 것 있지?"

그러자 샌디가 옆쪽 의자에 놓인 가방에서 보석 상자를 꺼내 소피아에게 내밀었다.

"소피아, 우리 회장님 선물입니다."

"어머나!"

눈을 둥그렇게 뜬 소피아가 붉은색 상자를 받아들더니 샌디와 이광을 번갈아 보았다.

"저한테 왜 선물을 주시는 거죠?"

"회장님께서 미안해서 그러시는 거죠."

샌디가 웃음 띤 얼굴로 대답했다.

"마음에 드실지 모르겠습니다."

소피아가 상자를 열어보더니 숨을 들이켰다. 거금 120만 불을 주고 산 다이아몬드 목걸이다. 3캐럿짜리 다이아가 박혔고 무수한 작은 다이아 알갱이들이 반짝이고 있다.

"어머나!"

입을 딱 벌린 소피아가 다이아 목걸이를 들고 이광을 보았다.

"회장님, 저한테 왜?"

"선물입니다. 좋아해 주시면 그것으로 그만입니다."

이광이 웃음 띤 얼굴로 말을 이었다.

"그리고 오늘 오후에 전세기 편으로 집에 모셔다 드리지요."

"어마나!"

다시 다이아 목걸이를 내려다본 소피아가 감탄했다.

"너무 예뻐요, 너무 좋아요."

"제가 도와드릴까요?"

샌디가 자리에서 일어서더니 소피아 옆으로 다가갔다. 목에 걸어주려는 것이다. 웃음 띤 얼굴로 그것을 본 이광이 곧 목걸이가 목에 채워지자 감동한 표정을 짓고 말했다.

"눈이 부시군요, 소피아. 목걸이의 빛을 받아 당신의 아름다움이 더 빛납니다."

"고맙습니다."

소피아가 목걸이를 내려다보면서 다시 인사했다.

"이렇게 아름다운 목걸이는 처음 보았어요."

뒤에 선 샌디는 이광의 어깨 쪽에 시선을 준 채 웃고만 있다.

방으로 돌아온 샌디가 한동안 왔다 갔다 하다가 자리에 앉았다. 오전 9시 10분이다. 의자에 앉아 창밖의 바다를 내다보던 샌디가 탁자 위에 놓인 전화기를 들었다. 이자벨호에서는 국제전화가 되는 것이다. 최신형 선박이어서 세계 어느 곳과도 통신이 된다. 이자벨호는 쿠웨이트의 부호 알무스람의 소유로 이광이 빌린 것이다. 대리인을 고용해서 주식투자를 했다가 엄청난 손해를 보았던 알무스람은 석 달 전부터 리스타투자에 마지막 남은 재산을 털어 넣고 나서 원상회복했다. 그래서 그 답례로 이자벨호를 언제든지 빌려주고 있는 것이다. 버튼을 누르자 신호음이 두 번 울리더니 어머니가 전화를 받았다.

"여보세요."

"엄마, 나 샌디야."

"아이구, 샌디!"

펄쩍 뛰듯이 반긴 어머니 이사벨이 다급하게 말을 쏟아내었다.

"샌디, 왜 이렇게 연락을 안 하니? 응?"

어머니 이사벨은 메스티소로 미인이다. 그러나 샌디가 10살, 마르코가 5살 때 아버지가 교통사고로 죽은 후에 마트 점원으로 일하면서 자식들을 키웠다. 수많은 남자들의 유혹이 있었지만 뿌리쳤다. 자식들의 교육에 모든 것을 바친 것이다. 마르코가 고등학교 시절부터 불량한 친구들과 어울리자 샌디에게 집중했다. 샌디가 대학을 장학생으로 들어간 후에 CIA에 취업한 것도 모두 어머니의 희생 덕분이다. 놀란 샌디가 호흡을 가다듬었다. 또 마르코가 사고를 친 것 같다.

"엄마, 무슨 일 있어?"

손바닥으로 가슴을 누르며 샌디가 묻자 어머니가 숨 가쁘게 말했다.

"아, 글쎄, 마르코가……."

"사고 쳤어? 또?"

"아니. 그게, 샌디, 네가 보낸 돈으로……."

"내가 보낸 돈을 그놈이 다 썼어? 엄마한테 보낸 돈을?"

샌디의 목소리는 비명 같았다. 얼굴이 하얗게 굳어졌고 입술 끝이 떨렸다. 샌디는 매달 월급에서 1천 불씩을 떼어서 어머니한테 보내온 것이다. LA 다운타운에서 지금도 마트에서 일하는 어머니에게 월급 1천 불은 큰 도움이 된다. 적어도 시간 외 근무를 안 하고 좋아하는 영화를 일주일에 한 번 정도 볼 만큼은 되는 것이다. 다만 마르코 그놈이 사고를 치지 않는다면 그렇다. 그때 어머니가 말했다.

"네가 보낸 돈으로 마르코가 2주 전에 식당을 개업했단다. 이제 그놈이 얼마나 열심인지 네가 보면 놀랄 거다. 나도 지난주부터 마르코 가게에서 회계를 맡게 되었어, 마르코가 부탁하더구나."

"……."

"네가 보낸 대리인, 그, 뭐냐, 미스터 한이라는 한국인, 그 사람이 다 알아서 해줬다. 가게도 20만 불에 나왔는데 18만 5천 불로 깎았고 운영 자금까지 해서 22만 불이 조금 넘는다. 이제는 마르코가 1달러 가지고도 벌벌 떠는구나. 여유 자금이 8만 불이나 남았어."

어머니의 맑은 웃음소리가 울렸다. 처음 듣는 것 같은 웃음소리다.

"아이구, 샌디, 네가 얼마나 고마운지, 회사에서 30만 불을 떼어서 보내주다니. 네 새 회사도 참 좋구나, 리스타라고 하니까 다들 알더라. 미스타 한이 모르는 게 없어, 네가 보낸 대리인이."

"……."

"마르코가 열심히 살겠단다. 완전히 달라졌어, 다 네 덕분이다."

"엄마."

"오냐, 샌디, 내가 식당 전화번호 알려줄 테니까 적어라. 마르코, 그놈이 너한테 연락하겠다고 매일 나한테 네 전화 안 왔느냐고 물어보는구나. 지금 바로 전화해라, 응?"

"엄마."

샌디가 손끝으로 눈물을 닦았다. 이광이 한 짓이다.

"뭐라고?"

소피아가 전화기를 귀에 바짝 붙였다. 다른 손이 목에 걸고 있는 다이아 목걸이를 누르고 있다. 이곳은 소피아의 방이다. 다이아 목걸이를 찬 채 방으로 돌아온 소피아가 매니저 파스톨에게 전화를 하고 있는 것이다. 목걸이를 받은 흥분을 누르지 못하고 있다가 오후에 돌아갈 예정이라고 말해 주려던 참이었다. 그때 수화구에서 파스톨의 목소리가 울렸다.

"아침에 방송에도 나왔어, 마뉴엘이 모든 일에서 손을 떼고 라리슨가(家)에서 떠난다는 거야. 사업체는 사촌 로베르타가 맡기로 했어."

"그 바보 로베르타가? 말도 안 돼."

"로베르타가 TV에도 나왔단 말이야, 소피아."

"TV에 나와?"

"그래, TV에 대고 자기가 사업체를 모두 인수 받았다고 했어. 로베르타 옆에 후안, 베네토, 가이슨, 가리발디까지 서 있었어."

"소로토는?"

"없어졌어. 소문으로는 마뉴엘이 로베르타를 후계자로 세우려고 죽여 없앴다는 거야."

"……."

"소피아, 이젠 마뉴엘이 사라졌어."

"잘됐네."

"하지만 소피아……."

"그 망할 자식 잘 없어졌어."

소피아의 목소리가 날카로워졌다.

"징글징글했는데 잘된 거지. 솔직히 리스타에 눌려서 없어진 것 아냐?"

"그렇지, 밀려난 거지."

"알았어, 파스톨."

"그럼 오늘 오후에 돌아올 거야?"

파스톨이 다시 물었을 때 소피아가 전화기를 고쳐 쥐면서 말했다.

"내가 다시 연락할게."

"나를 뒤에서 조종할 계획이지요."

로베르타가 웃음 띤 얼굴로 말을 이었다.

"하지만 그것이 힘들다는 것도 알 것입니다."

오후 3시 반, 로베르타는 라파엘과 마주 앉아 있었는데 이곳은 라파엘 패밀리의 본거지인 멕시코시티의 홀리데이아웃호텔이다. 라파엘이 둥근 얼굴을 펴고 웃었다.

"어쨌든 자넬 내세우고 마뉴엘은 물러난 모양새가 되었어, 당분간 타깃은 피한 셈이지."

"라파엘 씨."

로베르타가 정색하고 라파엘을 보았다.

"아카풀코는 로메로까지 죽고 나서 완전히 리스타가 장악했습니다."

"그거야 페르난도가 항복했을 때부터 예상되었던 일이지."

라파엘이 시큰둥한 얼굴로 말했다. 라파엘은 멕시코시티의 5대 패밀리로 세력 규모로 보면 가쵸, 라리슨에 이어서 3위다. 그러나 라파엘은 58세, 가장 연장자이고 경륜이 많다. 조직의 보스가 된 지 30년이어서 가쵸나 마뉴엘의 부친들과 친구였다. 로베르타가 말을 이었다.

"라파엘 씨, 우리가 아카풀코에서 손을 떼었다고 리스타가 가만있을 것 같지 않습니다."

"그게 무슨 말인가?"

"오늘 오전 11시쯤 저한테 연락이 왔습니다."

"누구한테서 말인가?"

"페르난도지요."

"그 병신 같은 놈, 그래서?"

"라리슨 조직이 아카풀코에 내려와 분란을 일으킨 보상을 받아야겠다는 겁니다."

"이놈들이 우리를 뭐로 보고."

라파엘이 눈을 치켜떴다. 멕시코시티의 패밀리는 아카풀코나 지방 패밀리를 한 수 아래로 취급했다. 그래서 마뉴엘이 아카풀코로 원정을 갔던 것이다. 어깨를 부풀린 라파엘이 물었다.

"어떻게 하겠다는 거야?"

"사흘 안에 보상 방법을 제시하지 않으면 마뉴엘이 아카풀코에서 한 것과 똑같은 방법으로 되갚아주겠다는 것입니다."

"아니, 마뉴엘이 아카풀코에서 어떻게 했는데?"

"로메로하고 산체스 조직을 인수하려고 했지요."

"로메로가 부탁했다면서?"

"그렇지요."

그러나 당사자인 로메로는 목이 잘려서 죽었다. 라파엘이 헛웃음을 웃었다.

"그 코리안 놈들이 멕시코를 정복할 작정이군, 현대판 정복자인가?"

"어떻게 할까요?"

"이 사람아, 내가……."

이맛살을 찌푸린 라파엘이 의자에 등을 붙였다.

"가쵸하고 상의해 보게. 내가 그러라고 했다고 말해. 가쵸는 제 자신이 멕시코시티 간판타자인 줄 아는 놈이니까 말이야."

"아, 예."

라파엘이 한 발 뒤로 빼는 수작인 것이다. 그것을 안 로베르타의 얼굴에도 쓴웃음이 번졌다.

"잘 알겠습니다, 라파엘 씨."

"물론 나도 돕겠지만 말이야, 가쵸는 정치인들하고 잘 통하니까 도움이 될 거야."

"그럼."

자리에서 일어선 로베르타가 머리를 끄덕이며 라파엘을 보았다.

"충고, 고맙습니다."

"언제든지 오게, 로베르타."

라파엘이 웃음 띤 얼굴로 다가와 로베르타의 볼에 볼을 붙였다.

"저 자식이 나한테 똥을 묻히려고 왔어."

문밖까지 로베르타를 배웅한 라파엘이 보좌관 페낭에게 말했다. 페낭은 옆에 앉아서 듣고만 있었던 것이다.

"마뉴엘이 아카풀코에서 싸지른 똥이 멕시코시티까지 튀는군."

전에는 로베르타를 부추겨 마뉴엘의 라리슨 조직을 흔들 궁리만 하던 라파엘이다. 그러던 중 난데없이 로베르타가 전권을 잡는가 했더니 똥 묻은 몸으로 다가오려고 한다.

"대통령 각하, 잘 아시겠지만 정치인, 관료, 군인까지 다 썩었습니다."

총리 가다니스가 대통령 파스토에게 말했다. 옆에 앉은 대통령 비서실장 호라스는 외면하고 있다. 오후 3시 반, 가다니스는 파스토의 집무실에서 특별 면담 중이다. 파스토는 별명인 두꺼비처럼 무표정했고 가다니스가 말을 이었다.

"전국에 퍼진 마피아를 근절시키려고 각하께서도 얼마나 애를 쓰셨습니까? 그런데도 마피아는 독버섯처럼 더 기승을 부리고 있습니다."

가다니스의 목소리가 높아졌다.

"그 이유도 알고 계시지 않습니까? 마피아가 정치인, 관료, 정보기관, 경찰까지 매수했기 때문입니다. 결탁했다고 봐도 될 것입니다."

"……."

"이대로 가면 각하의 명성에 누(累)가 될 뿐만 아니라 국가의 존망을 위협하게 될 것입니다."

가다니스의 시선이 파스토와 호라스를 스치고 지나갔다. 파스토와 호라스도 예외가 아니다. 파스토는 가쵸 가문과 라파엘로부터 거액의 선거 자금을 받았고 호라스는 지금도 매달 이쪽저쪽의 마피아로부터 상납을 받고 있는 것이다. 가다니스도 일국의 총리다. 가다니스에게 충성하는 정보 기관원이 있다. 그때 파스토가 두꺼비 얼굴을 들고 물었다.

"총리, 용건이 뭐요?"

파스토는 69세, 이번 임기를 마치고 은퇴하겠다고 선언했지만 은행 그룹인 아카바의 명예회장이 된다는 소문이 있다. 아카바는 5개 마피아 패밀리가 지분을 갖고 있는 거대한 금융그룹이다. 모두 얽혀 있는 것이다. 가다니스가 대답했다.

"각하, 이렇게 마피아가 난립한 상황이 되면 언제 어떻게 상황이 변할지 알 수 없습니다."

가다니스가 똑바로 파스토를 보았다.

"궁지에 몰린 마피아가 어떻게 나오는지 아시지 않습니까? 협박은 물론 납치, 때로는 자폭하는 경우도 있습니다. 동사(同死)하는 것이지요."

"……."

"현실적으로 마피아를 다 없앨 수는 없습니다. 그러나 정리할 수는 있습니다. 지금이 그 기회라는 생각이 듭니다만."

"어떻게 말이오?"

파스토가 갈라진 목소리로 묻자 가다니스는 헛기침부터 했다.

"리스타를 이용하시는 것입니다."

"……."

"리스타는 건전한 기업체로 아카풀코에 거대한 공장을 건설 중이고 1년 후에는 3만 명 이상의 노동자를 고용하는 기업체가 될 것입니다. 이 리스타가 아카풀코에 정착하려다가 패밀리들과 전쟁을 벌이게 된 것이지요."

다 아는 사실이었지만 파스토가 눈도 깜박이지 않고 듣는다. 가다니스가 말을 이었다.

"잘 아시겠지만 리스타의 배후에 CIA가 있습니다. 리스타는 중동과 중국에까지 기업체를 벌여놓은 터라 CIA와 상부상조하는 관계지요."

"CIA를 앞세우는 것도 기분 나빠. 그렇게 되면 CIA가 뒤에서 다 조종할 것 아닌가?"

"아닙니다."

머리를 저은 가다니스가 파스토를 보았다.

"리스타의 이광 회장을 제가 만났습니다. 말이 통합니다. 우리가 주도권을 쥘 수 있습니다."

가다니스가 번들거리는 눈으로 파스토를 보았다.

"각하, 제가 이광하고 내일 이라크로 가서 후세인한테서 27억 불을 받아오겠습니다. 그것을 각하의 업적으로 만들어 드리겠습니다."

"……."

"그리고 각하 뒤를 보장해 드리지요. 이광이 마피아를 장악하게 되면 모든 것이 각하께 유리해집니다. 첫째 마약이 근절되고, 둘째 미국과의 관계가 급속 개선되며, 셋째 기업과 경제가 일어나고, 넷째……."

숨을 고른 가다니스가 말을 이었다.

"각하께선 은퇴 후에 새로운 영광을 찾게 되실 것입니다. 그것은 각하께서 이광을 만나보시면 바로 알게 되십니다."

"그 조건으로 내가 당신을 대통령 후보로 밀어줘야겠지."

파스토가 뱉듯이 말하자 가다니스는 머리를 들었다. 그 순간 가다니스의 심장이 거칠게 박동했다. 두꺼비가 웃고 있었기 때문이다.

방으로 들어선 샌디가 이광에게 말했다.

"10분 후에 헬기가 출발합니다, 회장님."

"알았어."

머리를 끄덕인 이광이 읽고 있던 서류를 가방에 넣었다. 다가선 샌디가 말을 이었다.

"LA 공항에 도착한 지 한 시간쯤 후에 가다니스 총리가 도착하실 예정입니다."

가다니스와 만나 바로 전용기 편으로 바그다드로 날아갈 예정인 것이다. 멕시코 총리 전용기를 탄다. 그때 샌디가 한 걸음 더 다가섰다.

"회장님, 감사합니다."

머리를 든 이광이 샌디를 보았다. 샌디의 눈 밑쪽이 붉어져 있다. 두 눈이 반짝이고 있었지만 시선을 내리지는 않는다.

"집에 전화했더니 동생이 식당을 차렸다고 하더군요. 어머니는 제가 회사에서 대출받은 것으로 알고 계셨습니다."

"맞아."

시선을 내린 이광이 앞에 놓인 커피 잔을 들었다.

"대출받은 거야."

"감사합니다."

"월급이 올랐을 때 공제할 테니까 그런 줄 알고 있어."

"감사합니다."

"그럼 됐어."

"LA에 보낸 직원은 누구였습니까? 미스터 한이라고 했는데요."

"아, 리스타 직원이야, 부동산 관계는 박사라는군."

그러더니 이광이 이맛살을 찌푸렸다.

"대출 이야기는 그만. 그런데 소피아는 어떻게 하지? 여기서 더 쉬고 싶어 한다면서?"

아카풀코는 평정되었다. 산체스에 이어서 로메로가 죽고 라리슨 조직이 철수함으로써 아카풀코의 패밀리는 사라졌다. 페르난도가 온전했지만 진즉 리스타에 투항했기 때문에 목숨을 부지하게 된 것이다. 오금봉은 산체스의 구역이었던 아카풀코 중심부의 빌딩을 구입하여 그곳을 리스타유통 본부로 삼았다. 12층 건물 전체가 유통본부가 된 것이다. 그리고 아카풀코 3대 패밀리의 사업체를 인수했다. 접수한 곳도 있고 인수한 곳도 있다. 접수한 곳은 세력권 안으로 끌어들인 것이고 인수한 곳은 지분에 대한 대가를 치르고 말 그대로 인수한 것이다. 그래서 리스타유통 아카풀코 사업장은 순식간에 828개가 되었다. 카페, 바, 클럽, 커피숍, 자동차 수리 센터, 선물 가게, 마사지 하우스, 섹스 숍, 카지노에 호텔까지 업종이 72개나 되었다. 그래서 오금봉은 정신을 차리지 못할 정도였다.

"한 달 매출액이 1억 불입니다."

회계 담당 호링거가 말했다. 호링거는 멕시코인 회계사다. 호링거가 서류 한 부를 오금봉 앞으로 내밀었다.

"사장님, 이건 마약 거래 예상액인데 3개 조직이 월 4억 불 상당의 마약 거래를 했습니다."

사무실 안에는 오금봉과 하동일, 권기택, 오상만까지 리스타유통의 고위 간부만 둘러앉아 있다. 이미 페르난도와 산체스, 로메로 조직의 간부들로부터 보고를 받았지만 실제 거래 내역을 보자 오금봉이 숨을 들이켰다.

　"이 마약의 대부분이 이곳에서 미국으로 들어간 것이군."

　"그렇습니다. CIA가 온갖 수단을 써서 막았지만 실패했다가 이번에 성공한 셈이지요."

　50대 초반인 호링거의 얼굴에 쓴웃음이 번졌다.

　"리스타상사가 CIA의 대리인 역할을 한 것입니다."

　따라 웃은 오금봉이 물었다.

　"CIA는 윈윈이라고 하겠지만 우리가 이용당한 셈 같은데, 그렇지 않나?"

　"그렇습니다."

　바로 말을 받은 사내가 오상만이다. 오상만이 말을 이었다.

　"멕시코에 기반을 굳힌 건 우리니까 CIA 뜻대로 움직일 수는 없을 겁니다."

　오금봉이 정색하고 간부들을 둘러보았다.

　"마약을 완전히 근절시킬 수는 없어. 그렇게 된다면 당장 거래가 중단되고 마약 단가가 수십 배로 뛰어서 중독자들이 온갖 범죄를 저지르게 돼."

　"조절해야 됩니다."

　호링거가 말을 받았다.

　"그래야 생산자, 도매상, 소매상까지 마약 사업으로 가족을 먹여 살리는 수만 명, 가족까지 수십만 명이 먹고살게 됩니다."

간단하게 근절시킬 수가 없는 상황이다. 오금봉이 머리를 끄덕이며 말했다.

"엄청난 이권이 걸린 사업이야."

전용기에 오른 이광을 맞이한 가다니스 총리가 눈을 둥그렇게 떴다.

"아니, 소피아 아닌가?"

이광의 뒤에 소피아가 서 있었기 때문이다. 그때 소피아가 웃음 띤 얼굴로 인사를 했다.

"총리님, 안녕하세요?"

"아니, 이게 웬일이야, 소피아를 만나다니."

다가온 소피아의 손을 두 손으로 잡으면서 가다니스가 얼굴을 펴고 웃었다.

"이 회장이 별 재주가 다 있군, 소피아까지 데려오다니."

"소피아가 바그다드까지 따라가겠답니다. 그것도 괜찮을 것 같아서 같이 가자고 했습니다."

이광이 전용기 앞쪽 응접실로 다가가면서 말했다. 총리 전용기는 대통령 전용기여서 150인승이다. 응접실, 식당, 귀빈용 룸이 5개나 있고 회의실과 휴게실까지 갖춰져서 호텔이 떠 있는 것 같다. 이광의 일행은 소피아와 샌디, 비서실장 안학태와 리스타상사 멕시코 법인 사장 윤중호 등과 수행원 10여 명이다. 윤중호는 바그다드까지 비행하는 동안 리스타상사에서 멕시코에 어떤 사업을 전개할 것인가를 가다니스에게 브리핑할 것이다. 응접실에는 가다니스와 이광, 가다니스의 비서실장 피에나, 안학태와 윤중호까지 다섯이 둘러앉았다. 그동안 LA 공항을 이륙한 전용기가 순항 고도에 오르더니 멈춘 것처럼 느껴졌다. 그때 가다니스가 입을 열었다.

"내가 대통령께 이야기를 했어요, 이 회장."

이광의 시선을 받은 가다니스가 쓴웃음을 지었다.

"맑은 물에는 물고기가 살지 못한다는 동양 속담이 있지요? 누가 했더라?"

"한국의 세종대왕이라는 왕이 처음 말했지요."

"오, 위대한 왕이시군."

안학태는 눈썹 하나 까닥이지 않았지만 윤중호는 어금니를 물고 눈을 치켜떴는데 콧구멍이 벌름거렸다. 죽을힘을 다하고 있는 모양인데 여기서 잘못되었다가는 당장에 목이 잘릴 것이었다. 그때 가다니스가 말을 이었다.

"하지만 여긴 다 썩었네, 너무 썩어서 악취가 진동해."

여기라면 멕시코다. 이광은 가만있었고 윤중호의 콧구멍도 가만있었다. 가다니스가 길게 숨을 뱉었다.

"이번에 27억 불을 받으면 대통령이 날 후보로 지명해줄 것 같습니다. 물론 두고 봐야겠지만 대통령한테 언질을 주었어요."

가다니스가 정색하고 이광을 보았다.

"후세인한테서 미수금을 받고 나서 이 회장이 대통령을 만나도록 해 드릴 테니까 언질을 주시지요."

"뭐 말입니까?"

"대통령은 은퇴 후에 아카바라는 은행그룹의 명예회장으로 갈 작정이오. 그건 마피아들의 지분이 30퍼센트나 있는 곳인데……."

"제가 보장해 드리지요."

이광이 웃음 띤 얼굴로 말을 이었다.

"아카바 그룹보다 크고 건전한 그룹을 맡겨 드릴 테니까요."

오늘도 칠흑처럼 어두운 공항에 멕시코 총리 가다니스의 전용기가 착륙했다. 전시(戰時)였으니 당연한 일이다. 보통 때 같으면 의장대가 나오고 카펫이 깔린 위로 걸어가야 되겠지만 지금은 대통령 경호실 대령이 트랩 밑에 서서 가다니스를 맞았다.

"어서 오십시오, 총리 각하."

가다니스에게 경례를 올려붙인 대령이 어둠 속에서 말했다.

"제가 대통령궁으로 모시겠습니다."

그러더니 뒤에 선 이광에게도 절도 있게 경례를 했다.

"어서 오십시오, 이 회장님."

그리고는 덧붙였다.

"대통령께서 기다리고 계십니다."

"고맙습니다, 대령."

이광은 그렇게 인사를 했다. 가다니스가 힐끗 이광을 보았다. 가다니스에게는 '대통령궁으로 모시겠다'고 했고 이광에게는 '대통령께서 기다리고 계신다'고 한 것이다. 그리고 이번 면담은 이광이 후세인에게 요청했기 때문에 이루어졌다. 지난번에 가다니스가 27억 불 때문에 왔을 때 후세인은 코빼기도 보지 못했다. 감히 면담 신청도 하지 못했던 것이다. 개털인 경제장관도 사정을 해서 30분쯤 만났는데 구박만 받고 돌아왔다. 이곳에서 이광의 위력을 실감한 셈이다.

그래서 차 안에서 가다니스가 위축된 표정으로 말했다.

"난 내일쯤 대통령 면담이 이루어질 줄 알았는데 공항에서 바로 대통령궁으로 갈 줄은 몰랐군."

"궁이 아니라 벙커로 갑니다."

이광이 어둠에 덮인 밤거리를 바라보며 말했다.

"이 길로 가는 걸 보니까 제2벙커로 가는군요. 20분이면 도착하겠습니다."

"이 회장이 후세인 대통령한테서 이런 대접을 받고 있는 줄은 몰랐소."

"장사꾼일 뿐입니다."

"나하고 같이 대통령을 만나러 가자고 해서 반신반의한 상태에서 따라온 거요."

"믿으셨으니까 오셨지요."

"믿기는 했지만 막상 닥치니까 실감이 안 나는군."

가다니스의 얼굴에 쓴웃음이 떠올랐다. 이광이 머리를 돌려 뒤쪽을 보았다. 뒤차에 소피아가 비서실장들과 타고 있는 것이다.

"오, 리."

가다니스와 이광이 같이 방으로 들어섰는데도 후세인이 그랬다. 인사를 하려고 입을 벌렸던 가다니스가 입을 도로 닫았고 시선이 저절로 옆에 선 이광에게로 옮겨졌다. 얼굴에 멋쩍은 웃음이 떠올라 있다.

"대통령 각하, 안녕하셨습니까?"

이광이 한국식으로 머리를 숙여 절을 했고 다가온 후세인은 아랍식으로 이광의 어깨를 감싸 안고 볼을 두 번이나 부딪치고 놔주었다. 그러고 나서야 가다니스에게 손을 내밀었다.

"총리, 미스터 리를 통해서 이렇게 만나게 되는군요."

"아이구, 그렇습니다."

가다니스가 아랍의 유명한 독재자, 전쟁광, 살인마라고까지 불리는 사담 후세인의 손을 잡았다. 후세인은 가다니스하고 악수만 하고는 자리를 권했다. 후세인의 방에는 경제장관 타후무르와 동부군 사령관 카심 대장, 경호실장 오마르 중장까지 모여 있었지만 후세인은 소개시켜주지 않았다. 원탁에 둘러앉았을 때 후세인이 웃음 띤 얼굴로 이광을 보았다.

　"미스터 리, 멕시코에서 사업장을 건설한다면서?"

　"예, 각하."

　"멕시코 정부에 부탁할 일이 있나?"

　"그런 건 없습니다, 각하."

　"이번에 자네가 멕시코 물품대금 27억 불을 받게 해주면 어떤 보상을 받나?"

　"보상은 없습니다, 각하."

　이광은 후세인의 이런 대화에 익숙해 있지만 가다니스는 그동안 얼굴이 노래졌다가 파래졌다가 했다. 그때 후세인이 가다니스를 보았다.

　"총리 각하."

　"예, 대통령 각하."

　"이번에 멕시코 대통령 후보로 유력시되시더군요."

　"아닙니다, 각하."

　"멕시코 대통령이 되시기 바랍니다, 각하."

　"감사합니다, 각하."

　"각하께서 멕시코 대통령이 되실 가능성이 있다고 생각했기 때문에 미스터 리의 부탁을 받아들인 것이지요."

　"아아, 예."

"대통령이 되시면 미국 놈들한테 휘둘리지 마시기 바랍니다."

"명심하겠습니다."

"그리고 미스터 리를 많이 도와주시지요."

"예, 각하."

"부탁합니다."

"염려하지 마십시오."

그때 머리를 돌린 후세인이 경제장관 타후무르를 보았다.

"당장 대금 지급해 드려."

"예, 각하."

타후무르는 오늘 만남에서 딱 한마디만 했다.

인사를 마치고 대통령실을 나왔을 때 이광의 눈짓을 받은 경호실장 오마르 중장이 복도를 따라 나왔다. 가다니스 총리는 발을 떼다가 안내를 맡은 중령과 함께 저쪽에서 멈춰 섰다.

"무슨 일이오?"

목소리를 낮춘 거구의 오마르가 물었다. 그때 이광이 바짝 다가섰다.

"장군, 내가 멕시코의 유명한 배우를 데리고 왔는데 오늘 밤 대통령 각하께 보내드려도 됩니다."

오마르는 숨만 쉬었고 이광이 말을 이었다.

"소피아라고 하는데 본인도 대통령 각하 애인이 될 수 있다고 했습니다."

"소피아라고 했습니까?"

되물은 오마르가 어깨를 늘어뜨리며 눈웃음을 쳤다.

"이 회장은 과연 사업가시오."

이광에게는 그 말이 '뚜쟁이시오'라고 들렸다.

"흥분돼요."

가슴에 걸린 다이아 목걸이를 손바닥으로 누르면서 소피아가 이광을 보았다. 두 눈이 반짝이고 있다. 붉은 입술은 반쯤 벌어졌고 이가 조금 드러났다. 고혹적인 모습이다. 후세인이 아니라 후세인 할아버지라도 빨려들 만했다. 오마르의 보고를 들은 후세인은 소피아가 나오는 필름을 보았을 것이다. 이광이 호텔로 돌아온 지 2시간 만에 오마르가 직접 모시려고 호텔로 왔으니 그야말로 전광석화처럼 빠른 대응이다. 이런 식으로 전쟁을 치렀다면 진즉 이란을 이겼을 것이다.

"소피아, 이건 분명히 당신이 원해서 가는 거야."

이광이 웃으면서 말하자 소피아가 눈을 흘겼다. 순간 이광의 가슴이 찌르르 울렸다. 흘기는 모습도 자극적이었기 때문이다. 이 여자는 요물이다. 남자 홀리는 방법을 안다. 지금 이광은 소피아의 방에 들어와 있다. 호텔 로비에는 오마르가 경호대를 이끌고 기다리는 중이다.

"리, 먼저 당신하고 자고 싶었어요."

다가온 소피아가 이광의 재킷 깃을 양손으로 쥐더니 입술에 가볍게 키스했다. 향수 냄새와 함께 소피아의 부드러운 입술 촉감이 닿는 순간 이광은 머리가 빙글 도는 느낌을 받았다. 소피아가 말을 이었다.

"그런데 샌디가 옆에 있어서 못 했어요."

"대통령이 잘해줄 거야. 대통령은 여자한테 친절한 분이셔, 신사지."

몸을 뗀 이광이 한 걸음 물러섰다.

"그리고 언제든지 돌아가고 싶을 때 돌아갈 수 있게 해주신다는군."

"그럼 좋죠."

326

소피아가 활짝 웃었다.

"흥분돼요, 리. 모두 당신 덕분이에요."

"내, 내 덕분은 무슨……."

"내가 사담 후세인의 애인이 되다니, 꿈만 같아요."

그때 어깨를 늘어뜨린 이광이 거들었다.

"소피아, 엄청난 선물도 받게 될 거야."

바그다드를 떠날 때 이광 일행은 2그룹으로 나뉘었다. 멕시코 법인장 윤중호 팀은 가다니스와 전용기 편으로 떠나고 이광 일행은 따로 쿠웨이트행 에어프랑스를 탄 것이다. 소피아는 남았으니 엄밀히 말하면 3개로 쪼개진 셈이다. 27억 불 물품 대금을 받은 가다니스 총리는 호텔 로비에서 내외신 기자들을 모아놓고 인터뷰를 했는데 마치 개선장군 같은 모습이다. 이것으로 가다니스는 차기 대통령이 된 것이나 같다. 오늘도 비행기가 밤하늘로 솟아올라 순항 고도에 이르렀을 때 옆자리에 앉은 샌디가 말했다.

"소피아는 후세인의 애인이 된다는 것에 들떠 있었어요."

이광의 시선을 받은 샌디가 정색하고 말했다.

"마피아 보스의 애인으로 클럽이나 식당에 들어갔을 때 으스대는 쾌감이 있거든요."

"내가 그 기분을 알지."

"이제 소피아는 마뉴엘 옆에 있을 때보다 1만 배는 더 강한 쾌감을 느끼게 되겠군요."

"다행이야, 양쪽이 다 만족해서."

"소피아는 내가 회장님과 내연의 관계인 줄로 알더군요."

샌디가 앞쪽을 향한 채 말을 이었다.

"그 말을 듣고 깨달았어요. 다른 사람들도 그렇게 생각할 것 같습니다."

"원한다면 유통 본부에서 근무해도 돼."

그때 머리를 든 샌디가 이광을 보았다. 어느덧 얼굴이 붉어져 있다. 샌디의 시선을 받은 이광이 숨을 들이켰다. 여자의 표정, 여자의 눈빛이었기 때문이다. 그리고 아름답다. 이광의 얼굴에 웃음이 떠올랐다.

"할 말이 있나?"

"전 그대로 옆에서 보좌하고 싶습니다."

"좋을 대로 해."

"혹시 저를 원하시면 언제든지 드릴 용의가 있습니다."

"업무적인 멘트는 아니겠지?"

"그렇다고 부담 느끼실 필요는 없습니다. 제 동생한테 식당을 차려 주신 것처럼 저도 같은 입장이라고 생각해 주세요."

"대가를 바라지 않는다는 것 말이지?"

"회장님이 그러신 것처럼요."

"샌디, 넌 좋은 여자야."

"전 보통 여자입니다. 회장님께서 상급품으로 만들어 주시고 계신 거죠."

"오늘 진도는 여기까지 나가자, 샌디."

"알겠습니다."

그때서야 눈빛을 가라앉힌 샌디가 입술 끝만 올리고 웃었다. 그것을 본 이광이 한숨을 쉬었다.

"샌디, 갑자기 네 입을 맞추고 싶구나, 공과 사를 구분하기가 힘들겠다.”

“제가 구분을 하죠.”

다시 눈웃음을 친 샌디가 자리에서 일어서며 물었다.

“비서실장을 불러 드릴까요?”

“사흘 후에 화오방 서기와 미국 닉슨 부통령이 푸저우에서 만납니다.”

옆자리에 앉은 안학태가 보고했다.

“회담이 끝난 후에 서기님이 회장님과 만나고 싶다고 했는데요. 사흘 후에는 홍콩에 도착해 있는 것이 좋을 것 같습니다.”

“그러지.”

머리를 끄덕인 이광의 얼굴에 웃음이 떠올랐다.

“드디어 미국과 중국이 만나게 되는군.”

“그 중간 역할을 코리아의 기업가가 했다는 것이 언젠가는 역사에 기록될 것입니다.”

“요즘은 옛말대로 사는 인간은 드물어.”

“무슨 말씀입니까?”

“호랑이는 죽어서 가죽을 남기고 사람은 이름을 남긴다는 옛말.”

이광의 얼굴에 웃음이 떠올랐다.

“그렇게 사는 인간이 드물다고.”

쿠웨이트 리스타상사 회의실에는 CEO들이 다 모여 있다. 암만 리스타 사장 타미란, 두바이 리스타 법인 사장 진남철, 제다 리스타 법인 사장 유순기, 두바이 백화점·호텔 사장 배선희, 카이로 리스타 법인 사장 나영찬, 쿠웨이트 리스타 사장 아미르와 리스타투자 사장 하사드까지 모두 모인 것이다. 그들은 모두 전문 경영인이다. 말단 사원으로부터 시작해서 CEO가 된 인물들이고 모두 이광에 의해 임명받았다. 이광이 CEO로 만들어 준 것이다. 군인 출신인 타미란, 신입사원으로 일을 가르쳤던 배선희, 외부에서 견제, 감시역으로 왔다가 이광의 심복이 된 진남철이나 한국 유스타상사 사장 곽영훈, 수습사원으로 입사시켰다가 발군의 재능을 발휘하여 리스타의 기둥이 된 리스타투자의 사장 하사드, 모두가 이광이 만들어 주었다. 카이로에서 리스타를 이집트 5대 여행사로 성장시킨 나영찬은 또 어떤가? 운동권 투사로 활동하다가 이집트로 도피한 것이 자신의 역량을 발휘할 기회를 갖게 되었다. 지금은 가장 열성적인 CEO다. 지금도 제 수당의 일부를 떼어 한국의 운동권 동지들에게 투쟁 자금을 송금하고 있기는 하다. 오전 10시에 시작한 회의가 점심을 마치고 오후 6시가 되어서야 끝이 났다. 리스타 그룹이 이제 멕시코를 거쳐 미국과 아메리카 시장에 진출하는 시점인 것이다. 그리고 리스타유통이라는 또 하나의 체제가 발족되었다. 앞으로 리스타 유통은 리스타상사를 기반으로 한 걸음 더 도약할 것이었다.

"회장님, 가시지요."

회의가 끝나고 진남철, 배선희하고 이야기를 하는 이광 옆으로 안학태가 다가와 말했다. 오후 6시 반이다.

"내가 약속이 또 있어서 같이 저녁 못 먹겠다."

자리에서 일어선 이광이 말했다.

"같이 밥 먹고 술 먹을 때가 그립다."

이광이 안학태, 샌디와 함께 방으로 들어서자 자리에 앉아 있던 조백진이 일어섰다. 이곳은 프린스호텔의 방 안이다.

"내가 요즘 바쁘다."

이광이 한국어로 말하고는 자리에 앉았다.

"전쟁은 어떻게 되어가고 있어?"

"오래 걸릴 것 같습니다."

조백진이 쓴웃음을 지은 얼굴로 말했다.

"우리 용병단만으로는 어려운 일입니다."

"너희들 용병단 때문에 리비아군이 현상은 유지하고 있다고 들었어."

이광이 말을 이었다.

"너희들 몸값을 더 올릴 거다."

"그럼 좋죠."

조백진이 얼굴을 펴고 웃었다.

"사기가 올라갈 겁니다, 회장님."

가방에서 서류를 꺼낸 조백진이 이광에게 건네주었다.

"지난달에는 작전 중에 4명이 전사했고 12명이 부상으로 후송되었습니다."

서류를 본 이광이 숨을 들이켰다. 지금까지 1년 가까운 기간 동안 용병단은 542명의 군사요원을 파견했다. 대부분이 월남전 참전 경력이 있는 제대 군인들이다. 그들은 1개 특수부대와 10여 명씩 리비아군 부대로 파견되어 있었는데 지난달 전투 중에 4명이 전사하고 12명이 부상당한 것이다. 그동안 용병단은 22명이 전사, 79명이 부상으로 후송되었다. 조백진이 말을 이었다.

"리비아 측에서는 1,000명 규모로 한국 용병단이 증원되기를 원합니다, 회장님."

"지원자는 많나?"

"경쟁률이 치열합니다. 거의 10 대 1입니다."

조백진이 말을 이었다.

"하지만 프랑스 측에서도 눈치를 챈 것 같아서 소규모로 증원시킬 계획입니다."

"미국 무기상이 언론의 입은 막고 있지만 조심해야 돼."

"알고 있습니다."

머리를 끄덕인 이광이 이제는 영어로 샌디에게 말했다.

"샌디, 용병단 전사자 수당을 현재 3만 불에서 5만 불로 올리지 않으면 용병단 증원도 안 된다고 전해."

"예, 회장님."

샌디가 서류를 챙기면서 말했다. 이미 전사자 처우 개선은 카다피 최측근인 정보부장에게 요청해 놓은 것이다. 이광이 말을 이었다.

"부상자 수당도 각 등급에 따라서 50퍼센트씩 인상해야 돼."

"알겠습니다."

이광이 다시 조백진을 보았다.

"그 내용을 용병단에게 전해라."

"예, 회장님, 사기가 오를 것입니다."

"돈 벌려고 목숨을 내놓은 사람들이야."

이광은 아직도 영어를 쓴다. 외국인이 샌디 하나뿐인데도 그런 것은 샌디가 들으라고 그런 것 같다. 이광이 말을 이었다.

"목숨을 내놓고 돈을 버는 사람만큼 위대한 장사꾼은 없어, 그 사람들은 존경받아야 돼."

"그렇습니다."

조백진이 숙연해진 표정으로 동의했다.

"그렇게 모은 달러를 모두 조국에 보냅니다."

"너도 그러냐?"

이광이 불쑥 한국말로 묻자 조백진이 숨을 들이켜고 나서 대답했다.

"예, 회장님. 전 벌써 집을 한 채 샀습니다. 월급을 모두 어머니한테 송금했거든요."

"잘했다."

길게 숨을 뱉은 이광이 이제는 다시 영어로 말을 이었다.

"용병단 증원 문제는 리스타유통의 오 사장이 해결해 줄 거다, 내가 지시할 테니까. 그리고 보상금 문제는 내가 직접 해결하지."

이것으로 이쪽 회의는 끝났다.

"일본에 대한 작전은 바꾸기로 했다."

쿠웨이트에서 홍콩으로 날아가는 전용기 안에서 이광이 말했다. 오늘도 밤 비행기다. 그러나 전용기의 좌석은 침대보다 낫다. 깊은 밤의 상공을 호텔이 날아간다. 이광 앞에 앉은 안학태가 보고했다.

"오 사장이 멕시코 일이 어느 정도 수습될 때까지 일본 일은 보류시킨 상태여서 아직 진전된 것이 없습니다."

머리를 끄덕인 이광의 시선이 옆쪽에 앉은 샌디에게 옮겨졌다.

"모든 일에는 때가 있어, 기회가 있단 말이지. 이런 일은 하나를 끝내고 다른 것을 시작하는 식으로 처리할 일이 아니라고 생각하는데."

잠깐 말을 멈춘 이광이 시선을 준 채 물었다.

"샌디, 보좌관인 네 의견을 듣자."

"지난번 니시무라 저택 안에 뱀을 넣은 것은 경고의 효과를 노렸지만 긴장을 강화시키고 대비 태세를 갖추도록 만들었다고 생각합니다."

샌디가 바로 대답했다.

"지금 니시무라는 수시로 다른 조직과 연락을 하고 부하들을 시켜 연합 전선을 형성하고 있습니다."

이광이 머리만 끄덕였다. 그것을 오금봉도 알고 있는 것이다. 지금 샌디는 오금봉이 수집한 정보를 보고하고 있다. 샌디가 말을 이었다.

"한국에 진출한 이나카와 조직은 모두 잠수한 상태지만 영업장은 그대로 남아 있습니다. 겉으로 변한 것은 아무것도 없습니다."

이나카와회와 연합했던 해운대파만 궤멸된 상태인 것이다. 그때 안학태가 말했다.

"이나카와회는 회장님을 암살하려고 무사크파에 용역까지 준 놈들입니다. 이미 그들은 목숨을 걸고 대결할 각오를 하고 있을 것입니다."

이광이 머리를 끄덕였을 때 샌디가 말을 이었다.

"놈들에게 뱀을 보내 경고를 한 것은 맞지 않았습니다."

"오 사장도 같은 생각이야."

쓴웃음을 지은 이광이 말을 이었다.

"일본 상황에 밝은 KCIA 요원을 시켜서 독자적으로 작전을 기획시켰더니 저택의 식자재 납품업자를 시켜 폭탄 대신 뱀을 넣었다고 하는군."

"죽느냐 사느냐의 상황인데 그것은 웃음거리가 되었습니다."

안학태가 외면한 채 말하자 이광이 머리를 끄덕였다.

"그래서 오 사장하고 일본작전은 다시 조정하기로 했어."

이광이 말을 이었다.

"샌디, 홍콩에서 바로 멕시코시티로 가서 오 사장하고 일본작전을 수립해라. 그러고 나서 나한테 돌아와."

"예, 회장님."

"네가 일본작전의 책임자가 되는 거야."

"알겠습니다."

이광이 머리를 끄덕이자 안학태가 먼저 자리에서 일어섰다. 이곳은 전용기의 이광 집무실인 것이다. 샌디가 따라 일어섰지만 안학태는 먼저 몸을 돌려 방을 나갔다. 따라 나가던 샌디가 문의 손잡이를 잡더니 이광을 보았다. 그러나 이광은 이미 창밖으로 머리를 돌린 후다.

<3권 계속>